Jockel Tschiersch

Grüner wird's nicht, sagte der Gärtner und flog davon

GOLDMANN
Lesen erleben

Buch

Georg Kempter ist Gärtner in einer Allgäuer Kleinstadt: Jeden Tag schuftet der wortkarge Schorsch bis zum Umfallen, aber das Geld ist knapp. Seine Tochter will Kunstmalerin werden, und mit seiner Frau Monika spricht Schorsch nur noch das Allernötigste. Das Einzige, was dem schweigsamen Gärtner Freude macht, sind seine Rosen im Gewächshaus und seine alte Piper J3, mit der er jeden Sonntag durch die Gegend fliegt, alleine, weit weg von den Menschen und ihrem Geschwätz. Das könnte ewig so weitergehen. Doch dann missfällt dem Chef des Golfplatzes, den Schorsch angelegt hat, der Grünton, und er bleibt auf seiner Rechnung sitzen. Kurzerhand hockt sich Schorsch in aller Herrgottsfrühe in sein Flugzeug und fliegt einfach davon. Es beginnt eine Reise, die ihn an ungekannte Orte führt – und mit jedem Start und jeder Landung öffnet der Gärtner ganz langsam sein Herz wieder für das, was man eine Ahnung von Glück nennt …

Weitere Informationen zu Jockel Tschiersch
sowie zu lieferbaren Titeln des Autors
finden Sie am Ende des Buches.

Jockel Tschiersch

Grüner wird's nicht, sagte der Gärtner und flog davon

Roman

GOLDMANN

Dieses Buch ist auch als E-Book erhältlich.

Verlagsgruppe Random House FSC® N001967

1. Auflage
Sonderausgabe September 2018

Umschlaggestaltung: UNO Werbeagentur, München
Umschlagmotiv: Christiane Feneberg unter Verwendung
einer Fotografie von Mathias Bothor,
© 2018 Majestic Filmverleih GmbH
Filmfotos Innenteil: Mathias Bothor (Portraits),
Christian Schulz und Bernd Schuller (Standfotos),
© Majestic Filmverleih GmbH
MR · Herstellung: kw
Satz: Uhl + Massopust, Aalen
Druck und Bindung: GGP Media GmbH, Pößneck
Printed in Germany
ISBN: 978-3-442-48473-7
www.goldmann-verlag.de

Besuchen Sie den Goldmann Verlag im Netz

1

Halt's Maul!« – nahezu nie wäre der Allgäuer Gärtnersgattin Monika Kempter so eine Verbalinjurie über die Lippen gekommen, schon gar nicht bei ihrem Mann Schorsch, obwohl der ihr mit seinem Maul oft genug Kummer und Ärger machte, nicht durch Daherreden von Bockmist etwa, sondern einfach dadurch, dass er dieses sein besagtes Maul so gut wie nie aufbrachte. Auch den heutigen sonnigen Juli-Sonntag, ihren einzigen halbwegs freien Tag in der Woche, hatte Schorsch ihr wieder, als Folge seiner Maulfauligkeit, grundlegend versaut.

Die Mittagssonne brannte gnadenlos auf die Westallgäuer Kuhwiesen hernieder, Monika saß ganz hinten im 15er-Regionalbus, der vom Bahnhof Hergatz nach Wangen fuhr, über Itzlings, Wigratzbad und Wohmbrechts-Schule, und genau da musste Monika hin, wobei von Wollen nach Wohmbrechts keine Rede sein konnte.

Erst hatte es der DB-Regio-Zuckelzug geschafft, auf den fünfzehn Kilometern von Lindau nach Hergatz glatte dreizehn Minuten Verspätung herauszuzuckeln, und Monika hatte rennen müssen, um den soeben am Bahnhof Hergatz losfahrenden Bus nur durch einen kräftigen Schlag auf die hintere Tür nochmals zum Halten zu bringen. So schlau, vielleicht an einem Sonntagmittag auf den einzigen im Nirgendwo verorteten Bahnhof Hergatz ankommenden Zug zu warten, war der Busfahrer nicht gewesen, offenbar ein junger gepiercter Volltrottel mit sächsischem Akzent: Als ob es im Allgäu nicht genügend einheimische Trottel mit Nasenringen gäbe, die man am Sonntag ans Steuer eines leeren Regionalbusses setzen konnte.

Monika hatte dem Kerl, nachdem er sie als einzige Fahrgästin doch noch gnädig in seinen Bus hatte einsteigen lassen, beim Bezahlen laut und deutlich gesagt, sie wolle bis »Wohmbrechts-Schule«. Er hatte daraufhin, kaum verständlich, irgendwas dahergenuschelt, heute sei ja »goor keene Schuule ni«, und war glatt an der Haltestelle »Wohmbrechts-Schule« vorbeigerammelt, ohne Ansage, versteht sich, weil an einem Sonntagmittag in den Sommerferien natürlich niemand von Wohmbrechts-Schule aus mit dem 15er-Regionalbus nach Wangen wollte. Monika war aufgesprungen und hatte gerufen, er solle sofort halten, aber der Heini hatte nur grinsend auf das Schild über seinem Fahrersitz gezeigt »Bitte den Fahrer während der Fahrt nicht ansprechen« und war weitergefahren bis zur nächsten Haltestelle in Zwiesele, das aus drei einzelnen Bauernhöfen bestand.

Auf Monikas Frage, wie sie jetzt bitte von Zwiesele nach Wohmbrechts kommen solle, hatte der Kerl mit den Schultern gezuckt und gesagt, da könne er sich nicht drum kümmern, er habe schließlich einen Fahrplan einzuhalten. Da war der Monika dann doch herausgerutscht, dann solle er das mal tun und gefälligst sein blödes Maul halten.

All das war natürlich nur passiert, weil ausgerechnet an diesem Wochenende ihr kleiner Daihatsu in der Werkstatt war und ihr Mann Schorsch, wie jeden Sonntag, mit dem Toyota-Pick-up zum Flugplatz gefahren war.

Zu Fuß war Monika dann in der Sommerhitze die gut fünf Kilometer zurück nach Wohmbrechts gegangen.

Zeit genug, den Ärger hinunterzuschlucken, sich zu diesem Termin übertölpeln lassen zu haben, und sich so etwas wie eine Strategie zurechtzulegen: Sie würde sich erst einmal anhören, was dieser Dr. Starcke zu sagen hatte. Der zugereiste Rechtsanwalt war der Chef einer ominösen Golfplatz-Holding, die auf die Kuhwiesen bei Wohmbrechts noch einen überflüssigen Golfplatz draufgebatzt hatte, dessen landschaftsgärtnerische Gestaltung die Firma Kempter übernommen hatte. Ein halbes Jahr lang hatte ihr Schorsch an dem Golfplatz geschuftet, und nun gab es Unstimmigkeiten mit der Schlussrechnung. Monika kümmerte sich um die Buchhaltung beim Gärtnerei-Familienbetrieb, fast täglich hatte sie den Anwalt in den letzten Tagen wegen der offenen Rechnung angerufen, aber immer nur den Anrufbeantworter erwischt, mit der verlogenen Zusage, Herr Dr. Starcke würde sich umgehend melden. Starcke hatte sich nicht gemeldet, geschweige denn umgehend.

Aber heute, kurz nachdem Schorsch wie jeden Sonntag in Richtung Flugplatz aufgebrochen war, hatte der Herr Doktor plötzlich zurückgerufen und ganz frech gefragt, ob Monika nicht am Nachmittag auf einen Sprung zu ihm ins neue Clubhaus nach Wohmbrechts kommen wolle, um noch über ein paar Details zu sprechen, und zwar mit einer Selbstverständlichkeit, mit der man vielleicht einen alten Freund zum Kaffee einlud, aber bestimmt nicht die Frau eines Handwerkers, dem man noch einen Haufen Geld schuldete.

Starcke hatte Monika mit seiner Freundlichkeit am Telefon regelrecht überrumpelt, und er hatte sie gebeten, vielleicht etwas Zeit mitzubringen.

Monika lief der Schweiß herunter, das Gehen fiel ihr schwer, weil sie sich ein wenig schick gemacht und ausgerechnet die einzigen Schuhe mit Absatz angezogen hatte, die sie besaß. Aber nach dem Stöckelschuhmarsch von Zwiesele nach Wohmbrechts würde sie gerade in der richtigen Laune sein, diesem Herrn Dr. Starcke mal ordentlich die Meinung zu geigen und ihm dann eine letzte Frist zu setzen. Der sollte sich bloß nicht einbilden, dass er mit einer gestandenen Allgäuer Geschäftsfrau umspringen konnte wie mit einem Schulmädchen, das man ins Rektorenzimmer einbestellte.

An dem Clubhaus, bei dem noch der Außenputz fehlte, gab es auch keine Klingel, also klopfte Monika, ein wenig zu heftig, und schürfte sich dabei die Knöchel der rechten Hand ganz leicht auf.

Dr. Starcke öffnete sofort und empfing sie quasi mit ausgebreiteten Armen, mit einer solchen Freundlichkeit und Höflichkeit, dass Monika vor lauter Nettigkeit die mitgebrachte Wut für einen Moment abhandenkam. Starcke war ein paar Jahre jünger als Schorsch, ein bisschen größer und blasser und wirkte mindestens drei Handelsklassen vornehmer und geschmeidiger als Monikas schweigsamer Gärtnergatte.

Lachend begrüßte er Monika wie eine alte Freundin, bugsierte sie auf die Couch und fuhr Espresso und Torte auf, schließlich war heute Sonntag. Seine kleinen braunen Augen blitzten unter der schwarzen Hornbrille hervor, der Föhnfrisur war eine Strähne entsprungen, die ihm frech über die Stirn hing. Monika lächelte, aber sie war auf der Hut: Schwarzwälder Kirsch essend versuchte sie aus ihrem aalglatten Gastgeber schlau zu werden, der sich auch nicht einmal den Hauch eines Schuldgefühls ob des noch offenen fünfstelligen Betrags anmerken ließ.

Starcke zog sein Jackett aus, auf den Kragen seines Hemdes unter der Anzugweste war ein kleiner Golfschläger aufgestickt. Fast widerwillig stellte Monika fest, dass Starcke angenehm roch. Zumindest anders als Schorsch, der sich jeden Morgen nach dem Rasieren sein penetrantes Old Spice ins Gesicht klatschte, und zwar seit sie ihn kannte.

In diesem Moment hörte Monika das Geräusch eines Flugzeugs am Himmel, das sie nach all den Jahren doch relativ zweifelsfrei identifizieren konnte. Sie rückte ein wenig auf der Couch auf die Seite, um durch die luxuriöse Frontverglasung des Clubhauses einen kurzen Blick auf den blauen Himmel zu erhaschen. Natürlich hatte sie sich nicht getäuscht, dort oben flog die kleine Piper J3C, mit der ihr Schorsch immer sonntags mutterseelenallein durch die Lüfte knatterte, wenn es nicht gerade Schweine regnete, wie er immer sagte.

Aber heute war Heldenwetter, und Schorsch hatte, wie jeden Sonntag, seinen Flieger alleine aus der Halle geschoben, von Hand den Motor am Propeller angeworfen und die Piper nach ein paar Metern von der buckligen Startbahn in die Luft steigen lassen. Unter den Rädern sah er die kleine Luftaufsichtsbaracke, drinnen saß, wie immer, der Luggi Fimpel, seine heisere Fistelstimme quäkte aus Schorschs Funkgerät:

»Wo fliegen wir denn heut hin, Schorsch?«

»Wir schon gar nicht, und überhaupt's geht dich das einen gerieb'nen Frischkäs an«, grummelte Schorsch, ohne sein Mikrofon auch nur anzurühren.

»Dann schreib ich halt Lokalflug, Schorsch.«

Schorsch drehte den Funk ab, der Fimpel war sowieso der

schlimmste von den Flug-Klugscheißern, die beim Fliegenden Bauern herumhockten, dem kleinen Flugplatz mit seiner 300-Meter-Grasbahn auf einer buckligen Wiese am Alpenrand mitsamt Luftaufsichtsbaracke und Ausflugs-Biergarten. Schorsch flog nicht, um drüber zu reden oder damit anzugeben, sondern um zu fliegen.

Was die da unten über ihn dachten, war ihm egal, hier oben schon dreimal, in 1000 Fuß Höhe über den Allgäuer Sommerwiesen, die Sonne im Rücken und den Propeller vor den Augen. In der Piper hatte Schorsch Kempter vor den gesammelten Schlauschwätzern in Bodenhaltung wenigstens am Sonntag ein paar Stunden Ruhe, trotz der 86 Dezibel, mit denen sein 65-PS-Continental-Vierzylinder-Boxer mit 2000 Umdrehungen seine Arbeit tat, laut, aber loyal wie ein Uhrwerk. Rechts vor ihm lag die Wiese, wo er vor neunzehn Jahren als verliebter junger Mann heimlich gelandet war, als auf dem hinteren Sitz seine damalige Freundin Monika gesessen hatte, die seinem Lachen und seinen Sprüchen dann doch auf den Flugplatz und in die kleine Flugzeugkabine gefolgt war. Und wenn man ein bissel rechnen wollte, mussten Schorsch und Monika genau da unten ihre gemeinsame Tochter Miriam herbeigeliebt haben.

Kurz nach der Hochzeit war der unselige Mist dann passiert, der Schorsch die Sprache verschlagen hatte und ihn seine Worte sparen ließ wie andere Leute ihr Geld. Silbe für Silbe legte er auf sein inneres Sparbuch, als könnte er irgendwann mit den Zinsen und Zinseszinsen der verkniffenen Worte den geplatzten Kredit seiner Lebensfreude abbezahlen. Fleißig, stur und stumm wurstelte er sich durch sein Dasein zwischen Gärtnerei, Rosen und Familie, knüppelte jeden Sonntag alleine durch die Luft wie ein einsamer Held auf verlorenem Posten, bis die Tretmühle seines Lebens irgendwann von selber aufhören würde ihn zu treten. Doch da sollte er sich getäuscht haben.

Der Einzige, den der maulfaule Gärtner mit in die Kabine ließ, war der alte Emil Höscheler, der Fliegende Bauer, dem der Platz gehörte. Nach dem Krieg hatte der Emil sich einen Schuppen auf seine Kuhwiese gebaut und eine alte Piper reingestellt, weil er das Fliegen nicht mehr lassen konnte. Ihm hattc Schorsch vor gut zwanzig Jahren seine kleine Piper J3C, Baujahr 1946, mit der Kennung D-EPWG, sprich Delta-Echo-Papa-Whiskey-Golf, für ein paar tausend Mark abgekauft. Das ganze Ding war kaum mehr als ein mit Stoff bespanntes Stahlrohrgestell, das samt der 65-PS-Continental-Maschine gerade mal 350 Kilo wog und zwei hintereinanderliegende Sitze hatte, mit dünnem Schaumgummi gepolsterte Sperrholzplatten. Viel mehr brauchte man auch nicht zum Fliegen.

Seitdem der Fliegerarzt dem Emil die Piloten-Tauglichkeit abgesprochen hatte, stieg der Alte dreimal im Jahr zu Schorsch in die Papa-Whiskey-Golf und tobte sich aus. Offiziell war Schorsch dann der Pilot, brauchte aber dabei den Steuerknüppel nicht ein einziges Mal anzurühren, weil der Emil immer noch herumkurvte wie ein junger Gott – oder eher wie ein alter Teufel mit Rheuma.

Die Luft war trocken und klar, Schorsch hätte bis nach Italien hinunterschauen können, wenn die Allgäuer Alpen nicht davor gewesen wären. Er wollte hinein in die Berge, dann vielleicht rüber nach Österreich oder über den Bodensee in die Schweiz. Eine Fliegerkarte benutzte er so gut wie nie, er kannte von der Luft aus fast jeden Stall und Schuppen im

Umkreis von fünfzig Kilometern, die Straßen und die Bahnlinien sowieso. Rechts vor ihm lag seine Gärtnerei, die gerade so viel abwarf, dass es zum Leben und für die Piper reichte. Dafür schuftete Schorsch sechs Tage in der Woche, seine Hände – die rechte am Steuerknüppel, die linke am Gashebel – waren schrundig wie 80er-Schmirgelpapier, sein Gesicht hatte die typische Rötung, die man kostenlos dazubekam, wenn man im Freien arbeitete, bei jedem Wetter.

Von hier oben sah man nicht, dass die beiden hinteren Gewächshäuser neue Scheiben brauchten, am Wohnhaus die Farbe abblätterte und die Ölheizung nur noch ein Ölvernichter war, der nebenbei auch etwas Wärme produzierte. Beim Radlader war die Hydraulik undicht, beim Toyota-Pick-up klemmte der zweite Gang: Schorsch nahm das Material eben so lange her, bis es ihm unter dem Hintern zusammenbrach. Dafür kam seine Frau Monika ständig mit irgendwelchem modischen Kram fürs Büro daher: ein neuer Computer, wieder eine Steuer-Software oder ein »Golden-Garden-Creativ«-Programm, das ihr der Pflanzengroßhändler Rall aufgeschwätzt hatte. Schorsch arbeitete lieber draußen mit dem Spaten als drinnen im Büro mit dem Kopf oder gar mit dem Mundwerk: Verhandlungen mit der Kundschaft überließ er der Monika. Am Abend, wenn er todmüde war vom Arbeiten, hockte er sich erst mal in seine kleine Werkstatt zu seinen Rosen. Die fragten wenigstens nicht blöd, wie der Tag gewesen sei.

Zwischen dem Haus und den Beeten stand das alte Gewächshaus, in das Miriam vor ein paar Wochen eingezogen war, nachdem sie ihr Abi gemacht hatte. Schlimmer noch als die Flucht aus dem Kinderzimmer fand Schorsch Miriams Hirngespinst, Malerin werden zu wollen. Auf die Kunstakademie nach München wollte das Fräulein Tochter ausgerechnet: nicht wenigstens Grafikerin werden, dass sie auch mal einen Prospekt oder Preislisten für die Gärtnerei machen konnte, nein, eine brotlose Künstlerin, die mit dem Pinsel Ölfarbe auf Leinwandfetzen schmierte, die sie vorher auf Holzlatten draufgenagelt hatte. Es war grad schade um das schöne Abitur.

Sein Vater Franz humpelte da unten durch den Hof der Gärtnerei. Auf dem Papier gehörte die Gärtnerei sowieso noch dem Alten, und so führte der sich auch auf. Franz Kempter hatte schon immer alles besser gewusst als alle anderen, und mit jedem Tag, den er älter wurde, verstärkte sich diese Gewissheit, und je schlechter er hörte, umso lauter tat er kund, was alles falsch lief in »seinem« Betrieb. Obwohl Schorsch in kaum 500 Fuß Höhe über der Gärtnerei vorbeiflog, drehte der Alte den Kopf nicht ein einziges Mal nach oben, weigerte sich aber dennoch standhaft, sein Hörgerät zu tragen oder es gar einzuschalten.

Schorsch kurvte nach Westen und ritt glücklich durch die ruppige Allgäuer Luft, es gab keinen halben Quadratmeter auf dieser Welt, auf dem er an diesem Sonntag lieber gehockt hätte als auf dem Sperrholz-Sitzbrett seiner geliebten Papa-Whiskey-Golf. Durch die offene Seitentür tätschelte er die stoffbespannte Außenhaut der Piper liebevoll mit seiner Hand.

»Das gefällt dir, gell? Durch die Luft zu hupfen wie ein kleiner Geißbock …«

Hier oben konnte er das machen, unten beim Fliegenden Bauern schaute man ihn immer komisch an, wenn er mit dem Flugzeug redete, zumal er sonst den Mund nicht aufbrachte.

Vor der Motorhaube tauchten Maria-Thann, Zwiesele und Wohmbrechts auf. Und dahinter lag der Golfplatz von Herrn Dr. Starcke. Abgesehen davon, dass es schon an jeder Ecke Golfplätze gab, die man so nötig brauchte wie eine Gabel im Hintern, war der Neureichen-Spielplatz aus der Luft ein schöner Anblick: die Taxus- und Buchsbaumbüsche rund um den kleinen Teich mit seinen unregelmäßigen Ufern, alles inmitten ein paar übrig gebliebener Allgäuer Kuhwiesen.

Dr. Starcke hatte Schorsch mengenweise Fotos vom Shadow Creek aus dem Internet gezeigt: Das war angeblich der teuerste Golfplatz der Welt, drüben in Las Vegas. Und hatte immer wieder betont, dass sein neuer Golfplatz hier bei Wohmbrechts im Westallgäu genau so aussehen sollte.

»Ausschaun wie Las Vegas, aber kosten sollt's nichts, oder?«, hatte Schorsch noch gefragt.

Doktor Starcke hatte gelacht und gesagt, da werde man sich schon einig, Geld sei kein Problem. Er müsste nur Rücksprache halten mit seinen Investoren und dem Konsortium, irgendwelchen geldigen Leuten aus Niedersachsen. Unter dem Auftrag stand ein Stempel der First Allgäu Golf Holding GmbH & Co. KG, aber unterschrieben hatte der Herr Dr. Starcke, der vor einem Jahr in der Stadt eine Kanzlei für Wirtschaftsrecht und Unternehmensberatung aufgemacht hatte. Dabei war der Anwalt selbst beratungsresistent: Dreimal hatte Schorsch ihm gesagt, dass man in Wohmbrechts nicht einfach so einen Shadow Creek hinpflanzen konnte, weil im Allgäu ein ganz anderes Klima herrschte als wie in Las Vegas.

»Schon allein von der Niederschlagsmenge her, da kommt halt im Allgäu mindestens dreimal so viel runter im Jahresmittel wie da drüben in Las Vegas. Und den kalifornischen

Rasen, den tät's Ihnen in drei Tagen wegspülen wie einen nassen Sand von der Schaufel!«

Schorsch hatte Herrn Dr. Starcke quasi sein halbes Jahreskontingent an Worten ins Gesicht geschleudert, und der hatte nur stumm gelächelt.

Unter der Nase der Piper lag der protzige Neubau des Clubhauses, aus den Fensterleibungen quoll noch der Bauschaum. Vielleicht war dem Konsortium wirklich das Geld ausgegangen. Schorsch gab Gas und stieg wieder höher. Er wollte noch einmal hinein in die Berge, ein bissele an den Felswänden entlangturnen, sich von den Aufwinden über die Gipfelkreuze tragen lassen, im Gleitflug in die Täler hineinsinken, einem Bachlauf folgen und sich austoben, bis der Sprit alle war. Das brauchte er, um wieder eine Woche zwischen Gärtnerei, Familiengeschwätz und zahlungsunwilligen Golfern zu ertragen. Heute, beim Abendessen, würde er der Monika sagen, es sei fällig, dem Golfplatz-Chef endgültig die letzte Mahnung mit Androhung gerichtlicher Schritte zu schicken. Seine Geduld mit diesem Anwalt da unten war am Ende, und das Geld wurde langsam knapp.

Schorsch hatte trotz der nur 100 Fuß Höhe über dem halb fertigen Clubhaus freilich nicht sehen können, dass Herr Dr. Starcke sonntäglichen Damenbesuch hatte. Perfekt deplatziert saß Monika auf der sündteuren Ledercouch im provisorischen Büro des Golfplatz-Chefs, strich einmal kurz den Rock ihres blauen Kostüms gerade, das sie aus einer Laune heraus vor ein paar Wochen in der neuen Shoppingmall in Kempten gekauft hatte, in der Hoffnung, ihren Schorsch damit wieder zum Ausgehen verführen zu können. Normalerweise bestellten sie beide ihre Kleidung beim Otto-Versand, wo sie auch seit Jahren Treuerabatt bekamen. Getragen hatte Monika das heimlich ershoppte Kostüm noch nie, denn Schorsch hockte abends immer bei seinen Rosen. Da schlief er seit Neuestem auch, weil er schnarchte wie ein Sägewerk im Akkordbetrieb. Dass Schorsch ihr untreu war, schloss Monika aus, dazu war er viel zu maulfaul. Außerdem schuftete er von morgens bis abends, und das war ihm offenbar genug an körperlicher Befriedigung.

Das Motorengeräusch verzog sich in Richtung der Berge, Dr. Starcke erging sich hemmungslos in amüsanter Plauderei über das Leben im Allgemeinen und die Golfspielerei im Besonderen. Einmal musste Monika sogar kurz lachen, als er sie fragte, ob sie den Unterschied zwischen einem Golfspieler und einem kleinen Jungen kannte.

»Es gibt keinen, sehen Sie mich an.«

Dr. Starcke hatte an diesem Sonntagnachmittag wirklich etwas von einem kleinen Jungen, und Monika war natürlich ein dankbares Opfer für charmante Konversation nach all den Jahren an der Seite ihres maulfaulen Mannes. Und es war die sonore Stimme des Anwalts, die es ihr schwer machte, sich auf den wahren Zweck ihres Besuchs zu konzentrieren. Obwohl Starcke reines Hochdeutsch sprach, schwang unter seinen Worten stets eine Melodie mit, und seine Formulierungen waren druckreif: ein perfekter Märchenonkel, der da vor ihr saß.

Ganz nebenbei erwähnte er, wie gut ihr das blaue Kostüm stand. Monika brauchte etwa zweieinhalb Schrecksekunden, um sich dabei zu ertappen, dass sie sich geschmeichelt fühlte.

Das reichte jetzt. Sie setzte sich aufrecht hin, strich den Rock noch einmal grade und sah dem Anwalt einfach so lange mitten in die Augen, bis der tatsächlich irgendwann den Mund hielt. Dann fragte sie ihn unverblümt:

»Herr Dr. Starcke, wollen Sie eigentlich nicht bezahlen oder können Sie nicht?«

Starcke zuckte kurz mit den Augenlidern, nahm die Brille ab, rieb sich rasch die Augen und lächelte wieder, mit Brille.

»Das gefällt mir so an den Menschen hier, sie kommen ohne Umschweife auf den Punkt.«

Und Monika kam auf den Punkt, sagte ihm, wie ihr sein Herumlavieren mit der Schlussrechnung auf die Nerven ging, redete sich mit rotem Kopf geradezu in Rage über Starckes widerliches Geschäftsgebaren, nicht zu bezahlen und es nicht einmal wert zu finden zurückzurufen.

Dr. Starcke hing ihr an den Lippen, aufmerksam, ihrem Blick standhaltend, bis Monika sich all ihre Wut von der Seele geredet hatte. Auch das war ein ungewohntes Gefühl für Monika: Wenn ihr Schorsch zu Hause den Mund nicht aufbrachte, hieß das noch lange nicht, dass er ihr zuhörte.

Dr. Starcke nickte mehrmals stumm, als sei Monika seine einzige heimliche Verbündete im Allgäu, während er die Prosecco-Flasche aufmachte, die plötzlich auf dem Couchtischchen stand.

»Ich möchte Ihnen das kurz erklären, Frau Kempter. Ihr Mann hat handwerklich hervorragende Arbeit geleistet, und es ist eine wahre Freude, ihm bei der Arbeit zuzusehen.«

»Dann bezahlen Sie einfach den Rest!«

Seine tadellosen Zähne entblößend hielt er ihr ein Prosecco-Glas hin.

»Lassen Sie mich es so formulieren: Was Ihr Mann dort draußen angelegt hat, ist ein wunderschöner Golfplatz, ohne Zweifel. Aber dabei hat er, und jetzt bin ich mal so frech und vereinfache ein wenig, de facto nicht das geliefert, was wir uns vorgestellt hatten.«

Monika verstand gar nichts.

»Uns hilft nur Offenheit weiter, Frau Kempter. Oder darf ich Monika zu Ihnen sagen?«

Monika fand nicht, dass er das dürfen sollte, bevor die Schlussrechnung bezahlt war. Sie schüttelte nur kurz den Kopf, was Starcke mit einem verständigen Nicken quittierte.

»Gut. Es steht von unserer Seite noch die Frage im Raum, ob Ihr Mann tatsächlich zur Gänze die ästhetischen Anforderungen erfüllt hat, die Grundlage für unsere Ausschreibung waren. Wir dachten eigentlich, wir hätten das genügend deutlich kommuniziert.«

»Was meinen Sie denn mit *ästhetischen Anforderungen*, Herr Dr. Starcke?«

Starcke machte eine kleine Geste mit der rechten Hand, als wolle er die Konturen des Golfplatzes nachzeichnen, hielt kurz inne, wie zufällig verirrte sich dabei seine Hand auf Monika Kempters Unterarm, wo sie, kaum spürbar, leicht wie eine Feder, verharrte.

»Das Grün, Monika, das Grün.«

Monika wusste nicht, was sie im Moment mehr irritierte: Starckes Hand, seine Stimme oder das *Grün*.

»Ist Ihnen das nicht grün genug da draußen, oder was?«

»Monika, ich will ganz offen sein. Ihr Mann hat ein Grün gepflanzt, das seiner persönlichen Präferenz entspringt.«

Monika wusste wirklich nicht, was Starcke mit *entsprungener Präferenz* meinte.

»Ja, wie jetzt? Ein falsches Grün?«

»So harsch würde ich das nicht formulieren. Aber jeder sieht eben mit seinen eigenen Augen, Monika.«

»Und was heißt das jetzt konkret?«

»Nun ja, das heißt nicht mehr und nicht weniger, als dass ich den Grünton nochmals mit den Herren meiner Holding abstimmen muss, bevor wir die Schlussrechnung begleichen können. Im Grunde ist das alles nur eine reine Formsache, die natürlich ihre Zeit benötigt.«

Monika kaute an dem Wort »Formsache«, während Rüdiger Starckes Hand immer noch auf ihrem Unterarm lag.

»Das wäre doch gelacht, wenn wir beide das nicht hinbekämen.«

Starcke erhob sein Glas, um mit Monika anzustoßen.

»Auf die Schönheit dieser Gegend, auf die Menschen hier und auf unsere kleine Reklamation, die sich vielleicht irgendwann als Grundlage für eine fruchtbare Zusammenarbeit erweisen könnte. Warum sollten wir Ihre Firma nicht beispielsweise mit der Pflege des Platzes beauftragen, wenn wir dann diese kleine Unstimmigkeit bereinigt haben?«

Monika wusste, dass so ein Dauerauftrag ein lukratives Geschäft für die Gärtnerei wäre, gerade im Winter, wenn es sonst nicht so viel zu tun gab. Auch wenn sie sich kaum vorstellen konnte, dass Schorsch große Lust haben würde, sich die nächsten Jahre ausgerechnet auf Dr. Starckes Golfplatz den Buckel krumm zu schuften. Die offene Rechnung allerdings als *kleine Unstimmigkeit* zu bezeichnen war ja wohl der Gipfel der Unverfrorenheit. Monika spürte, wie die Wut in ihr aufstieg.

»Entweder Sie zahlen jetzt, oder …«

»Oder was, Monika?«

»Oder ich sorge dafür, dass Sie Ihren Golfplatz wieder zusperren können, bevor Sie ihn aufgemacht haben!«

Starcke hatte immer noch seine Hand auf Monikas Arm liegen. Er lachte einmal kurz auf, sah Monika dabei tief in die

Augen und flüsterte ihr leise, aber mit einer nachgerade obszönen Intensität seiner Stimme ins Ohr:

»Das ist genau das, was mir an Ihnen so gefällt, Monika. Es ist eine Lust, mit Ihnen zu verhandeln.«

»Eine Lust?«

»Ja, Monika, eine Lust.«

Monika glaubte, sie hätte sich verhört. So etwas hatte schon lange niemand mehr zu ihr gesagt. Eigentlich seit fast neunzehn Jahren nicht mehr.

Den Ablauf der Dinge, die dann geschahen, konnte Monika später beim besten Willen nicht mehr rekonstruieren. Jedenfalls nicht im Detail. Plötzlich sang aus den Lautsprechern der Bang-&-Olufsen-Anlage Leonard Cohen sein »Bird On The Wire«. Das hatten die Jungs von der Oberschule damals immer gehört, und Monika war nur auf dem Maria-Ward-Institut gewesen, wo es die mittlere Reife samt Hauswirtschaftskunde für Mädchen gab, und die korrespondierenden Knaben-Realschul-Jungs kannten gar keinen Leonard Cohen.

Starcke hatte ihr noch vom wirklich feinen Prosecco nachgegossen, und irgendwann hatte Monika seiner Stimme nicht mehr widerstehen können und war in seinen Armen gelandet, mitten in der sonntäglichen Sommerhitze, zwischen Prosecco, Espresso, Leonard Cohen und Schwarzwälder Kirsch. Ihr geschmeidiger Schuldner erwies sich als geschickter Liebhaber, und die Stimme, mit der er seine Liebkosungen untermalte, gab ihr sowieso den Rest.

Und so waren sie nach einiger Zeit auf der Ledercouch zu einem für beide Seiten durchaus befriedigenden Ende der Reklamationsverhandlungen gekommen.

Monika zog sich das Kostüm wieder an und sah nach draußen, auf den Rasen und die wunderschönen Büsche, die einen Hauch von Shadow Creek ins Allgäu brachten. Nochmals näherte sich Dr. Starckes Hand ihrem Haar.

»Eine kleine Affäre kann durchaus auch eine Chance für eine prekäre Beziehung sein, Monika.«

»Es tät mehr helfen, wenn Sie die Schlussrechnung bezahlen.«

»Monika, wenn es nach mir ginge, würde ich das lieber heute als morgen tun.«

»Morgen tät schon reichen.«

»Ich mag Ihren Humor, Monika. Soll ich Sie nach Hause fahren? Oder Ihnen ein Taxi rufen?«

»Danke, ich gehe gerne noch ein Stück. Es ist ja Sonntag.«

Das hätte gerade noch gefehlt, dass der Schorsch sie am helllichten Sonntagnachmittag mit einem Taxi vor der Gärtnerei hätte ankommen sehen, oder gar im Jaguar von Herrn Doktor Starcke.

Nach seiner Bilderbuchlandung zerrte Schorsch seine Piper zurück in die Halle, alleine, wie immer. Neben ihm tauchte schon wieder der Luggi Fimpel auf, sein Funkgerät in der Hand. Wahrscheinlich, dachte Schorsch, hatte der Fimpel das Ding auch beim Kacken dabei.

»Eine saubere Landung war das wieder, Schorsch! Dreipunktlage, kein bissle Schieben, perfekt wie aus dem Lehrbuch. Die Buben bei mir drin in der Luftaufsicht haben alle geklatscht!«

Schorsch nickte kurz. Man klatschte ja auch nicht, wenn einer sein Auto in die Garage reinfuhr.

»Wie geht's deinen Rosen, Schorsch?«

»Geht schon.«

»Der Golfplatz, den du da angelegt hast für diese Herren

aus Hannover, der ist recht schön geworden. Ich bin gestern drübergeflogen...«

Der Blick, den Schorsch dem rotgesichtigen Fimpel zuwarf, machte selbst dem Flugbetrieb-Geschwätzleiter klar, dass die Unterhaltung definitiv beendet war.

Kaum war Schorsch mit dem Toyota-Pick-up in seine Gärtnerei eingebogen, hatte er sofort das Hip-Hop-Wummern in den Ohren, das aus dem kleinen Gewächshaus kam, in dem Miriam jetzt hauste und Tag und Nacht malte. Immerhin hatte seine Tochter das Abitur mit einem Schnitt von 2,7 geschafft, und Monika hatte ihn überredet, auf die Abi-Feier im Gymnasium mitzugehen, und ihm eigens dafür einen Anzug beim Otto-Versand bestellt, den er sogar angezogen hatte. Zum Dank war Miriam dann in der Aula im farbverschmierten Maler-Overall aufgelaufen, um ihr Zeugnis der Reife entgegenzunehmen.

Schorsch fluchte, der zweite Gang des Toyota klemmte schon wieder. Er gab noch mal kurz Gas, trickste den Gang rein und rammte dabei beinahe die alte Zinkbadewanne, die Miriam vor ihr Gewächshaus geschleppt und mit Erde vollgeschaufelt hatte. Da drin steckte eine Schaufensterpuppe, männlich, grün angepinselt, mit Augenbinde und einem Klebstreifen quer über dem Mund. In der einen Hand steckte eine schwarz lackierte Plastikrose, in der anderen ein kleines Spielzeug-Flugzeug. Drum herum schauten zwei Plastikpuppen-Popos aus der Erde, drüber war mit Holzstöcken und Blumendraht ein buntes Ölbild gespannt: ein kitschiger Sonnenuntergang über den Allgäuer Bergen, daneben stand in Pinselschrift »Glückliche Familie«. Auf dem höchsten Gipfel pappte das 2,7er-Zeugnis der Reife, und Schorsch hoffte, dass es nur eine Kopie war. Auf den Gedanken, dass er selbst mit diesem Mumpitz gemeint sein könnte, kam er gar nicht, allein schon deswegen nicht, weil das Modellflugzeug ein Tiefdecker und seine Papa-Whiskey-Golf ein Hochdecker war.

Vom Austragshäuserl kam sein Vater Franz herüber, hinkend, aber stolz, dass er mit vierundachtzig noch ohne Stock ging. Franz war klein, hatte seinen ausgewaschenen Arbeitsanzug an und den grauen Filzhut auf, der aussah, als hätte er ihn aus einem Mülleimer gezogen, irgendwann kurz nach dem Krieg. Sein Körper war sehnig, das Gesicht faltig, unrasiert, aber die zusammengekniffenen blauen Augen funkelten wachsam.

»Bei dem Toyota-Glump, da klemmt schon wieder der zweite Gang!«

Schorsch wunderte sich, woher sein Vater das wusste. Den Führerschein hatte ihm die Polizei vor drei Jahren abgenommen, wegen Sehschwäche. Und seiner kategorischen Weigerung, eine Brille aufzusetzen.

»Ich seh genug!«, hatte er immer nur gesagt.

Schorsch versuchte, sich schnell in seine Rosenwerkstatt zu verdrücken, aber der Alte gab keine Ruhe.

»Das Glump hätt'st du gar nicht kaufen dürfen! Den Karren sollt man den Toyota-Deppen wieder in den Hof stellen und sagen: ›Geld zurück!‹«

»Vater, der Toyota ist zwölf Jahre alt!«

»Die VW-Pritsche hab ich damals fünfundzwanzig Jahr lang gefahrn, 250 000 Kilometer. Und da hat sich nix gefehlt!«

»Woher weißt du das überhaupt schon wieder, das mit dem zweiten Gang?«

»Ich hab neue Zigarren gebraucht. Da bin ich halt gestern geschwind in d' Stadt neig'fahren. Mir bringt ja keiner was!«

Schorsch schüttelte den Kopf.

»Dann sag's halt, wenn du Zigarren brauchst! Das weiß doch die ganze Stadt, dass du keinen Führerschein mehr hast.«

»Die können ruhig wissen, dass man einem alten Mann, der immer noch schafft wie ein junger, nicht einmal ein paar Zigarren holt! Alles muss man selber machen da auf dem Hof!«

Der für Schorsch geradezu ausschweifende Wortwechsel wurde wegen Miriams Hip-Hop-Hofbeschallung mit großer Lautstärke geführt. Und weil sich Franz Kempter senior auch standhaft weigerte, ein Hörgerät zu tragen.

Miriam streckte ihren Kopf aus dem Gewächshaus.

»Müsst ihr so rumschreien da draußen? Ich male!«

»Das hört man.«

Miriam hatte den verschmierten Overall von der Abi-Feier an, der ihre paar Kilo Übergewicht großzügig umhüllte.

»Miriam, mach halt die Musik ein bissle leiser, heut ist Sonntag.«

»Das sagt der Richtige! Du und dein Scheiß-Krachflieger… Ich brauche die Musik zum Malen.«

»Und ich brauch Ruhe für meine Rosen! Wo ist überhaupt die Mama?«

»Spazieren, glaub ich.«

»Die sollt sich auch lieber um die Buchhaltung kümmern, statt am helllichten Tag irgendwo umeinander zu spazieren!«

Schorsch entfloh drohendem weiterem Geschwätz, ging kommentarlos und direkt in seine Rosenwerkstatt.

Franz Kempter klopfte seiner Enkelin auf die Schulter.

»Wegen mir kannst die Musik ruhig laufen lassen, ich hör

ja eh nix mehr. Was malst denn wieder Schönes da drinnen?«

»Neugierig, Opa?«

Franz grinste und zeigte auf die Badewanne mit der Puppen-Installation.

»Do fehlt bloß noch ein Alter mit einem grauen Hut, einer Zigarre in der Gosch und einem Hörgerät am Grind!«

Dann fing er schallend an zu lachen.

»Das hat der Schorsch noch gar nicht g'merkt, dass er damit g'meint ist, mit der Schaufensterpuppe, oder?«

Miriam grinste, Franz zog eine Zigarre aus der Brusttasche seiner Arbeitsjacke und zündete sie an. Sein Lachen ging in einen heftigen Hustenanfall über.

»Du sollst nicht so viel rauchen, Opa.«

»Unkraut verreckt nicht. Schau lieber, dass du einen Kerl findst, der dir deine Farben zahlt!«

»Ich find dann schon einen, wenn ich einen brauche, Opa.«

Seit Schorsch das alte Sofa vom Speicher in seine Rosenwerkstatt geschleppt hatte, war es noch enger in der kleinen Hütte geworden und muffiger, denn meistens schlief er auch gleich bei seinen Rosen. Rosenzucht war ein Geduldsspiel, vor allem weil Schorsch das Unmögliche schaffen wollte: die Zucht einer schwarzen Rose. Angeblich war das einem schwäbischen Pfarrer in den dreißiger Jahren gelungen, aber die Rose ist seitdem verschollen. Fast schwarze Exemplare gab es einige, aber da schimmerte immer noch ein wenig Lila durch.

Die Blüten der Rosen waren zwittrig, in jeder Blüte befanden sich sowohl die weiblichen Samenanlagen als auch die männlichen Staubbeutel. Damit wäre der Menschheit viel erspart geblieben, hatte Schorsch manchmal gedacht.

Im Laufe der Jahre hatte er seine eigene Technik entwickelt. Zuerst entfernte er bei den Vatersorten die Staubbeutel und fing sie in einem Schälchen auf. Dann bestäubte er die Mutterpflanzen mit dem Blütenstaub der Vatersorte, das ging am besten mit dem Finger. Sofort nach der Kreuzung stülpte er einen Stoffbeutel über die Blüte, um eine Fremdbestäubung durch übereifrige Insekten zu verhindern. Das war nichts für Anfänger, die Prozedur konnte Jahre dauern, die Ausbeute war oft gering. Wenn dann im April des folgenden Jahres die kleinen Rosenpflanzen zum ersten Mal blühten, sah Schorsch ganz genau hin, aber bis jetzt hatte er die wirklich schwarze Rose noch nicht zustande gebracht. Immer schimmerte noch ein Hauch von Lila in den Blütenblättern durch.

In der *Rosenzucht aktuell* hatte Schorsch gelesen, einem Herrn Kolesnjikow in Dnjepropetrowsk in der Ukraine sei das Kunststück gelungen. »Schwarzer November« hatte er seine Kreation genannt.

Wenn er mal ein paar Tage Zeit hätte, würde er sich in seine Papa-Whiskey-Golf setzen, hinfliegen zu diesem Herrn und ihm ein bisschen auf die Finger schauen. Aber Schorsch hatte nie Zeit, so etwas wie Urlaub hatte er seit Jahren nicht gemacht. Bei Miriams Hip-Hop-Lärm und dem, was in letzter Zeit in seiner Familie und der Firma alles aus dem Ruder lief, hätten die Knospen eigentlich von selbst schwarz werden müssen, dachte Schorsch. Vielleicht würde er doch mal mit den Rosen reden müssen.

Der Fußmarsch vom Golfplatz zurück nach Hergatz, wo der Zug sogar pünktlich kam, hatte Monika gutgetan. Sie musste durchatmen, den Kopf frei kriegen: Sie war ihrem Schorsch zum ersten Mal untreu gewesen. Und hatte sich ausgerechnet mit dem Mann eingelassen, der drauf und dran war, sie und ihre Familie in die Insolvenz zu treiben. Das bisschen Hoffnung, das unbeabsichtigte Tête-à-Tête auf dem Ledersofa, das sich vielleicht positiv auf Herrn Dr. Starckes Zahlungsmoral auswirken könnte, war ihr beim Heimweg schon vergangen, Schritt für Schritt. Den Quatsch von wegen *Formsache* konnte glauben, wer wollte. Aber es war eben ganz einfach passiert, so gesehen tausendmal einfacher, als den Schorsch von seinen Rosen wegzulocken.

Zu Hause hatte Monika schnell geduscht, heimlich. Man duschte im Hause Kempter nicht einfach an einem Sonntagnachmittag um fünf. Das blaue Kostüm hatte sie gleich in die Wäsche gesteckt und sich eine Jeans angezogen. Dann deckte sie in der Küche den Tisch fürs Abendbrot, wie jeden Abend, Brot und Aufschnitt, dazu ein wenig Käse und ein paar selbst gezogene Tomaten, Gurken und Radieschen. Meistens wurde schweigend gegessen. Reden half auch nichts, wenn einer das Maul nicht aufbrachte. Vielleicht war all das ganz normal nach neunzehn Ehejahren. Es gab Frauen, die es noch schlechter getroffen hatten als sie mit ihrem schnarchenden Stoffel samt schwerhörigem Schwiegervater. Immerhin schuftete Schorsch bis zum Umfallen, und wenn sie auch nicht reich geworden waren mit dem Gartenbau, so hatte das Geld doch stets für das Nötigste gelangt. Aber wenn der Dr. Starcke nicht bald zahlte, dann war auch sie bald am Ende mit ihren finanziellen Tricks, die sie sich im Laufe der Jahre draufgeschafft hatte.

Wenigstens Miriam machte ihr Freude: Monika fand den Plan, Malerin werden zu wollen, gar nicht absurd. Miriam hatte schon als kleines Kind gezeichnet und gemalt, immer mit einer unbändigen Lust. Miriam hatte Talent, und sie war ein hübsches Mädchen. Ihre blauen Augen waren klar, sie hatte einen schönen Mund, und um die Hakennase von Schorsch war sie herumgekommen. Ein bisschen zu proper war sie vielleicht, aber der Babyspeck würde sich rauswachsen, spätestens dann, wenn Miriam wegziehen würde. Wie sie dann aber ohne ihre Tochter diese Hölle hier überstehen sollte, daran wollte Monika gar nicht denken.

Schorsch saß an der Stirnseite des alten Holztischs in der Küche und aß stumm. Ihm gegenüber kaute sein Vater Franz, einzig auf der rechten Seite, weil sich sein Zahnprovisorium links unten hin und wieder löste. Monika oder Miriam mussten es ihm dann jedes Mal wieder einkleben. Trotz ihres Hungers knabberte Monika nur herum. Am Ende hätte noch jemand gefragt, wieso sie an einem Sonntag einen solchen Appetit entwickelte. Auch Miriam kaute lustlos und ließ plötzlich mit einem Scheppern das Besteck fallen.

»Warum lasst ihr euch nicht scheiden?«

Miriam hatte die Frage in einem Tonfall gestellt, in dem man sich nach der Uhrzeit erkundigte. Franz, der Alte, gab ein kleines meckerndes Lachen von sich.

»Das ist doch der totale Horror zwischen euch!«, legte Miriam nach.

Schorsch schluckte hastig hinunter, denn mit vollem Mund sprach man nicht.

»Schwätz nicht blöd daher, iss lieber g'scheit. Und nimm ein Brot.«

»Ich bin schon fett genug. Sonst find ich am Ende keinen Kerl, der mir die Malerei finanziert.«

Wieder lachte ihr Großvater. Monika rutschte mit ihrem

Hintern auf der Bank näher an den Tisch heran, als könnte sie damit die Normalität des Abendessens wiederherstellen. Inständig hoffte sie, Schorsch würde nicht wieder ein »Fräulein Tochter« herausrutschen, denn das brachte Miriam immer restlos auf die Palme. Zu Recht.

»Sobald der Brief von der Akademie kommt, bin ich sowieso fort.«

»Wenn sie dich nehmen.«

Jetzt hatte Schorsch doch mit vollem Mund gesprochen.

»Wenn sie mich nicht nehmen, hau ich trotzdem ab, nach München. Oder nach Berlin.«

»Und wer soll das zahlen? Für so einen Schmarrn haben wir kein Geld.«

Miriam zuckte mit den Schultern.

»Ich lieg euch schon nicht auf der Tasche.«

»Besser wär's. Hat da einer geduscht vorhin?«

Monika gefror ein stummes Lächeln im Gesicht, Schorsch schob sich mit der Spitze des Messers noch ein dickes Stück Käse in den Mund.

Die Anspannung, die über dem Tisch lag, war jetzt fast essbar. Miriam malträtierte die eine der beiden Tomaten auf ihrem Teller so mit der Gabel, dass etwas Saft herausspritzte, direkt auf die Bluse ihrer Mutter, was bei Monika unangenehme Assoziationen an den heutigen Nachmittag wachrief. Sie lächelte ihre Tochter an und versuchte, mit einer Serviette den Fleck auf ihrer Bluse wegzureiben. Schorsch knallte wütend sein Messer auf den Tisch.

»Wenn der Starcke vom Golfplatz nicht bald zahlt, dann können wir zusperren!«

Miriam grinste.

»Seid ihr pleite, oder was?«

»Hock dich grade hin, Miriam! Und iss g'scheit!«

»Aber dafür, dass du jeden Sonntag mit deinem Krachflieger den Dreck in d' Luft bläst, dafür ist Geld da.«

»Und mir gehen die Rosen ein von dem Hip-Hop-Krach, den mein Fräulein Tochter die ganze Nacht da veranstaltet!«

Monika rieb noch heftiger an ihrem Tomatenfleck herum, als könnte sie damit die bösen Geister dieses Abendessens vertreiben und das »Fräulein« ungesagt machen.

Miriam nahm die restlichen Tomaten, legte sie unendlich langsam nebeneinander vor sich hin, ritzte mit dem Messer zwei gekreuzte Schnitte in die Oberseite jeder Tomate, legte beide Hände gespreizt auf die Früchte, grinste Schorsch abermals an, direkt in die Augen, und drückte dann entschlossen zu. Wie geplant entwich die Flüssigkeit spritzend aus den Sollbruchstellen der saftigen Tomaten. Im nächsten Moment hatte Miriam sich von Schorsch eine Ohrfeige eingefangen. Schnell, saftig, fruchtig, zu den zermantschten Tomaten passend.

»Das war das letzte Mal, dass du mir eine gescheuert hast in diesem Leben. Und wenn du noch einmal ›Fräulein Tochter‹ zu mir sagst, hau ich zurück!«

Franz, der eine volle Ladung Tomatenpüree abbekommen hatte, rief:

»Wenn nur der Blitz neischlag'n tät in alles!«

»Das Beste wär's, Opa.«

Stolz wie eine Prinzessin stand Miriam auf und ging nach draußen. Monika versuchte, ein Schluchzen zu unterdrücken, während sie rasch Lappen und Schüssel holte, um die Sauerei aufzuwischen.

»Wann zahlt der Dr. Starcke jetzt die Schlussrechnung?«

Monikas Gesicht hatte mittlerweile auch den Farbton der Tomaten angenommen.

»Hätt'st halt den California-Goldstar-Rasen genommen, wie er's gesagt hat, der Herr Dr. Starcke. Grün ist eben nicht gleich Grün.«

»Den California-Dreck spült's ihm doch in zwei Wochen weg, bei unsern 3000 Millimeter Niederschlag. Das ist Wohmbrechts, nicht Las Vegas.«

Monika nickte und wischte an ihrem Fleck herum.

»Mir musst du das nicht erzählen, Schorsch. Aber der Dr. Starcke sagt eben, das müsste ein Gutachter entscheiden. Vorher zahlt er nicht. Wegen seinem Konsortium, die täten des Grün eben nicht akzeptieren.«

Schorsch sah seiner Frau tief in die Augen.

»So, sagt er das, der Herr Dr. Starcke? Bist wohl ganz speziell mit dem Herrn?«

»Schorsch, jetzt red halt nicht so saudumm daher!«

Monika wischte sich mit einer Serviette die Tränen weg und rieb sich dabei den Tomatensaft in die Augen.

Franz schlug mit seiner knochigen Faust auf den Tisch, wobei er noch eine Tomate erwischte.

»Mein Lebtag hab ich mir den Buckel krumm g'schafft für die Gärtnerei, dass ihr mir zum Dank den ganzen Betrieb jetzt in den Konkurs neifahrt!«

»Vater, dieses saudumme Geschwätz hilft jetzt auch keinem.«

»Ein Fluch liegt auf'm Hof!«

»Morgen Nachmittag um zwei haben wir einen Termin beim Bickl in der Kanzlei«, sagte Monika so sanft und schonend wie möglich.

Schorsch wischte sich wortlos den Mund ab, stand auf,

ging hinüber in seine Rosenwerkstatt und wünschte sich, er hätte beim Abendessen einfach das Maul gehalten. Bis halb elf pfriemelte er stumm an seinen Rosen herum, rauchte eine halbe Packung Reval, dann legte er sich auf das Sofa.

Kaum hatte er die Augen zugemacht, ging der Hip-Hop wieder los. Schorsch warf sich die Decke vom Leib und rannte in Unterhosen nach draußen.

»Jetzt ist Ruhe da drin! Ich muss schaffen ab fünf in der Früh!«

»Und ich muss malen!«, kam es aus dem Gewächshaus zurück.

Schorsch war kurz davor, der Badewanne einen Fußtritt zu verpassen, aber er wusste instinktiv, dass so ein Tritt nichts Grundlegendes ändern würde. Außerdem war er barfuß und die Badewanne aus stabilem Zinkblech.

Er ging zurück ins Rosenhaus, legte sich erneut auf die Couch und zog sich das Kissen über den Kopf, als könnte er damit seine Gedanken an die Gegenwart und die Vergangenheit abstellen. Trotz des Kissens über dem Kopf bekam er mit, dass sein Vater sich offenbar wieder am Obstler-Vorrat der Familie gütig getan hatte.

»Es ist ein Fluch auf'm Hof!«, schrie der Alte.

Miriam rief aus dem Gewächshaus:

»Alles wird gut, Opa. Leg dich schlafen.«

»Die Männerleut schlafen, und die Weiber malen! Ein Fluch ist auf dem Hof!«

Schorsch hörte seinen Vater davonschlurfen in sein Austragshäuserl, und Miriam stellte die Musik einen Hauch leiser.

Um fünf in der Früh hatte sich Schorsch im Gartenhaus einen Pulverkaffee gemacht, dann fing er draußen an zu arbeiten. Um diese Zeit hatte er sogar vor seinem Vater Ruhe. Rasch topfte er ein paar Rhododendronbüsche um und fing an, den Toyota zu beladen: Gießkannen, mehrere Spaten und Schaufeln, einen Stampfer mit Zweitaktmotor und ein paar selbst gezogene Büsche und Bodendecker. Die aufgehende Sonne lachte ihm dabei zu, aber das Schönste an diesen Morgenstunden war, dass nicht ständig einer dahergelaufen kam und irgendeinen Schmarrn daherredete.

Herrn Breinlingers Neubau, den Schorsch heute auf dem Zettel hatte, lag am Stadtrand, und der anzulegende Garten war kaum größer als ein Bettlaken. Wo noch vor zwei Jahren Kühe gegrast hatten, standen jetzt kleine Einfamilienhütten, die aussahen wie aus Fertighausprospekten ausgeschnitten, geschmacklos angestrichen und mit glasierten bunten Ziegeln gedeckt, eine Kolonie von Hasenställen für Farbenblinde. Nach und nach hatten die Bauern ihre Wiesen an den Vochezer verkauft, einen Maurer, der's zum Bauunternehmer gebracht hatte und sich seit Neuestem sogar »Ingenieur FH« nannte. Schorsch war sicher, dass dieses »FH« für »Fertighäuser« stehen musste und man den Titel wahrscheinlich geschenkt bekam, statt Rabattmarken, wenn man dreißig dieser Schachteln auf eine Kuhwiese draufbatzte.

Kurz nach Mittag hatte Schorsch zusammen mit Manne Strobel und seinem Vater die Pflanzlöcher ausgehoben und die vier bestellten Rhododendronsträucher eingesetzt. Manne Strobel war der einzige Gärtner, den Schorsch noch beschäftigte. Er war um die vierzig, groß und schlank und hatte lange Haare, die er zu einem Zopf gebunden trug. Sein Leben drehte sich im Wesentlichen um seine alte 1952er-

Harley-Davidson, um seine junge Freundin und die Kenntnis aller Nachtbars im Umkreis von hundert Kilometern. Das Arbeiten hatte Manne nicht erfunden. Auf einen Spaten gelehnt drehte er sich in aller Ruhe eine Zigarette. Bauherr Breinlinger, ein blasser Mittdreißiger aus der Stadtverwaltung, hatte sich eigens freigenommen, um Schorsch bei der Arbeit auf die Finger zu schauen und den Wasserverbrauch zu überwachen.

Schorsch ließ den Zweitaktmotor des Rüttlers an, um den Boden zu verdichten. Sofort kam Breinlinger aus dem Haus.

»Herr Kempter, wir haben nach 13 Uhr.«

»Ja, und?«

»Mittagsruhe. Von 13 bis 15 Uhr ist Mittagsruhe. Das ist vom Ordnungsamt verbindlich festgelegt.«

»Da wohnt doch überhaupt noch keiner …«

»Doch, sicherlich. Drüben in der 15 G und in der 13 H, und das sind ganz empfindliche ältere Herrschaften.«

Schorsch stellte den Motor ab und fing an, die Erde mit dem alten Eisenstampfer von Hand zu verdichten, als vor dem Grundstück der kleine grüne Daihatsu Cuore hielt, den Monika inzwischen aus der Werkstatt abgeholt hatte.

»Schorsch, wir müssen los. Ich hab dir dein Jackett mitgebracht.«

Schorsch dachte gar nicht dran, sich auch noch ein Jackett anzuziehen für das, was da jetzt verhandelt werden würde beim Steuerberater Bickl.

Die Kanzlei lag mitten in der Altstadt, in einem nach allen Regeln des Denkmalschutzes geldvernichtend teuer sanierten Fachwerkhaus. Stefan Bickl war groß, dick und käsegesichtig, trug eine starke Brille und war Vorsitzender des örtlichen Modellbahnvereins. Eines jedoch konnte er angeblich gut: Geld sparen und Schnäppchen machen. Und anderen Leuten für viel Geld sagen, wie so etwas ging.

Wie immer trug er einen braunen Anzug, die Krawatte saß eng um seinen speckigen Hals. Schorsch machte nacheinander vier von den Wasserfläschchen auf, die auf dem Konferenztisch standen, und trank sie jeweils in einem Zug aus. Der knausrige Breinlinger hatte Schorsch und seinen Leuten natürlich nichts zum Trinken angeboten. Stefan Bickl blätterte in den Unterlagen, die er vorbereitet hatte.

»Ja, Monika, Schorsch, das sieht nicht so gut aus. Am nächsten Ersten könnt ihr keine Löhne mehr zahlen, der Kredit ist schon zweimal nicht bedient worden, und Lieferantenrechnungen sind auch noch offen.«

Schorsch sagte nichts und machte sich noch eine Flasche Wasser auf.

»Habt ihr schon mit der Bank gesprochen?«

Monika schüttelte den Kopf.

»Da geht gar nichts mehr, Stefan. Ich hab alles versucht. Wir sind ein kleiner Handwerksbetrieb und …«

»… und nicht Griechenland, haha«, brachte Bickl den Satz mit einem kleinen Steuerberater-Scherz zu Ende.

»Könnt ihr nicht noch mal mit dem Herrn Dr. Starcke reden? Dass er wenigstens einen Teil bezahlt. Die Lösung solcher Probleme liegt oft im Kompromiss.«

Monika Kempter wurde immer bleicher im Gesicht und rutschte auf ihrem Stuhl herum.

»Stefan, das hab ich doch zigmal versucht. Da geht gar nichts.«

Bickl nickte erneut.

»Gut. Dann müsst ihr klagen, aber das kann dauern. Zwei

Jahre mindestens, vielleicht auch drei … Gutachter, Gegengutachter, das kennt man ja. Grade bei so einer heiklen Frage, ob das jetzt der richtige Grünton ist. Da gehen die Geschmäcker auch auseinander, und ich sage immer: Für jeden Geschmack findet man einen Gutachter.«

»Und was machen wir bis dahin?«, fragte Monika.

»Ja, wenn gar nichts mehr geht, dann müssen wir wohl oder übel ein Insolvenzverfahren eröffnen. Da muss dann alles auf den Tisch, das Haus, das Grundstück, was halt noch da ist an Werten.«

»Ist ja nichts mehr da außer halb verrecktem Glump!«, sagte Schorsch leise.

»Was ist mit deinem alten Flieger, Schorsch? Was würde der noch bringen, so in etwa?«

Schorsch sah seinen Steuerberater stumm an, wie ein blödes fettes Schaf, das ihm soeben seine Rosenstöcke zertrampelt hatte. Monika blickte stumm zu Boden, und Bickl lächelte debil, als hätte er etwas Falsches gesagt, wenn er auch nicht konkret wusste, was.

Schorsch trank die letzte Flasche Wasser leer und stand auf.

»Dann red ich jetzt mit dem Starcke.«

Stefan Bickl und Monika sahen sich erschrocken an.

»Mach jetzt bitte keinen Blödsinn, Schorsch. Das ist es nicht wert.«

»Aber Insolvenz anmelden, das ist es wert, oder was?«

Und draußen war er. Monika blieb sitzen und wusste nicht recht, ob sich's lohnte, weiter mit Bickl in die Details der Katastrophe zu gehen.

Dr. Starcke saß auf der Ledercouch, hatte eine Teetasse in der rechten Hand und spreizte den kleinen Finger ab. Schorsch hockte mit dem hintersten Drittel seiner linken Arschbacke auf einem Designerstuhl und bemühte sich, das zu bleiben, was die Leute gern »sachlich« nannten. Am liebsten hätte er diesem Dr. Starcke einfach eine gescheuert. Aber jetzt musste er wohl oder übel den Mund aufmachen.

»Herr Dr. Starcke, den California-Goldstar-Rasen, den spült's Ihnen doch gleich weg bei unseren 3000 Millimetern Niederschlag. Wir sind im Allgäu, nicht in Kalifornien.«

Dr. Starcke nickte so verständnisvoll, als hätte ihm soeben jemand den Schlüssel zum ultimativen Verständnis der ländlichen Handwerkerseele überreicht.

»Gut. Wenn Sie mir *das so* erklären, Herr Kempter, dann verstehe ich das.«

»Ja, dann zahlen's halt. Ich hab meine Arbeit gemacht.«

»Kein Zweifel, Herr Kempter, kein Zweifel. Ganz und gar *d'accord.*«

Das Lächeln des Verständigen hatte nun völlig Besitz ergriffen von Dr. Starcke, der kleine Finger war in einem Winkel von über 80 Grad zum Ringfinger gespreizt, die Teetasse lag stabil in der Hand.

»Aber leider bin ich auch nur ein ausführendes Organ des Vorstands. Und der von Ihnen angesäte Grünton wird leider vom Vorstand nicht akzeptiert. Sosehr ich das bedauere, aber was Sie geliefert haben, hatten wir nicht bestellt. Das ist zumindest die Auffassung des Vorstands.«

»Hätt ich Ihnen vielleicht einen Dreck da reinpflanzen sollen, wärn's dann zufrieden gewesen?«

»Keineswegs, Herr Kempter. Aber Sie hätten genau diese Problematik im Vorfeld *en détail* kommunizieren müssen.«

Schorsch überlegte, ihm *en détail* eine reinzuhauen, mitten in die Schnauze. Und zwar ohne dies im Vorfeld zu kommunizieren. Aber er riss sich zusammen.

»Ich hab meine Arbeit anständig gemacht, und ich muss meine Leute bezahlen. Und die Lieferanten.«

»Das verstehe ich ja. Nur: Wenn wir uns nicht einig sind, dann müssen das eben die Gutachter klären. Das ist die übliche Geschäftspraxis. Und ich denke, ich bin da bei Ihrer Gattin auch auf Verständnis gestoßen.«

Dafür, dass Dr. Starcke angeblich bei der Monika auf Verständnis gestoßen war, hatte Schorsch überhaupt kein Verständnis. Irgendetwas kam ihm da komisch vor.

»Herr Kempter, was wir hier haben, ist im Grunde der ganz normale Fall einer Reklamation. Eine Standardsituation gewissermaßen. Also nehmen Sie das bitte nicht persönlich. *Business as usual.*«

»Dann kann ich meinen Betrieb zusperren!«

Dr. Starcke beugte sich nach vorne, unterschritt die in Mitteleuropa übliche soziale Distanz von achtzig Zentimetern zu Schorsch auf ein gefährliches Untermaß und sagte:

»Herr Kempter, Ihr Problem ist, dass Sie nicht mit den Menschen reden.«

Darauf wollte Schorsch nichts mehr sagen. Er rang mit dem Drang, sein zugereistes Gegenüber ungespitzt wie einen morschen Holzpfosten in den Boden seines unfertigen Clubhauses hineinzufäusteln, bündig mit der Oberfläche. So, dass bloß die affige Teetasse noch rausschaun tät, samt dem Spreizfinger, und das Ganze dann mit dem Rüttler zu verdichten. Aber so dumm, wie Dr. Starcke vielleicht gehofft hatte, war Schorsch dann doch nicht. Das Gerede mit diesem Lackaffen jedoch hätte er sich sparen können.

Es war schon fast Mitternacht, als Schorsch in seiner Rosenwerkstatt hockte, trübsinnig auf das vergilbte Foto seiner Papa-Whiskey-Golf glotzte und sich wunderte, wie trügerisch still es auf dem Hof war. Ohne handgreiflich zu werden, hatte er den Golfplatz verlassen, kommentarlos auf sein Abendbrot verzichtet und war direkt zu seinen Rosen gegangen. Dort hatte er sich grübelnd einen um den anderen Schluck Obstler zugeführt. Als die Müdigkeit langsam seine Traurigkeit zu überlagern begann, ließ er sich angezogen auf das Sofa fallen.

Plötzlich schreckte er hoch, ihm war, als hätte er ein Klopfen gehört. Miriam stand in der Rosenwerkstatt, nassgeschwitzt, wahrscheinlich vom Tanzen in der Disco Bleifrei. Seine Tochter hatte ihm gerade noch gefehlt.

»Morgen ist die Badewanne da draußen weg. Sonst schieb ich sie eigenhändig mit dem Radlader auf den Müll. Und die Akademie kannst dir aus'm Kopf schlagen! Brotloser Quatsch.«

»Soll *ich* vielleicht eure bankrotte Gärtnerei übernehmen?«

Dass Miriam frech wurde, war nichts Neues.

»Was hast du mit der Mama gemacht? Die liegt auf dem Bett und heult.«

»Nichts hab ich gemacht mit ihr.«

»Das reicht ja schon. Jede Pflanze tät eingehen, wenn man sie so verhungern lassen tät wie du die Mama!«

Schorsch legte noch einen Obstler nach.

»Hat die Mama einen anderen?«

»Frag sie doch.«

»Des merk ich auch so …«

»Dann frag nicht so saudumm. Der Opa ist ein Depp, aber mit dem kann man wenigstens reden. Und der hat ein Herz. Aber du …«

»Was?«

»Ja, was! Ein Holzbock bist du, mitsamt deinen schwarzen Rosen und deinem Scheiß-Flugzeug! Ich hätt auch gern einen Vater gehabt und keinen verbitterten Grantler, der sein Maul nicht aufbringt.«

Miriam schlug die Tür hinter sich zu. Kurz danach ging der Hip-Hop-Lärm wieder los. Schorsch trank noch einen Obstler und versuchte zu schlafen. Aber es gab Gedanken in seinem Hirn, gegen die auch der beste Obstler nicht half.

Kurz nach eins stand er auf, zog sich Hemd und Hose über und stieg in den Pick-up. Er fuhr zum Flugplatz, quetschte sich leise durch das Hallentor und setzte sich in seine Piper.

»Das tät denen so passen, dass du unter den Hammer kommst, bloß weil so ein paar Golfplatz-Deppen das Grün nicht gefällt.«

Er nahm die beiden Sitzbretter heraus, quetschte ein altes Stück Schaumstoff, das ihm sonst als Unterlage für Reparaturen am Rumpf diente, auf den Kabinenboden, legte sich hinein, zog sich eine alte Werkstattdecke hoch bis zum Hals – und war nach ein paar Minuten eingeschlafen.

Die Morgensonne war gerade über den östlichen Moränenhügeln aufgegangen, als Schorsch aufwachte, um fünf Uhr, wie jeden Tag. Er kletterte aus der Papa-Whiskey-Golf und putzte sich am Werkstatt-Waschbecken die Zähne mit der alten Zahnbürste, die im Bordwerkzeug der Piper lag. Danach wuchtete er das Hallentor auf und stand mitten in der Morgensonne. Es würde ein herrlicher Tag werden, noch kein einziges Wölkchen war am Himmel, kaum ein Lüftchen rührte sich.

Er schob die Piper nach draußen, riss den Propeller mit

der rechten Hand an, stieg schnell in die Kabine und rollte direkt zur Startbahn. Den Funk konnte er sich sparen, es war sowieso niemand am Platz außer ihm, und windstill war's auch. Sobald die Öltemperatur im grünen Bereich war, gab er Gas, hob das Heck und ließ die Papa-Whiskey-Golf einfach wegsteigen, nach nicht mal hundert Metern Rollstrecke.

Schorsch flog in Richtung Südosten, direkt zum Hochgrat, dessen Gipfel um diese Zeit noch menschenleer war. Die Touristen schliefen noch tief in ihren überteuerten Hotelbetten, nur auf der Außenterrasse der Hochgratbahn fuhrwerkte eine ältere Putzfrau herum, die mit Eimer und Lappen die Bierbänke vom Dreck und Erbrochenen des Vorabends säuberte. Schorsch drehte auf Ostkurs und flog die Nagelfluhkette entlang, direkt ins Kleinwalsertal hinein. Er kurvte herum wie ein wild gewordenes Schwälbchen, als könnte er sich damit seine Wut auf diesen Dr. Starcke aus der Seele schütteln. Seinen geliebten Flieger herzugeben, wegen eines angeblich falschen Grüntons, das war wirklich außerhalb seiner Vorstellungskraft.

Nach einer halben Stunde flog er zurück zum Flugplatz, heute war ein ganz gewöhnlicher Dienstag, und er musste zur Arbeit. Schorsch hatte die Wiese vom Fliegenden Bauern schon in Sicht, als er, quasi aus Gewohnheit, das Funkgerät anschaltete. Sofort plärrte der Fistel-Fimpel aus dem Lautsprecher.

»Ja spinnst du denn jetzt komplett, Schorsch!? Um fünfe in der Früh losfliegen, da warten die Flugplatzgegner doch bloß drauf. Das hat Konsequenzen, das sag ich dir!«

Mit einem Blick nach unten erkannte Schorsch, dass er etwa noch 50 Fuß Höhe hatte und kaum hundert Meter von der Landeschwelle entfernt war. Er dachte an Dr. Starcke, an

Miriam, an seinen alten Herrn, an den dicken Bickl und sah den schimpfenden Fimpel leibhaft vor sich, mit seinem roten Bluthochdruck-Kopf.

Das reichte, dass er mit der linken Hand den Gashebel nach vorne schob und mit der rechten den Funk ausschaltete.

Seinen schönen Flieger bekam kein Konkursverwalter in die Finger, und Fimpels Fistel-Konsequenzen waren ihm schnurzegal. Er kurvte nach Norden und ließ die Maschine steigen.

2

Schorsch flog in niedriger Höhe, die rechte Tür hatte er nach oben aufgeklappt, es wurde langsam schon wärmer. Unter ihm lag die Benediktinerabtei Ottobeuren, daneben leuchtete ein Golfplatz in demselben Grün, das er in Wohmbrechts angepflanzt hatte. Er erkannte den Lech, der aus den Vorarlberger Bergen kam und sich in sanft geschwungenen Bögen seinen Weg durch die Wälder nach Norden bahnte. Immer wieder verbreiterte der Fluss sich zu einem Stausee, und ein paar Kinder auf einer Luftmatratze winkten ihm zu. Schorsch wackelte zweimal mit den Tragflächen. Hätte ihm einer vor zwei Tagen erzählt, er würde einfach seine Arbeit liegen lassen und abhauen, er hätte es nicht geglaubt. Aber jetzt war es einfach so, andere waren schließlich auch mal krank.

Er zog sein altes Klapp-Handy heraus, ließ es aus der offenen Tür fallen und sah es Sekunden später aufplatschen und im Lech versinken. Damit war er nun definitiv weg von zu Hause, unerreichbar zum ersten Mal seit fast zwanzig Jahren. In gut 300 Fuß über der Wasseroberfläche folgte er lächelnd dem Lech nach Norden, ohne Eile und ohne ein Ziel.

Schorsch war gut über eine Stunde unterwegs, als er über eine Stadt kam. Er kramte eine alte Luftfahrtkarte unter dem Sitz hervor: Wie Nürnberg sah das nicht aus und wie München schon gar nicht. Und weil der Lech durch die Stadt floss, musste es Augsburg sein.

Sein Blick blieb am Schauglas für den Spritvorrat hängen, oben an der Flügelwurzel. Die kleine schwarze Kugel war schon ganz unten im Empty-Bereich und bewegte sich auch fast nicht mehr. Er musste irgendwo runtergehen und tanken. Auf der Karte entdeckte er nördlich von Augsburg einen Flugplatz mit Asphaltbahn, die hatten bestimmt Sprit. In diesem Moment fiel ihm ein, dass seine Brieftasche in der Rosenwerkstatt lag. Und Monika anzurufen und sie zu bitten, ihm die Brieftasche schnell nach Augsburg zu bringen, ging auch nicht, das Handy lag tief und sicher im Lech. Vielleicht ließen die da unten mit sich reden und würden ihm ein paar Liter Sprit auf Pump geben. Er suchte die Frequenz von Augsburg heraus, und ein kurzer Blick auf die Spritanzeige half ihm, seine Sprechfunk-Scheu zu überwinden.

»Augsburg, da ist die Delta-Echo-Papa-Whiskey-Golf, was kostet der Sprit bei euch?«

Erst einmal kam gar nichts. Dann schnarrte eine männliche Stimme aus dem Lautsprecher:

»Aircraft calling Augschbörg, say again your call-sign. Report heading, position and altitude!«

Wieder so ein Wichtigtuer am Funk, noch dazu auf Englisch, dachte Schorsch und versuchte es noch einmal.

»Papa-Whiskey-Golf, *what isch the fuel price* … ah, ich sag's grad auf Deutsch: Habt's ihr Sprit, und wenn ja, was kostet der? Weil dann tät ich geschwind runterkommen und …«

Weiter kam er nicht, die Stimme Augsburgs schnarrte noch um eine Spur heftiger:

»Papa-Whiskey-Golf, Augschbörg Tower: Leave my airspace

immediately due to active instrument approach! Papa-Whiskey-Golf: Verlassen Sic auf der Stelle meinen Luftraum! *I say again: Leave my airspace immediately!*«

»Ja, dann behalt doch deinen Sprit. Und leck mich am Arsch!«

Schorsch schaltete den Funk ab und kurvte nach Westen. Rechts unten sah er den Flugplatz. Eine ewig lange Asphaltbahn, nagelneue Hallen, vor denen lauter Business-Jets standen, aufgereiht wie Spielzeugautos. Von denen kostete jeder mindestens zwei Millionen, von den Wartungskosten ganz zu schweigen. Das waren keine Fliegenden Bauern da unten, das waren fliegende Geldsäcke. Fehlte bloß noch der Golfplatz neben der Landebahn.

Schorsch machte, dass er wegkam, in Richtung Nordwesten.

Noch einmal sah er zum Schauglas, die kleine Kugel hing wie festgenagelt über der Empty-Marke. Er hatte noch nie ausprobiert, wie lange man fliegen konnte, bis der Motor tatsächlich stehen blieb. Jetzt musste er ganz schnell entweder einen Flugplatz finden oder wenigstens eine Wiese, auf der er runtergehen konnte. Die Karte nutzte ihm nichts mehr, er war bereits über den nördlichen Rand des Blatts hinausgeflogen. Dillingen war die letzte Stadt gewesen, die er überquert hatte. Als er einen leichten Zündaussetzer hörte, suchte er sich sofort eine Wiese aus, direkt am Waldrand, die frisch gemäht war, zumindest zum Teil. Dörfer gab's keine in der Nähe, aber das war jetzt egal. Er kurvte so, dass er von Osten auf die Wiese zukam, und nahm das Gas etwas heraus. Das hätte er sich sparen können, denn der 65-PS-Conti blieb genau in diesem Moment stehen. Wie immer in Arschkarten-Situationen funktionierte Schorschs Hirn wie ein Uhrwerk:

Die Wiese würde er auch im Gleitflug erreichen, gerade noch so. Präzise glich er den leichten Seitenwind aus und steuerte einen perfekten Gleitflugwinkel. Er war vielleicht noch zwei Meter über Grund, als er den Rand der Wiese überflog. Der Rest war Routine, abfangen, mit den Seitenruderpedalen schön die Richtung halten, die Nase hochnehmen, die Höhe halten und dabei Geschwindigkeit abbauen. Sanft wie Butter auf einer warmen Brezel setzte Schorsch die Papa-Whiskey-Golf auf das Gras, hielt den Knüppel gezogen und trat ganz vorsichtig in die Bremsen, damit er sich nicht überschlug auf dem weichen Wiesenboden. Zehn Sekunden später stand die Papa-Whiskey-Golf mitten auf einer gemähten Wiese, irgendwo nördlich von Dillingen. So friedlich, als gehörte sie genau da hin. Schorsch schaltete die Zündung und den Hauptschalter aus, den Sprithahn abzudrehen konnte er sich diesmal sparen.

Und dann war Ruhe. Schorsch schnallte sich ab und schnaufte erst einmal gründlich aus. Sekunden später fuhr ihm das Adrenalin durch die Glieder. Das war die erste Notlandung in seinem Leben gewesen, ohne eine Chance auf Durchstarten. Wenn er die vermurkst hätte, wäre es wahrscheinlich seine letzte Landung gewesen.

So schlimm war's auch wieder nicht, dachte er ein paar Minuten später und musste kurz lachen. Er setzte sich ein paar Schritte weg von der Piper ins Gras und rauchte erst mal eine Reval.

Er guckte sich das Gras an, als hätte er nie zuvor Gras gesehen oder eine frisch gemähte Wiese. Er verfolgte die Wolken, die der Westwind vor sich hertrieb, und sah den Bäumen zu, wie sie sich im Wind bewegten. Fichten waren das, ziemlich hohe. Das war auch so ein Schmarrn, dass man vor hundert Jahren überall Nadelholz-Monokulturen hingepflanzt hatte, statt den schönen Mischwald stehen zu lassen, der da eigentlich hingehörte. Friedlich dümpelte seine Piper auf der Wiese, fast wie ein glückliches Rindvieh. Aber es war allemal besser, sie stand hier mit leeren Tanks im Nirgendwo, als dass ihr ein Gerichtsvollzieher beim Fliegenden Bauern einen Kuckuck auf die Bespannung gepicht hätte.

Ganz langsam wurde Schorsch klar, dass er einfach abgehauen war, anstatt zum Schaffen zu gehen. Er machte ein paar Kniebeugen und zwanzig Liegestütze im Gras, dann ging er runter zum Rand der Wiese, wo ein paar Weidenbüsche standen. Er schob sie zur Seite, dahinter tauchte ein kleiner See auf, ein Moorsee, vielleicht einen halben Kilometer lang und 200 Meter breit. Schorsch zog sich die Sachen bis auf die Unterhose aus, legte sie auf die Wiese und stieg in das Wasser. Es war warm, und Schorsch schwamm einmal quer hinüber zum anderen Ufer und wieder zurück. Das Wasser war dunkel und moorig, man hätte damit gut Rosen gießen können.

Schorsch wusch die Unterhose und hängte sie an die Weidenbüsche zum Trocknen. Dann legte er sich, vom Schwimmen müde, ins Gras und schlief einfach ein, an einem Dienstagnachmittag.

Als er aufwachte, stand die Sonne schon tiefer. Schorsch musste lachen: Jetzt hatte er glatt knapp 200 Kilometer nördlich seiner Heimat Siesta gemacht, was eigentlich ein Brauch aus dem Süden war. Schorsch bekam Hunger und entdeckte lediglich ein paar verkrüppelte Apfelbäume. Dafür war's natürlich viel zu früh im Jahr. Mit einer Hand fasste er sich auf den Bauch und beschloss, dass das eigentlich genug war, was er da mit sich rumschleppte. Ein bissel fasten konnte nichts schaden.

Er machte einen Abendspaziergang durch die Wiesen und Felder und streunte ziellos durch den Fichtenwald, ohne an Häusern oder gar Siedlungen vorbeizukommen. Es war schon fast halb neun, als er wieder bei seinem Flieger war, die Unterhose war längst im Wind getrocknet. Gegen den Durst füllte er sich unten am See eine leere Mineralwasserflasche auf, die hinten im Gepäckfach gelegen hatte. Er hockte sich neben seine Piper und fühlte sich so gut wie seit Langem nicht mehr, obwohl er den ganzen Tag nichts getan hatte. Als es dunkel wurde, rauchte er eine weitere Reval, dann legte er sich mit der alten Decke aus dem Gepäckfach unter die Tragfläche aufs Gras.

»Schlaf gut!«, sagte er und strich einmal zärtlich mit der Hand über die Rumpfbespannung der Piper. Ein paar Atemzüge später war er eingeschlafen, fast wie einer, der zufrieden war mit sich und der Welt.

Kurz nach sieben Uhr morgens wachte er auf und nahm als Erstes einen Schluck aus der Mineralwasserflasche. So spät war er seit Ewigkeiten nicht mehr aufgestanden.

Die Piper hatte die Nacht im Freien ebenfalls gut überstanden, weder war ein Sturm gekommen noch ein Rindvieh, das die Bespannung angefressen hätte. Schorsch stellte sich zum Pinkeln hinter das Seitenleitwerk. »Jetzt bräuchten wir beide bloß noch ein bissel Sprit…«

Er hatte keine Idee, wo er den herkriegen sollte, er konnte sich ja nicht mal eine Wurstsemmel kaufen. Schorsch ging runter zum See und schwamm eine morgendliche Runde. Das tat ihm gut, aber als er dann im Gras hockte und die erste Reval des Tages rauchte, kamen ihm erste Zweifel an der Idee mit dem Gar-nichts-Essen.

Er hörte ein Motorengeräusch, das sich näherte. Schorsch tippte auf einen Zwei- oder Dreizylinder-Diesel, luftgekühlt. Tatsächlich tauchte zwei Minuten später ein Traktor am Rand der Wiese auf, ein alter Allgaier mit 22 PS, ein Zweizylinder-Diesel. Luftgekühlt, bingo. Hinten dran hing ein uralter Ladewagen, auf dem wackelnd ein Agria-Motormäher stand, der eigentlich ins nächstgelegene landwirtschaftstechnische Museum gehört hätte.

Das Gefährt steuerte ein alter Bauer, dessen faltiges Gesicht mit grauen Stoppeln übersät war. Die Nase war krumm und kantig, unter den buschigen Augenbrauen ruhten ein paar graue Augen, die Bauernmütze aus blauem Baumwollstoff hatte er tief in die Stirn gezogen.

Der Bauer fuhr auf Schorsch zu, blieb direkt vor der Piper stehen und stellte den Motor ab. Der Motor war sehr heiß und dachte gar nicht daran, auf einen Schlag stehen zu bleiben, sondern versuchte noch ein paarmal verzweifelt, sich gegen den Stillstand zu wehren. Doch dann gab der Allgaier mit einem letzten Schepperer Ruhe. Der Bauer sah Schorsch mit einem stummen Blick an, den Schorsch nicht recht deuten konnte. Einen Moment lang befürchtete er, dieses wortlose Glotzen könnte jetzt weitergehen, bis einer von ihnen beiden tot umfiel.

Bevor das jedoch geschah, brach der Bauer das Schweigen mit einer tiefen, versoffenen Stimme.

»Was machst du da?«

»Nix.«

»Da wird man doch blöd davon.«

»Ja. Vom Schaffen aber auch.«

Der Bauer lachte. In einem Anflug von Geschwätzigkeit sagte Schorsch dann noch:

»Mir ist der Sprit ausgegangen … da hab ich runtermüssen.«

Der Bauer lachte nochmals.

»Besser da auf meiner Wiese als wie im Wald. Oder im Weiher drin, weil da hätt'st du dir am End noch einen sauberen Katarrh geholt! Und dein Flieger auch.«

Jetzt lachte auch Schorsch und sagte, dass er Schorsch hieß.

»Ich bin der Hans. Komm.«

Der Stall auf Hans' Hof war klein, niedrig und dunkel. Und dreckig. Vier Kühe, Braunvieh, standen in einer Reihe nebeneinander, drei lagen gegenüber vor dem Barren und kauten gelangweilt Grünfutter, das nicht besonders frisch aussah. Auf ihren Hintern klebten die Kuhfladen.

Schorsch hatte die Gabel in der Hand und mistete aus. Der Bauer lehnte am morschen Rahmen der Stalltür, rauchte eine Selbstgedrehte und sah Schorsch grinsend bei der Arbeit zu, als wollte er ihm die Gesellenprüfung für landwirtschaftliche Hilfskräfte abnehmen.

»Das machst du auch nicht zum ersten Mal, oder?«, sagte Hans, als Schorsch die volle Schubkarre über die dreckverschmierte Holzbohle nach draußen balancierte, zum Misthaufen.

Schorsch wollte wahrlich nicht umschulen zum Stallknecht, aber er brauchte einfach etwas zu essen, und wenn's ging, vielleicht noch ein Dach über dem Kopf, wenigstens für diese Nacht. Und ein paar Liter Sprit, um wieder zu verschwinden von diesem düsteren Ort.

Was er draußen beim Misthaufen sah, war auch nicht besser als der Stall. Das Wohnhaus war ziemlich heruntergekommen, oben am Dach fehlten einige Ziegel. Hinter dem Haus gab es ein paar baufällige Schuppen, dazwischen lag landwirtschaftliches Gerät herum, derart zugewachsen, dass man nicht mehr genau sagen konnte, ob das mal ein Mähbalken, ein Heuwender oder ein Häcksler gewesen sein mochte. Vier Traktoren zählte Schorsch auf den ersten Blick, der einzige, der noch zu funktionieren schien, war der alte Allgaier. Bei einem Fendt fehlte die halbe Vorderachse, zwischen den Zylindern und der Dieselpumpe eines International wuchs Gras hervor, und bei der vierten Maschine konnte selbst Schorsch nicht sagen, was das für ein Fabrikat war.

Schorsch musste an etliches Glump denken, das bei ihm zu Hause herumlag, aber gegen das Chaos hier war seine Gärtnerei ein klar strukturierter Betrieb, wenn man von Miriams künstlerischen Installationen absah. In der Nähe war kein anderer Hof zu sehen, nur Wiesen und ein paar Maisfelder. Über dem Anwesen lag ein fast greifbarer Geruch der Armut, und Schorsch überkam ein leiser Zweifel, ob das alles jemals noch aufgeräumt werden würde, bevor irgendwann eine Planierraupe kam.

Nachdem Schorsch dem Vieh frisches Gras vom Ladewagen vor die Mäuler gelegt hatte, lachte Hans.

»Schon besser als wie nix tun, oder?«

Schorsch nickte, er wollte dem Bauern nicht auf die Nase binden, dass es ihm gestern durchaus Spaß gemacht hatte, ein paar Stunden im Gras zu liegen und gar nichts zu tun.

Hans zeigte auf ein paar verkrüppelte Obstbäume, die in einem Wust von Unkraut standen, der wohl einst ein Vorgarten gewesen war.

»Die Obstbäum g'hörten auch schon längst mal wieder g'schnitten!«

Schorsch nickte wieder nur und wusste, was er am nächsten Tag machen würde. Irgendwann würde er dann halt nach ein paar Litern Superbenzin fragen. Er schaffte eine weitere Ladung Gras in den Stall.

»Lass gut sein jetzt, Schorsch. Ich hab Hunger.«

Auch die Küche war klein und dunkel, ein alter Weichholz-Bauernschrank, bei dem eine Tür fehlte, stand friedlich neben einer Kommode aus den Sechzigern mit einer pastellfarbenen Resopal-Oberfläche. In der Spüle stapelte sich so viel schmutziges Geschirr, dass Schorsch sich fragte, was eigentlich noch in den Schränken war. Dass hier außer diesem Hans niemand wohnte, war klar, optisch und geruchlich. Auf dem Tisch sah Schorsch einen Brotkorb, zwei leer gegessene Wurstdosen ohne Etiketten, einen Krug mit einem Rest Most und eine Flasche Obstler, die immerhin noch halb voll war.

»Und dann bist du einfach abgehaun mit deinem Flieger? Gestern in der Früh?«

Schorsch nickte.

»Und deine Frau?«

»Ja mei ...«

»So was tut man doch nicht, Schorsch.«

Schorsch zuckte mit den Schultern.

»Und was ist mit deiner Frau?«

Jetzt hob der Bauer kurz die Schultern.

»Die ist auch abgehaun. Auch in der Früh, an einem Mittwoch, zum Einkaufen. Vor sieben Jahren. Langsam glaub ich, die kommt gar nicht mehr.«

»Das tut man aber auch nicht ...«

Hans nahm die Obstler-Flasche in die Hand und trank lächelnd einen Schluck, als sei dies ein notwendiger Akt bei einem derartigen Gespräch. Danach schob er Schorsch die Flasche hin.

Schorsch nahm auch einen Schluck, wenn auch nicht so routiniert wie der Landwirt. Er fragte Hans:

»Hast du Kinder?«

»Einen Buben. Aber der ist auch schon weg. Erst nach und nach, vor drei Jahren dann ganz. Seitdem nix mehr g'hört von ihm. Also muss es ihm gut gehn.«

»Ich hab eine Tochter. Aber die ist nicht weniger schwierig. Die malt. Und will allerweil reden. Reden, reden, reden …«

»Das wollen's alle. Aber das nutzt nix. Entweder man hält's aus miteinander oder nicht. Reden macht's auch nicht besser. Und wenn man's aushält miteinander, braucht man sowieso nicht dauernd zu reden.«

Schorsch hatte fast einen halben Laib Brot aufgegessen und eine Dose Schinkenwurst dazu. Jetzt war der erste Hunger weg, und eine angenehme Müdigkeit stellte sich ein, ganz langsam, angeschoben vom Essen und vom Obstler.

Die beiden Männer saßen da, schwiegen und tranken, dazwischen immer eine Reval und eine Selbstgedrehte. Ein schöner Rhythmus, der sich da einstellte zwischen den beiden. Schorsch hatte mal gehört, dass die Finnen diese Form der Meditation perfekt beherrschten, aber denen half auch die ständige Dämmerung da droben.

Irgendwann pfuschte dem Schorsch aber doch die Neugierde ins meditative Männerschweigen.

»Wie soll's da weitergehen bei dir?«

»Ich mach halt den Hof, so lang bis entweder ich umfall oder der Hof. Gehört sowieso alles der Bank. Vom Rest nehm ich mir eine betreute Wohnung mit einer netten Pflegerin. Wenn's mir nicht schon vorher das G'stell zammhaut. Dann hat halt die Bank Glück gehabt. Einer hat immer Glück im Leben. Und du?«

Schorsch zuckte mit den Schultern.

»Weiß noch nicht so recht, hab eigentlich keinen Plan. Vielleicht möchte ich rüber in die Ukraine, da hat einer eine schwarze Rose gezüchtet.«

Hans griff zur Obstler-Flasche, der Rhythmus verlangte es. Wieder schlich sich das Schweigen ein in die kleine Küche, der Flüssigkeitsspiegel in der Flasche sank mit langsamer, geradezu präziser Geschwindigkeit: etwa drei Zentimeter pro Stunde.

Plötzlich fing Hans wie aus dem Nichts heraus laut zu lachen an.

»Ich bin doch selber so ein Depp, der beim Aldi kauft!«

Schorsch wusste nicht, wovon Hans sprach.

»Schau nicht so blöd. Der Aldi und der Lidl, die zocken die ganzen Molkereien ab. Unsere Genossenschaft haben's auch schon fast in den Konkurs getrieben: Erst kaufen's auf, bis es kracht, und bunkern die Milch. Dann sagen's von einem Tag auf den andern: Wir brauchen nix mehr. Und wenn drunten beim Dennenmoser in der Sennerei alle Kessel platzen, dann bestellen's den Dennenmoser gnädig ein nach Frankfurt oder Ludwigshafen, lassen ihn acht Stunden lang in einem dunklen Zimmer mit Stühlen ohne Lehnen hocken, und dann bieten's ihm zwölf Cent pro Liter an, basta. Und dann unterschreibt der Dennenmoser, weil sonst kann er die Milch gleich direkt in den Bach reinschütten. Und dann haben's ihn wegen Umweltverschmutzung am Arsch. Und warum: damit die Leut eine billige Milch aus'm Discounter saufen können. Da schrauben's Alufelgen für 2000 Euro pro Stück an ihre Hunderttausend-Euro-Geländekarren dran und schütten sich das Öl für dreißig Euro den Liter in den Motor, aber an der Milch, am Käs und am Fleisch wird g'spart. Und ich bin der gleiche Depp, weil ich auch zum Aldi und zum Lidl renn!«

Hans ließ noch mal eine Lachsalve los.

Schorsch sagte nichts. Im Prinzip war es beim Gartenbau das Gleiche: Alles sollte immer nur billig sein. Aber Schorsch bezweifelte, dass er und Hans hier und jetzt in dieser Küche da dran etwas ändern könnten.

Vom Schnaps beflügelt malten sich die beiden lachend den Plan aus, die Piper von Schorsch bis zum maximalen Abfluggewicht mit Kuhmist zu beladen, dann zur Lidl-Konzernzentrale in Neckarsulm zu fliegen und denen den Dung von oben im Tiefflug vors Konzerntor zu kippen. Doch obwohl stetig und gewissenhaft weitergetrunken wurde, verlor das Lidl-Mist-Vorhaben nach und nach an Begeisterungspotenzial. Es stand zu befürchten, dass Lidl und Aldi auch nach dieser Aktion den Preis für den gelieferten Liter Milch nicht wesentlich erhöhen würden.

»Vergiss es, Schorsch. Wegen zwei Zentner Mist vor der Tür wird der Lidl auch kein Mensch.«

In Hans' Gesicht stand wieder dieses Grinsen, das ihm im Lauf seiner beschissenen Jahre immer noch nicht vergangen war. Schorsch versuchte, dem schalkhaften Blick des Bauern auszuweichen, aber der ließ nicht locker.

»Gärtner, du lachst zu wenig. Wie ein Spaßvogel, dem der Spaß davongeflogen ist.«

»Kann schon sein.«

»Dann lach halt wieder. Du hast doch irgendeine Leich im Keller, ich bin doch nicht blöd. Aber das Lachen ist das Letzte, was man sich nehmen lassen darf von den Arschlöchern auf dieser Welt.«

Das Letzte aber, was Schorsch jetzt wollte, war, dem wildfremden Bauern die Katastrophe zu offenbaren, die ihm vor knapp zwanzig Jahren das Lachen und das Reden so gründlich ausgetrieben hatte. Also tat er, was er immer tat: Er saß da, hielt das Maul und wartete, bis alles vorbei sein würde.

»Ein sturer Hund bist du«, sagte Hans, und Schorsch nickte.

Die Müdigkeit half schließlich. Beide Männer standen auf, bewahrten sich mit kleinen Handgriffen vor dem Umfallen und bewältigten, sich gegenseitig stützend, die Treppe ins Obergeschoss.

Schorsch bekam das ehemalige Zimmer des Bauernsohns, der vor drei Jahren das Weite gesucht hatte. Mitten auf dem Holzboden, von dem die Ochsenblut-Farbe abblätterte, stand ein Schlagzeug. Es war völlig eingestaubt, bei der Snare-Drum war ein Riss im Fell. Schorsch wäre beinahe über zwei Schlagzeugstöcken zu Fall gekommen, die auf dem Boden lagen, denn es gab kein Licht; die nackte Glühbirne hatte sich verabschiedet. Das Bett war gemacht, aber das Bettzeug roch muffig. Schorsch zog sich nur die Hosen aus, legte sich im Hemd ins Bett. Der Schnaps half ihm einzuschlafen, ohne noch an seine Gärtnerei samt Frau, Tochter und dem schimpfenden Vater zu denken. Und auch nicht an die Leiche im Keller seiner Seele, die der Bauer Hans ihm aufs Gesicht zugesagt hatte.

Nach dem Frühstück, das wieder aus Brot und Wurst bestand, bloß dass es statt Obstler diesmal Milch gab und Kaffee, der dünn war und nach Kaffeesatz schmeckte, stand Schorsch im verwilderten Vorgarten auf einer Leiter an einem der verkrüppelten Apfelbäume, die schon längst einmal geschnitten gehörten. Hans streckte seinen Kopf aus dem Stall heraus.

»Gut machst du das. Kannst anfangen bei mir als Gärtner.«

Jetzt kam auch Schorsch ein Lachen aus. Kurz darauf sah er, wie Hans mit dem luftgekühlten Allgaier vom Hof fuhr. Die Arbeit machte ihm Spaß, er entfernte mengenweise totes Holz und schnitt die Triebe. Das Nichtstun war eben nicht so seine Sache. Gegen Mittag war er mit sämtlichen Bäumen im Vorgarten durch, und von fern hörte er, dass Hans mit dem Traktor auf dem Feldweg wieder angefahren kam.

Schorsch saß auf dem Kotflügel, Hans steuerte den Allgaier zu der Wiese, auf der die Piper stand. Hinten auf dem Ladewagen schaukelten drei Benzinkanister und die alte Leiter, die sie schnell auch noch auf den Wagen geschmissen hatten.

Auf der Leiter stehend verteilte Schorsch den Inhalt der drei Kanister in beide Flügeltanks der Papa-Whiskey-Golf. Es waren immerhin 60 Liter, und damit würde er bei sparsamer Flugweise knapp vier Stunden in der Luft bleiben können.

»Was bin ich dir schuldig?«

»Red keinen Scheiß, Gärtner. Hast doch eh kein Geld dabei.«

»Ich bring's dir halt irgendwann vorbei. Später.«

»Lass gut sein. Du hast ja g'schafft bei mir. Und ob ich jetzt nix hab oder nix minus drei Kanister Benzin, da drauf ist auch schon g'schissen.«

Schorsch nickte, und Hans zog einen alten Diercke-Atlas unter dem Sitz seines Traktors hervor.

»Den kannst mitnehmen, damit du weißt, wo du bist. Mein Bub braucht ihn bestimmt nicht mehr.«

Schorsch nahm den Atlas, stellte die Leiter beiseite und zog die Piper mitten auf den gemähten Streifen der Wiese. Er sah zweifelnd nach oben, aber es war windstill. Und heiß war es auch schon.

»Was schaust denn so damisch?«

»Heiß ist es, und kein Wind rührt sich. Ich weiß nicht, ob mir der kurze Streifen Wiese reicht zum Starten.«

»Ansprüch stellen auch noch ...«

Lachend nahm Hans den Motormäher vom Ladewagen und mähte schnell am südlichen Rand der Wiese eine knapp drei Meter breite Schneise in das Gras.

Schorsch drehte den Propeller zehnmal leer durch, um Sprit anzusaugen, und schaltete dann die Zündung ein. Beim dritten Versuch sprang der Conti an, und Schorsch hechtete auf seinen Sitz, während Hans die Papa-Whiskey-Golf am Leitwerk festhielt, bis Schorsch die Bremsen getreten hatte. Er wollte gerade den Gashebel nach vorne schieben, als ihm ein Einfall ins Hirn schoss.

»Magst eine kleine Runde mitfliegen?«

Mit erstaunlicher Geschicklichkeit kletterte Hans auf den hinteren Sitz der Piper, Schorsch rollte bis zum äußersten nördlichen Ende des gemähten Streifens und gab Gas. Die Papa-Whiskey-Golf bewegte sich auf der stoppligen Wiese nur mühsam, träge nahm sie Geschwindigkeit auf, aber auf den letzten zwanzig Metern der frisch gemähten Schneise zog Schorsch das Flugzeug sanft vom Boden. Er drehte einen Kreis über den Hof von Hans und sah nach hinten.

Wie ein kleiner Junge, strahlend vor Freude, streckte der alte Mann sein wettergegerbtes Gesicht in den Fahrtwind und zeigte nach unten.

»Von da heroben schaut mein Hof richtig schön aus. Ich sollt am besten gleich droben bleiben.«

Hans lachte aus vollem Hals.

Nachdem Schorsch sicher wieder gelandet war, ließ er den Motor laufen. Hans stieg aus und gab Schorsch die Hand.

»War mein erster Flug im Leben. Jetzt schau, dass du weiterkommst! Und vergiss das Lachen nicht! An allem darf man sparen, bloß am Lachen nicht!«

Schorsch nickte, rollte zurück an den Rand der Wiese, gab Gas, hob ab, wackelte beim Steigen dreimal mit den Tragflächen und sah, wie Hans ihm noch mal zuwinkte und dann auf seinen Allgaier kletterte. Schorsch kam ein kurzes Lachen aus, und er drehte ab in Richtung Norden mit dem Gefühl, dass die Worte, die er unten auf diesem Hof verschleudert hatte, doch nicht so schlecht angelegt gewesen waren.

Monika hatte am Dienstagmorgen zunächst gedacht, Schorsch sei nach dem Aufstehen und einer Tasse Kaffee zwischen seinen Rosen wie so oft, ohne ein Wort zu sagen, direkt zu einer Baustelle gefahren, denn der Toyota stand nicht auf dem Hof. Ab zehn hatte sie dann jede halbe Stunde versucht, ihn anzurufen. Natürlich erfolglos, denn Schorschs Handy lag da schon im Lech, südlich von Augsburg.

Beim Mittagessen mit Miriam und Franz war Monika klar, dass Schorsch weder bei seinen Rosen noch auf einer Baustelle war.

Der alte Franz bedachte seinen abgängigen Buben bei Tisch mit Schimpfworten, von denen »Saukerl« und »unverschämter Lackel« noch die nettesten waren. Den Nachmittag verbrachte er damit, auf dem Anwesen kleine Handgriffe zu verrichten und dabei weiter laut über seinen verlorenen Sohn herzuziehen.

»Einen Scheißdreck werd ich tun und dem maulfaulen Lackel die Gärtnerei überschreiben!«

Das Schimpfen schien dem Alten Spaß zu machen wie schon lange nichts mehr. Am späten Nachmittag bat Monika ihn, sich wenigstens im Außenbereich etwas zu mäßigen, wegen der Nachbarn, worauf er sich übergangslos auf Monika und Miriam einschoss.

»Das ist doch kein Wunder, dass der Schorsch verschwunden ist! Da muss einer doch abhauen, wenn die Weiber meinen, sie hätten das alleinige Regiment im Betrieb! Da geht doch all's zum Teufel!«

Da musste Miriam dann doch aus ihrem Gewächshaus kommen und den Opa freundlich um Ruhe bitten, weil sie bei dem Geschrei nicht malen konnte. Das verstand er und verzog sich grummelnd in sein Austragshäuserl.

Das Abendessen verlief friedlich. Miriam war ganz froh, mal ohne ihren Vater bei Tisch zu sitzen, und Franz gab nur ab und zu kleine Grunzlaute von sich, weil er sich tagsüber schon heiser gemeckert hatte.

Nach dem Essen saß Monika allein in der Küche, machte die Buchhaltung und grübelte. Sie befürchtete, Schorsch könnte etwas von ihrem Ausrutscher mit Herrn Dr. Starcke mitbekommen haben und deswegen abgehauen sein. Beim Zubettgehen hoffte sie, dass Schorsch zum Frühstück einfach wieder maulfaul am Tisch hocken würde. Und nicht etwa in Kempten in Untersuchungshaft steckte, weil er sich in seiner Wut auf die drohende Insolvenz Herrn Dr. Starcke vorgeknöpft hatte, unter Zuhilfenahme von Gartengerät. Aber da hätte man sie längst benachrichtigt.

Zum Frühstück am nächsten Morgen kam Schorsch auch nicht. Monika saß mit Miriam allein am Tisch, schweigend, bis der alte Franz in die Küche hinkte. Über Nacht hatte er sich stimmlich erholt, bemeckerte lustvoll den bevorstehenden Untergang der Gartenbau-Ära Kempter und faselte immer wieder etwas von Sodom und Gomorrha. Als Miriam ihn fragte, was dort konkret vorgefallen sei, hielt er den Mund.

Monika räumte ab und fuhr mit dem Daihatsu kurzerhand hinaus zum Flugplatz. Vielleicht wusste der Fimpel, wo der Schorsch abgeblieben sein könnte.

Fimpel schnaufte und piepste, sein Kopf war hochrot vor Ärger, Monika hatte ein wenig Angst um seinen Blutdruck.

»Ja, gestern, in aller Herrgottsfrüh war er in der Luft, der Depp, der damische! Und ich hab jetzt die Flugplatzgegner am Hals! Das tut man doch nicht, oder?«

Monika war es egal, was man nach Fimpels Meinung tat oder nicht.

»Hier ist er also nicht?«

Fimpel jaulte kurz auf wie ein getretener Hund.

»Wenn der mitten in der Nacht heimlich wieder gelandet ist, dann kann er sich gleich eine neue Halle suchen! Da warten die doch bloß drauf, die Herrschaften Flugplatzgegner, dass da einer in der Nacht landen tät!«

»Und wo kann er jetzt sein?«

»Der sture Hund gibt doch kein Flugziel an, den Funk hat er auch wieder abgestellt. So gesehen kann der überall und nirgends sein.«

Monika schätzte Fimpels Blutdruck mittlerweile auf einen Wert um die 160.

»Monika, ich versteh das sowieso nicht, wie so eine attraktive Frau wie du sich das antut mit einem Holzbock wie dem Schorsch. Der macht doch bestimmt auch daheim den Funk aus, oder? Das tut man doch nicht, oder?«

Monika ließ den Fimpel stehen und ging hinüber zur Halle. Hinter einem Gebüsch entdeckte sie den Toyota-Pickup, der Zündschlüssel steckte. In der Rosenwerkstatt hatte sie seine Brieftasche gefunden, nach einer geplanten Flucht sah ihr das alles nicht aus. In der Halle fand sie auf dem Platz der Papa-Whiskey-Golf nur die alte Schaumgummimatratze.

Die Männer am Piloten-Stammtisch wussten auch nichts, ergingen sich aber in absurden Vermutungen über Schorschs Verschwinden: Vielleicht hatte es etwas mit dem Drogenfund bei einem Kemptner Kripo-Kommissar zu tun oder mit Herrn Putin. Die blödeste der Theorien war jedoch, islamistische Gewalttäter aus Vorarlberg hätten den Schorsch und sein Flugzeug entführt, um damit einen Selbstmordanschlag auf die Kanzlerin zu verüben und sich mit Sprengstoff auf den Reichstag zu stürzen.

Monika ließ den Daihatsu stehen und fuhr mit dem Toyota-Pick-up zurück nach Hause, der wurde in der Gärtnerei gebraucht. Der zweite Gang klemmte, aber sie hatte jetzt kein Geld für eine kostspielige Reparatur.

Daheim ging sie das Auftragsbuch durch und rief Miriam, Franz und Manne Strobel zur Krisensitzung in die Küche. Merkwürdigerweise hielt Franz Kempter den Mund und erklärte sich bereit, mit dem Pick-up zu den Baustellen zu fahren, auch wenn der zweite Gang klemmte und er keinen Führerschein mehr hatte. Sogar Manne Strobel versprach, ausnahmsweise Überstunden zu machen, statt sich pünktlich zehn Minuten vor Feierabend auf seine Harley zu setzen. Miriam hatte schon mit elf Jahren gewusst, wie man Bäume pflanzte, und versprach ihrer Mutter, statt der Malerklamotten einen sauberen Overall mit dem Firmenemblem »Gartenbau Kempter« anzuziehen.

Monika machte einen Plan, wo überall wenigstens das Nötigste abgearbeitet werden musste, damit sie schon mal die Abschlagsrechnungen stellen konnte. Vielleicht bekam sie so genügend Geld in die Kasse, um die nächsten Wochen zu überstehen, wenn nicht ein Wunder geschah und Dr. Starcke doch bezahlen würde. Schorsch hatte sich schon den saudümmsten Moment in den letzten neunzehn Jahren herausgesucht, um abzuhauen. Vielleicht ging es ja trotzdem ohne Schorsch, und sie war sich im Moment gar nicht sicher, ob sie ihren maulfaulen Mann wirklich zurückhaben wollte.

Schorsch war auf 1000 Fuß gestiegen, eine gute Höhe, um etwas von der Welt zu sehen. Er flog Nordwest-Kurs und wollte hinüber nach Württemberg, denn ihm war eine Idee gekommen. In Künzelsau gab es einen Piloten, den Schorsch flüchtig kannte. Er wusste nur, dass der Mann Ronald hieß, Zahnarzt war und eine Husky hatte, ein sehr schönes und teures amerikanisches Buschflugzeug. Und ein Zahnarzt mit einer Husky hatte sicher auch ein Haus, in dessen Garten es vielleicht etwas zu tun gab für einen Gärtner. Die Husky, so erinnerte sich Schorsch, stand in Ingelfingen-Bühlhof, einem kleinen Flugplatz in der Nähe von Künzelsau. Weit konnte das nicht sein bis dahin, vielleicht so an die hundert Kilometer. Schorsch fummelte den Diercke-Atlas hervor, den ihm Hans mitgegeben hatte. Nachdem er sich durch Bodenschatzkarten von Ostafrika und Klimazonendiagramme von der Arktis bis zum Südpol durchgeblättert hatte, fand er noch eine Karte, auf der Künzelsau eingetragen war. Er musste auch immer wieder nach draußen sehen, weil die Menschen solch Zeug wie Türme oder Funkmasten manchmal mitten in die Landschaft bauten. Grob schätzte er über den Daumen einen Kurs von 310 Grad nach Künzelsau und merkte sich eine Autobahnkreuzung in der Nähe. Ab da würde er dann eben nach dem Flugplatz suchen müssen, ein bissel über der Gegend kreisen und die Augen offen halten, aber das konnte er. Schorsch war keiner von den Deppen, die ein Navi brauchten, um sich auf dem Weg von der Küche in die Rosenwerkstatt nicht zu verirren.

Er drehte auf die besagten 310 Grad ein und genoss es einfach, wieder in der Luft zu sein: am besten gar nicht mehr runtergehen, den Rest des Lebens um die Erde herumfliegen, von Osten nach Westen und dann wieder zurück. Und nur noch landen, um etwas zu essen oder aufs Klo zu gehen.

Das war natürlich Unsinn, doch so wie dieser Bauer Hans wollte Schorsch wirklich nicht leben. Aber außer der Tatsache, dass er sich momentan in 1000 Fuß über Grund bewegte, fiel ihm kaum etwas ein, was an seinem Dasein so viel besser sein sollte als an dem vom Hans. Das Dumme am Leben war eben, dass man sich vielleicht das Reden verkneifen konnte, nicht aber das Denken.

Die Landschaft unter ihm wurde immer hügeliger, zwischen den Wäldern taten sich kleine Täler auf oder schmale Schluchten mit nackten Felswänden.

Rechts unter sich entdeckte Schorsch ein Bächlein, das sich in Bögen durch die hügelige Landschaft schlängelte.

Schorsch mochte fließende Gewässer und flog dem Bach einfach hinterher, so wie kleine Kinder einem Ball nachlaufen. Manchmal verlor er den Wasserlauf aus dem Blick, wenn der sich hinter Bäumen durchschlängelte, dann wieder kam eine Lichtung, in der sich das Bächlein zu einem Tümpel erweiterte. Schorsch ging noch etwas tiefer, bis er fast die Steine erkennen konnte in dem klaren Wasser. Im nächsten Moment verschwand der Bach wieder im Wald, in einer engen Rechtskurve. Schorsch lachte, trat ins rechte Pedal und nahm den Knüppel nach rechts. Das Bächlein sollte nur nicht glauben, dass es ihm und seiner Papa-Whiskey-Golf so einfach entwischen könnte. Schorsch grinste vor Vergnügen und drückte den Knüppel noch ein bisschen nach vorne, und prompt blitzte das Wasser hinter ein paar Bäumen im Sonnenlicht wieder auf.

Schorsch sah kurz nach oben zur Sonne und erschrak: Direkt vor ihm stand, drohend wie ein Ungeheuer, ein Berg, den er vor lauter Bachjägerei gar nicht bemerkt hatte. Wo kam denn dieses saudumme Stück Fels auf einmal her, verdammter Mist? Instinktiv ging seine linke Hand an den Gashebel, schob ihn ganz nach vorne, während er ins rechte Pedal trat und den Knüppel zog – aber gerade nur so viel, dass die Piper mit ihren mageren 65 PS nicht in einen kritischen Flugzustand geriet. Er musste Höhe gewinnen, jetzt um jeden Meter kämpfen und auf Teufel komm raus wegkurven vom Berg, ohne über die rechte Tragfläche abzurutschen. Einen Strömungsabriss konnte er sich nicht leisten: Wenn die Papa-Whiskey-Golf jetzt durchsackte, wäre alles aus. Eine falsche Windböe, ein Hauch von Abwind am Hang oder drei Grad Steigungswinkel oder Schräglage zu viel, und seine große Flucht würde Sekunden später an einem mittelmäßigen Mittelgebirgsfelsen irgendwo im Grenzbereich zwischen Bayern und Baden-Württemberg kläglich enden. »Pilotenfehler« stand dann immer in der Zeitung, wenn einer ein völlig funktionsfähiges Flugzeug aus schierer Blödheit ungespitzt in den Boden gerammt hatte.

Nach rechts musste er weg, da war der Berg ein bisschen flacher, und steiler und noch enger musste er kurven und gleichzeitig Höhe machen, eigentlich ein unmögliches Unterfangen. Mit einem untrüglichen fliegerischen Gefühl tastete er sich so weit wie möglich an diesen Grenzbereich heran, verschenkte weder etwas an Steigen noch an Drehrate. Ein Anfänger wäre schon längst reingerammelt in den Berg, mitsamt den Folgen wie Genickbruch und Triebwerksbrand. Für einen Moment dachte Schorsch, das Fahrwerk würde die Krone einer besonders hohen Fichte touchieren und ihn kopfüber in den Wald trudeln lassen, direkt runter in das Bächlein, das ihn so glitzernd hell in die fliegerische Falle gelockt hatte.

Doch da erwischte ihn eine Thermikblase, die ihn augenblicklich nach oben trug, mit einer Heftigkeit, dass er dachte, es würde ihm die Hosen ausziehen. In Sekunden hatte ihm diese Vertikalböe genau die Höhe geschenkt, die er brauchte, um endgültig vom Berg wegkurven zu können. Mit einem Höllenrespekt schraubte sich Schorsch nach oben und brachte tunlichst auch horizontalen Abstand zwischen sich und den blöden Berg.

Schorsch schrie einmal laut auf vor Erleichterung und fluchte im selben Moment auf seine eigene Dummheit. Ausgerechnet so ein Anfängerfehler musste ihm passieren: nach unten gucken, Blümlein und Bäche anschaun und dabei fast in einen Berg reinfliegen. Er merkte, wie sein Puls hochgegangen war und die Atemfrequenz, wie ihm der Schweiß auf der Stirn stand und die Finger feucht waren. Das gluckerte richtig schön im Hirn, als ihm klar wurde, dass er soeben um Haaresbreite an einem Total-Crash vorbeigeschrammt war.

Jetzt musste er seine Atemfrequenz wieder herunterbringen und die schlotternden Knie ruhig halten. In der Gefahr funktionierte der Mensch perfekt wie eine Maschine, dank dem Adrenalin; das Grausen kam immer erst hinterher.

Das letzte Mal hatte er so etwas vor neunzehn Jahren erlebt, und damals war die Sache schlimmer ausgegangen, wenn auch nicht für ihn selbst. Doch Panik und ein Flashback an den größten Murks, den er im Leben gebaut hatte, waren das Letzte, was er jetzt gebrauchen konnte.

Und hier oben gab es keine Rosen, zu denen er sich verkriechen konnte, er hatte immerhin noch eine Landung im Minus. Also fing er laut an zu reden, das hatte ihm sein alter Fluglehrer Mecki als guten Rat für brenzlige Situationen mitgegeben: einfach laut reden, egal was, nur reden und die eigene Stimme hören. Und Schorsch redete, erzählte sich selbst schön laut die alte Geschichte, wie sie vor zwanzig Jahren den Fimpel verarscht hatten. Er und der alte Emil Höscheler hatten mit ihm gewettet, dass sie es schaffen würden, mit einer Cessna so zu fliegen, dass dem Fimpel schlecht wurde, und der Fimpel hatte natürlich sofort wortreich dagegengehalten. Schorsch war geflogen, dass die alte Cessna schon in allen Fugen ächzte, aber der Fimpel auf dem Rücksitz hatte tapfer ausgeharrt. Dann musste sich der alte Emil übergeben, in eine Tüte, aber selbst diesen Anblick hatte der Fimpel noch abgewettert. Als der Emil dann aber kurz danach irgendetwas von »Hunger« gemurmelt und angefangen hatte, die Spucktüte mit einem alten Teelöffel wieder auszulöffeln, hatte der Fimpel hinten würgend zu seiner Tüte gegriffen und die Wette verloren. Der Trick war natürlich gewesen, dass der alte Emil zwei Tüten gehabt hatte: eine leere und eine mit Fleischsalat.

Schorsch lachte laut los und kriegte sich nur langsam wieder ein. Er sah nach hinten zu dem Berg, der ihn beinahe vom Himmel geholt hätte, und dann auf den Höhenmesser, der mittlerweile sichere 3500 Fuß zeigte. Rechts vorne konnte er auch schon das Autobahnkreuz Crailsheim erkennen, und zwanzig Minuten später setzte er die Papa-Whiskey-Golf sicher auf den schmalen Betonstreifen des Flugplatzes Ingelfingen, trotz unverschämt böigem Seitenwind.

Der Flugplatz war verlassen und menschenleer an diesem Donnerstagnachmittag. Schorsch rollte vor die verschlossene Halle, stellte das Triebwerk ab, stieg aus und zündete sich erst mal eine Reval an. Er war saumäßig glücklich, einfach nur mit den Füßen auf dem Boden zu stehen und nicht gegen diesen damischen Berg geflogen zu sein. Noch einmal lachte er aus vollem Herzen über die blöde uralte Geschichte mit dem Fimpel und den zwei Tüten. Und hatte damit seit seinem Abflug schätzungsweise schon mehr gelacht und geredet als im letzten halben Jahr.

3

Schorsch war zu Fuß die zehn Kilometer vom Flugplatz nach Künzelsau gelaufen, wobei er ja nur wusste, dass der Mann Ronald mit Vornamen hieß und Zahnarzt war. Aber Künzelsau ist klein, und in der Fußgängerzone hatte er schnell die Praxis gefunden: Es war klar, dass es in diesem Kaff kaum zwei Zahnärzte geben konnte, die Ronald mit Vornamen hießen.

Als Schorsch der jungen Sprechstundenhilfe Jennifer keine Chipkarte der Krankenkasse vorzeigen konnte und noch dazu Herrn Dr. Zumbügel persönlich sprechen wollte, musterte sie ihn skeptisch: Der Mann sah in seiner Arbeitshose und dem verschwitzten Hemd wirklich nicht aus wie einer der Privatpatienten, für die die Praxis am Donnerstagnachmittag reserviert war. Im nächsten Moment ging Ronald Zumbügel durchs Wartezimmer, sah Schorsch, blieb stehen und hob die Hand:

»Moment, nichts sagen, Papa-Whiskey-Golf, die alte Piper J3C, stimmt's?«

»Genau.«

»Unten, vom Fliegenden Bauern … Schorsch, nicht wahr?«

Schorsch nickte nur. Zumbügel war groß, etwa um die fünfzig, hatte volles dunkelbraunes Haar, das um die Schläfen schon ein wenig grau wurde. Ein Lächeln zog über das Gesicht des Zahnarztes.

»Was treibt dich denn in dieses Kaff hier? Notlandung, Motorschaden, Spritmangel?«

»Ist eine lange Geschichte … ich …«

»Weißt du was? Das erzählst du mir heute Abend beim Essen. Ich lade dich ein.«

Schorsch bemerkte den kurzen Blick, den ihm Sprechstundenhilfe Jennifer zuwarf.

Das Restaurant hieß einfach nur Künzel und versuchte ziemlich vornehm so etwas wie ein Landgasthaus für Leute zu sein, die Landgasthäuser nicht ausstehen konnten. Schorsch trug zu seiner Hose ein dunkelblaues Clubjackett, das ihm Ronald Zumbügel geliehen hatte und das ein wenig zu groß war. Im Künzel herrschte gedämpfte Atmosphäre, nicht alle Tische waren besetzt, schließlich war es ein stinknormaler Donnerstagabend.

Schorsch hatte einen saumäßigen Hunger. Seit dem Frühstück beim Bauern Hans hatte er nichts mehr gegessen, und sein Beinahe-Crash mit dem Mittelgebirgsberg hatte ihn noch hungriger gemacht. Auf der Karte fand Schorsch kaum etwas, was er wirklich kannte, und bestellte einfach das, was einem Schweinebraten mit Nudeln am nächsten kam. Der Wein, den Zumbügel ausgesucht hatte, schmeckte wirklich gut.

Schorsch erzählte seinem Fliegerfreund in knappen Worten die Geschichte vom Golfplatz, dem angeblich falschen Grün, das er angepflanzt haben sollte, und seiner spontanen Flucht. Ronald Zumbügel nickte verständig.

»Ja, ja, Golfer, hör mir auf. Wollte im Januar auch einer sein Implantat nicht bezahlen, weil angeblich der Farbton falsch war. Und was ist mit deiner Frau? Hat sie einen anderen?«

Schorsch zuckte mit den Schultern.

»Weiß nicht …«

Schorsch wäre es lieber gewesen, wenn jetzt endlich das Essen gekommen wäre.

»Das Wichtigste in einer Beziehung ist, nie den Respekt voreinander zu verlieren. Und dass man miteinander spricht, was auch immer geschehen mag.«

Schorsch sagte dazu nichts, im Moment hatte er nur Hunger. Wenigstens brauchte er nicht zu reden, das tat Ronald. Er erzählte Schorsch ausgiebig von seiner eigenen Scheidung, die er gerade hinter sich hatte.

»Eine Schlammschlacht, Schorsch, bis aufs Messer.«

Und dass seine Frau bei den Töchtern jetzt schlechte Stimmung gegen ihn schürte und die Mädchen zu Schönheits-OPs auf seine Kosten animierte.

»Sich mit achtzehn die Lippen machen zu lassen, das ist doch kindisch. Und nur, weil die Mutter es ihnen einredet.«

Da war offenbar vom edlen Vorsatz des Respekts füreinander und des Redens miteinander nicht mehr viel übrig geblieben. Schorsch konnte es sich nicht verkneifen, auch seinen Unmut über seine Tochter loszuwerden.

»Meine Miriam, die will Malerin werden … schleift immer irgendwelchen Schrott daher und malt ihn an. Alte Badewannen und Schaufensterpuppen …«

Ronald goss sich selbst noch Wein nach.

»Warum nicht, wenn sie Talent hat? Sieh es doch mal positiv. Ich würde mich freuen, wenn meine Töchter malen würden. Oder wenigstens den Ansatz eines künstlerischen Interesses zeigen würden, statt nur Shoppen und Party im Hirn zu haben.«

Der Kellner kam mit dem Essen, doch Schorsch wunderte sich, weil er eigentlich keine Vorspeise bestellt hatte. Bis er merkte, dass dieses kleine braune Häppchen in einem Spritzer von Sauce samt den drei hellen Teigkringeln nichts anderes war als sein heiß ersehnter Künzelsauer Krustenbraten vom Landschwein mit hausgemachten Butterspätzle.

Schorsch aß langsam und hielt sich an den kleinen Brotkorb, während Ronald ihm verriet, dass auch er tief in der Krise stecke und schon seine Finca auf Mallorca verkauft habe, mit erheblichen Verlusten.

Schorsch dachte sehnsüchtig daran, wie er gestern mit dem Bauern Hans in der Küche gesessen und sich mit Brot und Dosenwurst satt gegessen hatte. Wenigstens brauchte er hier nicht zu reden, denn Zumbügel bestritt die Unterhaltung nach wie vor mühelos alleine. Irgendwann war Schorsch geistig ausgestiegen, ließ die Wortfluten von Zumbügel an sich vorbeiziehen wie einen Haufen Stratocumulus-Wolken an einem windigen Tag. Es war fast so, als würde er durch die Wortschwaden des Zahnarztes hindurchfliegen, sich treiben lassen durch die Thermik der Zumbügel'schen Reden darüber, dass er seinerseits kurz vor dem Ruin stand.

»Aber um mich geht's ja gar nicht heute. Schorsch, so schlimm das alles im Moment für dich aussehen mag: Irgendwie beneide ich dich! Ach Junge, ich hätte auch beste Lust, einfach abzuhauen. Ich kann keine Implantate mehr sehen! Ich stecke Unterkante Oberkiefer im Burn-out. Weißt du was: Ich komme mit! Gas rein und weg.«

Schorsch dachte für einen Moment, er hätte sich verhört, als Folge der kleinen Essensportionen vielleicht.

»Warum setze ich mich nicht wie du in meine kleine Husky rein und fliege einfach los? Gas rein und weg! Wahrscheinlich ist das das einzig Richtige, was man machen kann. Prost Schorsch! Auf den Aufbruch!«

Zumbügel hob sein Glas, Schorsch trank mit, was sollte er auch antworten auf so etwas. Den Teller hatte er längst restlos leer gegessen, die Sauce mit den letzten drei Brotstückchen aus dem Körbchen aufgetunkt, sodass der Teller jetzt aussah, als käme er direkt aus der Spülmaschine.

»Weißt du, Schorsch, das Wichtigste ist, den Mut nicht zu verlieren, selbst in so einer Situation wie deiner. Oder auch meiner.«

Schorsch nickte, nahm seinen Mut zusammen und fragte Zumbügel, ob er vielleicht jemanden kennen würde, der einen Gärtner bräuchte.

»Bei mir in der Praxis ist's blöd als Gärtner, haha.«

Ronald Zumbügel hielt für einen Moment lang inne, überlegte.

»Halt mal. Landschaftsgärtnerei, so was hast du doch drauf, oder? Mir kommt da gerade so eine Idee …«

Er zog sein Handy heraus, suchte eine Nummer, die er sofort auf einen Zettel schrieb, nachdem er sie gefunden hatte, mitsamt der Adresse.

»Das ist ein Freund von mir, der hat sich ein Schloss im Taunus gekauft. Da muss noch der ganze Außenbereich gemacht werden. Richard Zeydlitz, ein netter Mann. Ich ruf ihn gleich an, sag ihm, dass du kommst.«

»Auch ein Flieger?«

»Ach woher, dazu hätte der viel zu viel Schiss. Den hab ich mal beim Golfen kennengelernt, in Las Vegas.«

»Shadow Creek …«

»Genau! So ein wunderschöner Platz! Du auch? Golfer?«

»Manche Sachen spar ich mir.«

Ronald Zumbügel lachte, als hätte Schorsch einen guten Witz gemacht.

»Wie auch immer, der gute Richard Zeydlitz hat sich ein wenig übernommen, von den Kosten her, und jetzt sucht er Leute, die ihm das … na ja, du verstehst: Geld auf die Hand. Das würde doch passen, oder? Da fliegst du am besten nach Anspach im Taunus, Kennung EDFA, Frequenz 122,1, das Schloss ist ganz in der Nähe.«

Schorsch steckte den Zettel ein, Ronald Zumbügel winkte den Kellner zum Zahlen herbei.

»Das geht auf mich. Komm, ich fahr dich schnell raus zum Flugplatz.«

Für das, was Ronald Zumbügel getrunken hatte, fuhr er wirklich noch respektabel. Er hielt direkt vor der Piper, stieg aus und tätschelte sanft und gönnerhaft die Bespannung von Schorschs Flugzeug.

»Ach … die alte Papa-Whiskey-Golf … das ist schon ein schönes Maschinchen. Lass dir die bloß nicht wegnehmen!«

Schorsch zog das Clubjackett aus und gab es Ronald zurück.

»Danke für das Essen. Und die Adresse.«

»Doch gar nicht der Rede wert, unter Fliegern. Komm, wir tanken deinen Vogel noch voll, ich hab den Schlüssel dabei.«

Mitten in der Nacht füllten Schorsch und Zumbügel beide Flügeltanks der Piper, auf Zumbügels Kosten.

»Du hättest natürlich auch bei mir im Gästezimmer schlafen können, aber ich bin sozusagen nicht ganz allein heute, haha …«

Schorsch nickte, sagte fast unhörbar:

»Die Sprechstundenhilfe …«

Zumbügel hatte das mitbekommen, trotz seines Zustands. »Diese Jennifer hat Titten und einen Arsch, da brauchst du die nächsten dreißig Jahre nichts zu operieren, haha.«

Sein Lachen hallte durch den nächtlichen Wald, über dem der Mond auf den kleinen Flugplatz schien.

»Grüß mir den Richard Zeydlitz. Und ruf mal durch, wie's so läuft.«

»Gut. Danke für alles.«

»Vergiss es, Junge. Ist doch selbstverständlich unter Freunden. Und noch was: Bevor deine Frau oder der Golfplatzchef dir die Papa-Whiskey-Golf wegnehmen, kauf *ich* sie dir ab. Die würde sich wunderschön machen in der Halle neben meiner kleinen Husky. Wenn du willst, gebe ich dir morgen früh auf die Hand eine Anzahlung, und wir machen einen kleinen Vertrag. Dann gehört sie dir offiziell nicht mehr, und keiner kann sie dir wegnehmen.«

Schorsch schüttelte den Kopf.

»Ich probier's erst mal, ob ich's alleine schaffe.«

»Bist eben ein sturer Hund. Aber wie gesagt, das Angebot steht, unter Freunden.«

Bevor er in seinen Cayenne stieg, umarmte Ronald ihn noch einmal. Wahrscheinlich, dachte Schorsch, war das unter Zahnärzten so üblich. Oder unter Golfern.

»Guten Flug, Schorsch! Hals- und Beinbruch!«

Dann raste Dr. Ronald Zumbügel los, mit durchdrehenden Reifen der Größe 215 mal 17 Zoll, aufgezogen auf Alufelgen für 3000 Euro das Stück.

Schorsch baute die Sitzbänke der Piper aus, wickelte sich in seine alte Decke, legte sich auf den Kabinenboden und machte die Seitentür zu. Er sah hinauf zum Himmel, wo ein paar Wolkenfetzen vom Wind durch das Mondlicht getrieben wurden, und war froh, die Nacht nicht im Gästezimmer von Herrn Dr. Zumbügel verbringen zu müssen.

Die Nacht war kalt und windig. Als Schorsch kurz nach

sechs aufwachte, fror er und hatte Hunger. Er rauchte eine Reval zum Frühstück, baute die Sitze wieder ein und machte die Piper startklar. Erst dabei ging ihm so richtig auf, dass Zumbügel ihm heute Nacht seinen geliebten Flieger abluchsen wollte, trotz seiner scheidungsbedingten Beinahe-Armut. Der war eben auch einer von den Männern, die ein Gespür fürs Geschäft hatten. Oder besser gesagt, die instinktiv wussten, wie man die Notlage von Mitmenschen gewinnbringend ausnutzen konnte. Ein Gespür für die Kräfte des Markts, genau das, was Schorsch fehlte.

Er schmiss die Maschine an, rollte zur Startbahn und flog los, hinüber in Richtung Taunus. Alles lief bestens, Schorsch hielt sich brav vom Frankfurter Flughafen fern und landete auf dem kleinen Flugplatz Anspach. Dort konnte er die Piper für ein paar Tage in die Halle stellen. Der alte Platzwart vom Fliegerclub war so nett, ihn mit seinem klapprigen Opel zu dem Schloss zu bringen, dessen Adresse ihm der Zahnarzt aufgeschrieben hatte. Und wünschte Schorsch, als er ihn vor dem Schloss absetzte, noch viel Spaß mit der Familie Zeydlitz, nicht ohne ein süffisantes Lächeln.

Eine Klingelanlage gab es nicht, dafür quietschte das schmiedeeiserne Tor laut in den Angeln, als Schorsch es aufschob und ein paar Schritte den Kiesweg entlangging, der zum Schloss hinaufführte. Vor dem alten Herrschaftsgebäude stand ein Baugerüst, hier und da bröckelte der dunkelbraune Putz ab, von Handwerkern war nichts zu sehen.

Der Garten war riesig. Ein paar vereinzelte alte Bäume standen auf dem verwilderten Boden: eine Douglasie, zwei riesige Platanen, ganz hinten sah Schorsch Lärchen und Eiben. Dazwischen wucherten Büsche und Gestrüpp, die

Grenze zwischen verwahrlosten Zierpflanzen, Unkraut und Wildwuchs war fließend. Am Rand des Gartens entdeckte er Reste eines Steingartens und Beete, um die sich seit Jahren niemand mehr gekümmert hatte. In seiner Urwüchsigkeit passte der Garten irgendwie zu dem verwunschenen Schloss. Aus diesem Dschungel allerdings wieder einen blühenden Park zu machen wäre für einen Mann ein Lebenswerk, selbst für ein Arbeitstier wie Schorsch.

»Das ist ein Privatgrundstück, kein öffentlicher Park!«

Wie aus dem Nichts emporgefahren stand neben ihm eine etwa vierzigjährige Frau, deren dunkle Haare ihr in wallenden Locken ins Gesicht fielen. Sie trug eine schwarze Hose, dazu eine rote Bluse und ein Jackett, auch in Schwarz. Das Rot ihrer Lippen passte auf den Punkt zu den grünen Augen und zur Haarfarbe, was Schorsch natürlich nicht auffiel. Er hielt ihr den Zettel hin, den ihm Ronald Zumbügel, der Zahnarzt, gegeben hatte, aber die Dame sah ihn nur fragend an.

»Falls Sie einen Gärtner brauchen täten …«, half Schorsch ihr auf die Sprünge.

»*Ach Sie* sind das! Mein Mann hatte etwas in dieser Richtung erwähnt.«

Schorsch rang sich ein Lächeln ab. Und ein paar Worte.

»Einen Mordsdrum-Garten haben Sie da. Das ist eine Menge Arbeit, das sag ich Ihnen gleich.«

»Das ist uns klar. Mein Mann hat schon gesagt, wir lassen das einfach so. Aber ich fürchte, ich kann diesen Anblick ungezügelter Flora auf Dauer nicht ertragen. Doch das besprechen Sie am besten mit meinem Mann selbst.«

Energisch schritt die Frau den Weg entlang, der zum Schloss hinaufführte, und Schorsch musste zusehen, dass er mithielt. Sie bewegte sich trotz ihrer hohen Absätze sicher auf dem Kiesboden, ihr Gang hatte etwas hochgradig Entschlossenes.

Plötzlich hörte Schorsch hinter sich ein Geräusch auf dem Kiesweg, und kurz darauf bremste neben ihm ein Fahrrad. Es war ein Rennrad mit dünnen Reifen, auf dem Sattel saß eine junge Frau, die Schorsch etwa so alt schätzte wie seine Tochter Miriam. Das war auch das Einzige, was das Mädchen mit Miriam gemeinsam hatte: Sie war sehr dünn, fast schon mager und hatte lange blonde Haare, die sie hinten am Kopf mit einem Gummiring zusammengebunden hatte, zu einem Pferdeschwanz. Ihre Augenfarbe konnte Schorsch nicht erkennen, denn sie trug eine riesige rote Sonnenbrille mit völlig dunklen Gläsern.

»Wer sind Sie denn?«

»Ich bin bloß der Gärtner.«

»Der Gärtner! Ich fass es nicht: Wir haben einen Gärtner!«

Das Mädchen fing aus dem Stand schallend zu lachen an.

Schorsch wusste nicht, was daran komisch sein sollte, dass er Gärtner war.

Das Mädchen hörte so plötzlich auf zu lachen, wie es angefangen hatte.

»Nun gucken Sie nicht so. Wie heißen Sie denn?«

»Kempter, Schorsch.«

Das Mädchen lachte noch einmal kurz auf.

»Herr Kempterschorsch, der Gärtner des verwunschenen Schlosses …«

Frau Zeydlitz, die schon fast am Schloss war, drehte sich um und rief:

»Philo-Schatz, kommst du jetzt bitte?«

»Ja, Mama-Schatz, bin schon unterwegs, schnell wie der Wind, dein braves Kind.«

Sie setzte ihre Füße wieder auf die Pedale und fuhr los. Dabei drehte sie sich noch einmal um und sagte leise:

»Nehmen Sie sich in acht vor den Löwen, Herr Gärtner.«

Schorsch fand, dass das Mädchen mindestens so durchgeknallt war wie sein eigenes Fräulein Tochter. Vielleicht lag das an dem Alter.

Frau Zeydlitz führte Schorsch ins Kaminzimmer, er durfte sogar seine Schuhe anlassen. Mit wenigen Blicken erkannte er den gewaltigen Sanierungsrückstau im Schloss: Von der Kellertreppe her kam ein modriger Geruch nach oben, der Eichenboden musste repariert und abgeschliffen werden, und die Wände und die Decken brauchten einen neuen Putz. Die vier Meter hohen Holzfenster zu retten oder originalgetreu nachbauen zu lassen würde sehr viel Geld kosten.

Vom Kopfende eines riesigen Holztisches kam der Hausherr auf ihn zu. Richard Zeydlitz war irgendwo zwischen fünfundfünfzig und sechzig, hatte grau meliertes Haar, das ihm bis auf die Schultern reichte. Der Dreitagebart war akkurat gepflegt, seine blauen Augen leuchteten unter einer randlosen Brille mit runden Gläsern. Er trug einen locker über seinen gut zwanzig Kilo Übergewicht sitzenden grauen Anzug, dazu ein offenes Hemd, ohne Krawatte. Freundlich ging er auf Schorsch zu.

»Herzlich willkommen in unserer kleinen Ruine, Herr Kempter. Meine Frau Evelyn haben Sie ja bereits kennengelernt.«

Richard Zeydlitz hatte eine für seine Körperfülle erstaunlich hohe Stimme, unter dem gepflegten Hochdeutsch schwang ein Anflug hessischer Färbung mit.

»Möchten Sie etwas trinken? Einen Campari vielleicht oder lieber einen Cognac?«

Schorsch zögerte kurz.

»Ja wenn ... dann vielleicht ein kleiner Obstler ...«

Richard Zeydlitz lachte.

»Aber gerne! Wenn Sie gestatten, schließe ich mich an. Ragna, bringen Sie uns doch bitte zwei Obstbrände aus der Hausbar.«

Mit einem Nicken gestattete Schorsch, dass der Hausherr seinen eigenen Obstler trank. Augenblicke später kam die etwa fünfzigjährige Ragna mit einem Tablett herein, ganz in Schwarz gekleidet, das Haar zu einem Dutt gebunden. Sie erinnerte Schorsch an eine russische Witwe, obwohl er noch nie eine gesehen hatte. Mit einem stummen Lächeln stellte sie Schorsch und dem Schlossherrn den Schnaps hin und verschwand wieder.

»Auf die Gärten dieser Welt, Herr Kempter.«

»Ja, Prost.«

Evelyn Zeydlitz blätterte in einem Stapel von Gartenzeitschriften und hortensischen Fachbüchern und nippte fast periodisch an einem Rotweinglas. Schorsch reckte den Hals: Die Fotos in den Büchern zeigten englische und französische Schlossgärten, das Teuerste vom Teuren. So etwas anzulegen würde Jahre dauern und ein Vermögen verschlingen.

Richard Zeydlitz stand an der großen Fensterfront und winkte Schorsch zu sich heran.

»Herr Kempter, mir ist natürlich bewusst, dass sich dieser Dornröschen-Wust da draußen nicht in drei Wochen zu einer privaten Bundesgartenschau upgraden lässt.«

Schorsch nickte stumm: Monika schwafelte auch immer von irgendwelchen Upgrades für den Computer.

»Vielleicht könnte man jedoch wenigstens das Unkraut etwas minimieren und etwas Rasen anpflanzen? Was meinen Sie, wie lange würde das dauern?«

Schorsch überlegte einen Moment lang.

»Wenn das Unkraut raus ist, muss erst die verdorrte Erde weg und Mutterboden drauf, sonst wächst da kein Rasen.«

Richard Zeydlitz legte Schorsch freundschaftlich die Hand auf die Schulter.

»Ich schlage Ihnen etwas vor, Herr Kempter: Sie machen einfach das, was Sie für wichtig und richtig halten, und wir bezahlen Sie nach Stunden.«

Evelyn klappte hörbar ihre Gartenbücher zu.

»Schön, Richard. Du weißt ja am besten, was wir uns leisten können.«

»Vielleicht. Aber in Geschmacksfragen verlasse ich mich voll und ganz auf dein Urteil, mein Schatz.«

Die beiden lächelten sich an. Schorsch sah verlegen zum Fenster hinaus, wo jede Menge Arbeit auf ihn wartete. »Selbstverständlich genießen Sie bei uns Kost und freie Logis, und was Sie an Material und Werkzeug brauchen, das besprechen wir dann bei Bedarf.«

»Ein Radlader mit Klappschaufel wär nicht schlecht. Das kommt billiger, als wenn ich's alles von Hand rausreißen muss.«

Richard Zeydlitz nahm einen kleinen Zettel vom Tisch, schrieb etwas darauf und reichte ihn Schorsch.

»Wäre das für Sie akzeptabel?«

Schorsch sah kurz auf die Zahl, die da stand. Er rechnete schnell im Kopf aus, dass er bei diesem Stundenlohn etwa drei Wochen brauchen würde, um sich das Spritgeld für seinen Flug in die Ukraine zu verdienen.

Zeydlitz hielt Schorsch die Hand hin. Der nickte, schlug ein und hörte von oben ein Lachen, das er schon kannte. Auf der Treppe stand das Mädchen, das er im Garten getroffen hatte.

»Lassen Sie sich nicht behumpsen, Herr Gärtner! Und sagen Sie meinem alten Herrn, er soll Sie alle zwei Tage auszahlen, nicht dass ihm am Ende der Woche das Geld ausgeht.«

Evelyn Zeydlitz drehte sich zu ihrer Tochter um.

»Philomena, du musst nicht auf der Treppe stehen. Komm doch herunter zu uns, wenn du etwas sagen möchtest.«

Das Mädchen lachte abermals hell auf.

»Liebend gern, Mama, aber ich habe noch zu tun.« Philomena machte ein fauchendes Geräusch, dann lachte sie nochmals und ging zurück in ihr Zimmer.

Richard Zeydlitz lächelte.

»Unsere Tochter Philomena. Ich weiß nicht, ob Sie sich bereits kennengelernt haben?«

»Ja, schon.«

»Unsere Philo ist ein sehr lebhaftes Kind.«

Schorsch sagte nichts. Er wollte nur hinaus in den Garten und anfangen zu arbeiten.

Das alte Gartenhäuschen war aus Blockbohlen gebaut, drin standen zwei Betten und ein kleiner Tisch aus Holz. Durch eine Tür kam man in einen winzigen Waschraum mit Dusche und Toilette. So komfortabel wie seine Rosenwerkstatt war es allemal. Ragna, die Hausdame mit dem strengen Blick, legte Schorsch Bettwäsche und Handtücher hin.

»Mach fertig deine Arbeit und dann du verschwindest. Fremde Leute im Haus sind nicht gut. Nicht gut für Philo. Mädchen ist krank.«

»Ja, ja, schon klar.«

»Nix klar! Das hier meine Familie. Du nix wichtig hier!«

Schorsch wollte überhaupt nicht wichtig sein, er wollte nur arbeiten. Als Ragna gegangen war, bezog er schnell das Bett, holte sich im Schuppen hinter dem Gartenhaus eine Sichel, einen Spaten und eine Machete und fing einfach an, das schlimmste Gestrüpp herauszureißen. Das brachiale Arbeiten tat ihm gut, seine Wut auf diesen Doktor Starcke und sein verlogenes Geschwätz vom falschen Grün entlud sich direkt in der Entwurzelung eines halb vertrockneten Weidenstrauchs. Je mehr er rackerte und ackerte, umso wohler fühlte er sich und umso weniger spürte er seinen Hunger.

Schorsch wusste nicht, wie lange er schon gegen den Wildwuchs herumgetobt hatte, als plötzlich Philomena neben ihm stand.

»Herr Gärtnerschorsch, Sie müssen zum Essen kommen. Und den Letzten fressen die Löwen.«

Dann kicherte sie, aber das Kichern ging nahtlos in einen schrecklichen Keuchhusten über. Hustend und nach Luft ringend rannte das Mädchen hoch zum Haus. Schorsch legte das Werkzeug weg, wischte sich mit dem Ärmel notdürftig den Schweiß von der Stirn und ging dem Mädchen hinterher. Er war einfach nur hungrig und würde sich seinen Appetit durch das Gerede dieser Philomena nicht verderben lassen.

An der einen Stirnseite des langen Tisches saß Richard Zeydlitz, an der anderen seine Frau Evelyn. Für Schorsch war an der Längsseite gedeckt, ihm gegenüber kippelte Philomena auf ihrem Stuhl und kritzelte irgendwelche Sätze auf ihre Serviette.

Evelyn Zeydlitz nippte von ihrem Rotwein.

»Mir schwebt da draußen ein kurz geschnittener englischer Rasen in einem kräftigen satten Grün vor. Was halten Sie davon, Herr Kempter?«

Schorsch hatte einfach nur Hunger und nicht die geringste Lust auf eine Debatte über Grüntöne. Bevor er antworten konnte, dass englischer Rasen eine heikle Angelegenheit sei, auch von der Pflege her, lachte Philomena laut los.

»Mama, ich stelle mir gerade bildlich vor, wie du jeden zweiten Tag mit dem Rasenmäher durch den Garten stöckelst, um deinen englischen Rasen zu schneiden.«

Schorsch war froh, dass er nichts zu sagen brauchte.

Zum Glück kam Ragna jetzt mit einem Servierwagen herein, auf dem vier kleine Suppentassen und zwei Brotkörbchen standen. Schweigend servierte sie die Süppchen, und Schorsch griff sich vorsichtshalber gleich drei Weißbrotstücke aus dem einen Körbchen. Philomena kicherte, Richard Zeydlitz erhob sein Glas.

»*Gardening is the purest of human pleasures*, hat Sir Francis Bacon einmal gesagt. In diesem Sinne wünsche ich uns allen einen guten Appetit.«

Schorsch hatte kein Wort verstanden. Er sagte laut »Mahlzeit!« und fing einfach an zu essen. Mit ein paar Löffelhieben hatte er das pürierte Möhrensüppchen aufgegessen, noch bevor die anderen richtig angefangen hatten. Das Brot war auch schon alle.

Philomena grinste ihn herausfordernd an.

»Der Gärtner hat ja Hunger wie ein Löwe! Und den macht das fromme Lamm nicht satt.«

Schorsch wollte gar nicht wissen, was Philo mit diesem Unsinn gemeint hatte. Viel wichtiger war die Frage, wie er noch an ein zweites Süppchen kommen würde.

Richard reichte ihm lächelnd seinen Brotkorb, in dem noch eine letzte Scheibe Vollkornbrot lag.

»Philomena bedient sich manchmal einer etwas blumigen Sprache. Sie schreibt Geschichten, das hat sie bereits in der Schule getan. Und der Löwe spielt in ihren Fabeln eine wichtige Rolle.«

»Was für ein Löwe denn?«, entfuhr es Schorsch unbeabsichtigt.

»Der Löwe als Sinnbild der Macht und des Starken. Dabei ist ihr Denken von einem starken Gerechtigkeitsgefühl geprägt.«

Evelyn Zeydlitz schenkte Schorsch ein schmales Lächeln.

»Philo wollte nur auf ihre Art sagen, dass es heute Lammkoteletts gibt. Sie mögen doch Lamm, hoffe ich?«

Schorsch nickte. Er wusste, dass Lammkoteletts meistens winzig waren.

Richard Zeydlitz wandte sich an seine Tochter.

»Philo, allein die Tatsache, dass es heute Lamm gibt, macht aber aus Herrn Kempter noch keinen Löwen. Metaphern sind umso wirksamer, je sparsamer man sie verwendet.«

Was eine Metapher war, wusste Schorsch nicht. Hoffentlich nichts zu essen, dachte er, wegen der angeblich hohen Wirksamkeit bei sparsamer Verwendung. Schorsch stellte sich eine dicke fettige Bratwurst vor oder besser noch zwei. Bei dieser Familie wurde selbst beim Essen mehr geredet als gegessen. Den hungrigen Blick, der Schorsch bei diesen Gedanken auskam, musste der Hausherr als Ermunterung zu weiteren Erläuterungen über Philos Löwengeschichten aufgefasst haben.

»Philomena schreibt gerade an einem Märchen, in dem ein Löwe sich in ein Lamm verliebt, in einer metaphysischen

Wüste, in der sie beide ihre Liebe geheim halten müssen, weil zum einen der Löwe sonst von seiner Herde nicht mehr ernst genommen würde und damit seine Autorität untergraben wäre, zum anderen das Lamm sich in seiner Herde dem Vorwurf der Kollaboration mit dem Feind konfrontiert sähe.«

Philomena kippelte so heftig mit dem Stuhl, dass sie fast umfiel.

»Papa, ich kenn keinen Menschen auf der Welt, der es fertigbringt, dermaßen unpoetisch über ein Märchen daherzureden wie du.«

Schorsch hatte längst den inhaltlichen Faden des Tischgesprächs verloren und musste an so manches Abendessen mit Miriam und Monika zurückdenken. Dass es beim Abendbrot noch verquaster und geschwätziger zugehen konnte als bei ihm zu Hause, hatte er nicht gedacht. Am liebsten wäre er in das Gartenhaus geflohen, aber der Hunger hielt ihn auf dem Stuhl. Mit Freude sah er Ragna samt dem Servierwägelchen hereinkommen, die Lammkoteletts waren allerdings noch kleiner, als er befürchtet hatte. Selbst die Kartoffeln waren winzig, und die Bohnen waren nur zu dritt.

Schorsch nahm sich zwei Koteletts und schaufelte sich alles von den Winzkartoffeln auf den Teller, was noch in der Schale übrig war. Als ihm das Gefummel mit Messer und Gabel zu viel wurde, nahm er den Knochen einfach in die Hand und rückte ihm mit den Zähnen zu Leibe.

»Unser Gärtner hat Zähne wie ein Löwe«, rief Philomena und fing schallend an zu lachen.

Schorsch war jetzt alles egal, und er fragte:

»Hätt's vielleicht noch ein paar Kartoffeln?«

Sein Wunsch verhallte ungehört, denn Philos Lachen ging wieder in einen Hustenanfall über, der noch schlimmer war als jener draußen im Garten. Ragna eilte herbei und stellte Philo ein großes Glas mit einer schleimigen Masse hin.

»Ich trinke dieses Zeug nicht!«

Evelyn Zeydlitz legte ihre Hand auf die Schulter ihrer hustenden Tochter und sagte leise:

»Philomena, bitte benimm dich, wir haben Gäste. Und trink jetzt deine Medizin.«

Dabei nahm sie selbst noch einen Schluck von ihrer Rotwein-Medizin.

Richard Zeydlitz schob seinen Teller von sich.

»Philomena, eine Löwin wie du wird sich doch von einem Glas Medizin nicht in die Wüste jagen lassen.«

»Ach leckt mich doch alle am Arsch mit dieser Löwen-Scheiße!«

Philo sprang auf, dass der Stuhl umfiel, und fegte mit einer wütenden Handbewegung das Glas mit der Medizin vom Tisch.

Stolz wie eine junge Löwin ging sie die Treppe hinauf in ihr Zimmer. Endlich herrschte Stille im Kaminraum. Ragna kam mit einem kleinen Eimer und einem Putzlumpen, um die schleimige Sauerei vom Boden aufzuwischen. Weitere Kartöffelchen hatte sie nicht dabei.

Nach dem Essen schuftete Schorsch noch drei Stunden im Garten, bis die Sonne unterging. Dann hockte er sich auf sein Bett und trank eine Flasche Bier mit abgelaufenem Haltbarkeitsdatum, die er hinten im Geräteschuppen gefunden hatte. Plötzlich klopfte es leise an der Tür. Draußen stand ein dicker Mann in einer weißen Kochjacke, der einen dampfenden Stahltopf in der Hand hielt.

Der Mann hieß Woytek, in dem Topf war eine Art Schweinefleischragout mit Zwiebeln samt fünf Kartoffeln normaler Größe. Lustvoll machte Schorsch sich über die Zusatzverpflegung her, das erste handfeste Essen an diesem merkwürdigen Tag. Woytek, der Koch, nahm sich einen Stuhl und sah ihm beim Essen zu.

»Und? Schmeckt gut? Ist Bigos, aus Polen.«

Schorsch nickte mit vollem Mund.

Als er den Topf leer gegessen hatte, blieb Woytek einfach sitzen und sah Schorsch mit seinen traurigen Augen an.

Der hätte den Dicken gern ein wenig über Herrn und Frau Zeydlitz und ihre merkwürdige Tochter ausgehorcht und auch über die Hausdame Ragna. Aber er fürchtete aus einem Gefühl heraus, dass ihm dieser Woytek dann nicht mehr von der Pelle weichen würde. Also bedankte er sich freundlich für das Bigos und sagte, er sei hundemüde, was auch stimmte. Mit einem betrübten Blick nahm Woytek seinen Topf und verschwand hinaus in die Nacht. Satt ließ Schorsch sich auf das Bett fallen und zündete sich noch eine Zigarette an. So nett die Leute zu ihm waren, wurde er doch aus dieser Familie und ihren Angestellten beim besten Willen nicht schlau. Nach ein paar Minuten fielen ihm vor Müdigkeit die Augen zu.

Die Sonne stand schon hoch am Himmel, der Schweiß floss Schorsch in Strömen über den nackten Oberkörper. Um halb neun hatte ein Tieflader den Radlader gebracht, um den er Richard gebeten hatte. Das Ding war ein alter Kramer-Allrad, ohne Gelenkachse in der Fahrzeugmitte, aber zumindest mit der Klappschaufel ließ es sich gut arbeiten. Schorsch hebelte mit der Hydraulik aus dem Boden, was er mit bloßen Fingern nicht herausbekommen hatte, und schob das Erdreich auf einen großen Haufen unten beim Tor. Auf diesem wurzelgeschwängerten Müllboden könnte allenfalls wieder Unkraut wachsen, aber bestimmt kein leuchtend grüner englischer Rasen, von Rosen ganz zu schweigen. In den nächsten Tagen würde er das Zeug abholen und dafür ein paar Kubikmeter Humus und Mutterboden kommen lassen, vorausgesetzt, das war noch drin im Etat des Hausherrn.

Auf das Mittagessen im Schloss verzichtete Schorsch, wahrscheinlich gab es wieder nur irgendwelche Häppchen. Und nach Tischgesprächen stand ihm erst recht nicht der Sinn.

Gegen drei am Nachmittag hatte zwar erst ein kleiner Teil des Gestrüpps die Schlacht gegen den Kramer-Radlader verloren, aber Schorsch tat das Kreuz weh. Er stellte die Maschine ab, fläzte sich mit dem Rücken in den Sitz und streckte die Beine aus, so weit es ging.

Ein paar Minuten später, als hätte er ihn beobachtet, kam der dicke Woytek vom Schloss zum Radlader gelaufen, eine Schüssel in der Hand.

»Musst du essen. Viel Arbeit, viel Essen.«

Woytek reichte ihm die Schüssel mit drei dicken Bratwürsten und reichlich Kartoffelsalat in die Kabine, samt Besteck und Serviette.

Schorsch aß, Woytek sah ihm wieder dabei zu, mit seinem Hintern an die Motorhaube des Radladers gelehnt.

Nachdem er die erste Wurst vertilgt hatte, fragte Schorsch: »Dieser Herr Zeydlitz, was macht der eigentlich?«

»Zeydlitz ist bei große Zeitung in Frankfurt. Chef fier Kultur. Viel Arbeit.«

»Und seine Frau?«

»Auch Kultur. Macht kleine Galerie fier Bilder. Auch Frankfurt. Nicht so viel Arbeit.«

»Verstehe. Und die Tochter?«

»Frollein Tochter schwierig. Ist krank.«

So viel hatte Schorsch auch schon mitbekommen. Woytek grinste ihn breit an.

»Schmeckt gut?«

»Ja, schmeckt gut.«

»Du und Chef: gute Freunde?«

»Ja, ja, geht schon so.«

»Wie viel zahlt fier Stunde?«

Das wollte Schorsch dem Koch eigentlich nicht auf die Nase binden. Aber die Würste schmeckten so gut, und Woytek sah ihn mit so treuen Augen an, dass Schorsch doch weich wurde.

»Ja, 20 Euro die Stunde halt ...«

»Ist gut. Aber machst du auch Arbeit gut.«

»Geht schon. Und was ist mit dieser Ragna?«

»Ragna auch schwierig. Ist von Ukraine.«

»Ist die auch krank?«

»Nicht krank. Nur schwierig.«

Mehr gab es im Moment nicht zu reden. Nachdem Schorsch unter Woyteks Blicken alles aufgegessen hatte, nahm der Koch seine Schüssel und ging wieder hoch ins Schloss.

Schorsch blieb in der Kabine des Radladers sitzen und machte noch ein wenig Pause. Er war durstig, holte seine große Wasserflasche unter dem Sitz hervor und trank sie fast in einem einzigen Zug aus. Dann steckte er sich eine Zigarette an und besah sich, was er bisher geschafft hatte. Er schätzte, dass er den Radlader noch mindestens eine Woche lang brauchen würde, dann trank er den Rest der Flasche leer.

»Na, Herr Gärtner, haben wir einen Höllendurst von den fetten Würsten?«

Philo fläzte auf dem linken Hinterreifen des Radladers und grinste Schorsch an.

»Was für Würste?«

»Ich hab Sie beobachtet.«

»Ich denk, du arbeitest an deinem Märchen?«

»Wer schreiben will, muss beobachten können. Ich hab ein Fernglas.«

»So eine Arbeit möchte ich auch mal haben.«

»Wollen wir tauschen?«

»Das tät noch fehlen.«

Schorsch stieg vom Radlader und fing an, die Steine, die der Radladerschaufel entwischt waren, mit dem Rechen auf kleine Haufen zu ziehen. Philo sah ihm dabei zu. Verscheuchen konnte Schorsch sie schlecht, schließlich war sie das Fräulein Tochter des Arbeitgebers.

»Wovor laufen Sie eigentlich davon, Sie komischer Herr Gärtner?«

Schorsch kannte diesen provokativen Ton von Miriam: Da konnte man nur weghören.

»Es ist sonst nicht die Art meines Vaters, wildfremde Leute einzustellen und ins Haus zu holen. Es geht ihm wohl doch langsam das Geld aus mit diesem Kasten hier. Sie sind einfach ein Schwarzarbeiter, der nichts kostet. Und offenbar sind Sie emotional gestört.«

»Hör auf mit dem Schmarrn und lass mich schaffen.«

»Wer so stur und maulfaul und ignorant ist wie Sie, der hat auch keine Familie, oder? Und wenn, wäre sie Ihnen schon längst weggelaufen. Stimmt's?«

Schorsch fand, das Mädchen war mindestens so penetrant wie sein Vater Franz und seine Tochter Miriam zusammen.

»Wahrscheinlich sind Sie geschieden und drücken sich mit der Schwarzarbeit vor Ihren Verpflichtungen.«

Schorsch harkte stumm.

»Haben Sie eigentlich Kinder, Sie fleißiger Gärtner?«

»Herrgott, ich will einfach in Ruhe schaffen. Sonst werd ich ja nie fertig mit diesem Sturzacker hier.«

»Ich kann Ihnen gerne helfen.«

»Kümmer dich lieber um deine Löwen.«

»Ich möchte nicht Ihre Tochter sein, Gärtner!«

»Die eine langt mir schon.«

Philo grinste übers ganze Gesicht.

»Wie alt ist sie denn?«

»Achtzehn. Und jetzt gib Ruhe!«

»Achtzehn, sieh an. Volljährig. Der können Sie rein rechtlich nichts mehr vorschreiben. Und wie heißt sie, was macht sie? Lassen Sie sich doch nicht jedes Wort aus der Nase ziehen.«

»Miriam heißt sie. Hat grade Abi gemacht. Und will Malerin werden. Auch so ein Schmarrn.«

»Aber das ist doch toll! Da können Sie stolz sein. Und was malt sie so?«

»Badewannen mit blöden Puppen drin.«

Schorsch nahm den Schubkarren, um die Steine aufzuladen. Philo tapste neben ihm her wie eine anhängliche Gazelle aus gutem Hause.

»Sind Sie davongelaufen von Ihrer Familie, oder hat man Sie rausgeschmissen?«

»Jetzt frag nicht so saudummes Zeug und lass mich einfach den Dreck da aufklauben.«

»Ja, wühlen Sie doch im Dreck. Mit verfaulter Erde können

Sie offenbar besser umgehen als mit lebendigen Menschen. Ihre Tochter tut mir jetzt schon leid.«

Philo fing an zu husten, noch heftiger als vorher, und ihr Gesicht lief augenblicklich rot an. Japsend und keuchend rannte sie weg, kam ins Straucheln und konnte sich im letzten Moment gerade noch abfangen. Hustend humpelte sie hinauf zum Schloss, ohne sich auch nur noch ein einziges Mal zu dem pampigen Gärtner umzudrehen.

»So eine hat mir grad noch gefehlt…«, entfuhr es Schorsch, und kaum dass die Worte heraus waren, hätte er sich am liebsten zweimal auf die Zunge gebissen. Stattdessen setzte er sich auf die Schubkarre und rauchte erst einmal eine.

Knapp 500 Kilometer südlich vom Schloss der Familie Zeydlitz rauchte auch Miriam, eine Selbstgedrehte, aber bei ihr war es die erste an diesem Tag. Sie hockte auf dem Rand ihrer Glücksfamilien-Badewanne und war fast froh, dass Schorsch seit Tagen verschwunden war. Oft genug hatte er ihr mit seinem Missmut treffsicher einen kreativen Stream nach dem anderen zerdeppert, meist hatte schon sein Blick gereicht, um ihr den Pinsel in der Hand gefrieren zu lassen. Und wenn er doch mal den Mund aufbrachte, dann sowieso nur zum Meckern und Stänkern.

Dennoch war Miriam in den letzten Tagen kaum zum Arbeiten gekommen, denn ihre Mutter hatte sie gebeten, zusammen mit ihrem Opa Franz und dem arbeitsscheuen Manne Strobel die halb fertigen Aufträge abzuarbeiten. Wegen der drohenden Insolvenz musste Geld in die Kasse. Miriam schuftete, hob Pflanzlöcher aus oder schaufelte Erde. Manne Strobel machte alle zehn Minuten eine Zigarettenpause, und der alte Franz brabbelte irgendwelchen Schwachsinn vor sich hin. Dazu musste sie sich ständig Fragen der Kundschaft anhören, warum der Herr Kempter nicht selbst mal wieder auf der Baustelle erschien. Sie sagte dann einfach, ihr Vater sei auf einer Fortbildung: *Fort* stimmte ja, *Bildung* eher nicht.

Dringend musste sie ihre Mappe für die Bewerbung an der Münchner Kunstakademie fertigmachen, aber außer ein paar Tuschzeichnungen war ihr in den letzten Tagen nicht viel aus den Händen geflossen. Zur Not würde sie eben die Badewannen-Installation als Skulptur einreichen und das Ding mit dem Toyota-Pick-up nach München raufbringen, wenn es das marode Getriebe der alten Schrottmühle noch bis in die Landeshauptstadt schaffte.

»Rauchst du schon wieder, Miriam?«

Derart überflüssige Fragen konnte nur ihre Mutter stellen, aber Miriam wusste natürlich, dass ihre Mutter mit den Nerven ziemlich runter war.

»Habt ihr den Garten beim Feichtner schon fertig? Kann ich da die Rechnung schreiben?«

»Ist es so schlimm, Mama?«

Monika sagte nichts, also wusste Miriam, dass es noch schlimmer sein musste.

»Morgen haben wir's. Der Opa schwätzt immer nur blöd daher, und der Manne Strobel ist ein stinkfauler Hund.«

»Ich weiß, Miriam. Aber ich hab jetzt keine Zeit und keine Kraft, mir einen neuen Gärtner zu suchen.«

»Alles bleibt immer an dir hängen. Dass du dir das gefallen lässt!«

»Was soll ich denn machen, Miriam?«

»Den Kram hinschmeißen. Und das mit diesem Golfplatz-Heini am Sonntag, das hätt's auch nicht gebraucht, oder?«

Monika wurde völlig bleich im Gesicht.

»Woher …?«

Miriam winkte ab.

»Ach Mama, das hab ich mit einem Blick gesehen, als du da zurückgekommen bist am Sonntag.«

»Das war ein Ausrutscher, Miriam.«

»Ein Ausrutscher, und wenn schon. Aber doch nicht mit so einem! Das ist doch kein Kerl, das ist ein Stück Schmierseife!«

Miriam hatte ihre Zigarette zu Ende geraucht und trat die Kippe mit dem Fuß aus.

»Vielleicht wär's das Beste für alle, wenn der Papa irgendwo abstürzt mit seinem Scheiß-Flieger.«

Diesmal fing sie sich eine Ohrfeige von ihrer Mutter ein.

»Er ist immer noch dein Vater!«

»Biologisch vielleicht.«

Franz Kempter kam von seinem Austragshäuserl herüber, sah Miriam und Monika vor der Badewannen-Installation stehen und hob drohend Fäuste und Stimme gen Himmel.

»Mein Lebtag hab ich g'schafft für die Gärtnerei, und der Saubub, der nixige, der haut einfach ab mit seinem blöden Flieger!«

Miriam fuhr dem Alten über den Mund.

»Das wissen wir, Opa. Was ist mit den Buchsbäumchen für die Baustelle vom Kastenmaier? Sind die schon aufgeladen?«

»Wie soll ich denn allein zehn Buchsbäumle da rauflupfen? Ich bin keine dreißig mehr.«

»Also los, auf geht's. Ich helf dir.«

Monika berührte Miriam ganz leicht am Arm.

»Danke.«

»Schon gut, Mama. Da muss man doch zusammenhalten, wenn wir von lauter Deppen umzingelt sind …«

Ein Blick von Miriam reichte, dass Franz Kempter den Mund hielt und zum Pick-up ging, um zusammen mit Miriam die Bäumchen aufzuladen.

Auf dem Küchentisch hatte Monika Rechnungen, Aufträge, Lieferscheine, Kontoauszüge und handschriftliche Zusammenstellungen der Außenstände ausgebreitet. Wenn Miriam, der alte Franz und Manne Strobel so weiterarbeiten würden wie in den letzten Tagen, dann könnten sie den nächsten Monat überstehen, ohne den Lieferanten die Rechnungen schuldig zu bleiben und auch die quartalsmäßige Umsatzsteuer-Vorauszahlung nicht platzen zu lassen. Sie musste eben ein bisschen schieben und tricksen, aber das konnte sie wie kaum eine andere. Oft genug hatte sie schon murrende Kundschaft oder störrische Lieferanten besänftigt und all das wieder geradegebogen, was Schorsch mit seiner Ignoranz für alles, was nicht Pflanzen und Erde war, verbockt hatte.

So fleißig und geschickt Schorsch als Gärtner sein mochte, als Geschäftsführer war er eine komplette Null, und als Ehemann und Familienvater gebärdete er sich wie ein Auszubildender auf Lebenszeit. Dabei war er vor der Ehe so ein lustiger Kerl gewesen, aber nach Miriams Geburt hatte ihm irgendwas das Maul vernagelt.

Die Zahlen auf den Zetteln und Listen verschwammen vor ihren Augen. Monika stützte ihren Kopf auf die Hände und wischte sich eine Träne ab.

Was machte sie hier eigentlich? Ihrem Schorsch noch zehn Jahre lang die Kohlen aus dem Feuer zu holen, wenn er denn je wieder auftauchen sollte, war keine Aussicht für die Zukunft. Und wenn Miriam bald weg sein würde, dann schon dreimal nicht. Monika hatte definitiv keine Lust mehr, sich als billige Troubleshooterin der Gärtnerei den Rest ihrer Lebensfreude rückstandsfrei aufraspeln zu lassen, aus eigener Blödheit angekettet an einen Holzbock, dem Rosen und Flieger wichtiger waren als lebende Menschen. Immerhin hatte sie vor zwanzig Jahren einen lustigen Gärtnerburschen geheiratet, der jedoch inzwischen zu einer maulfaulen Vogelscheuche im eigenen Garten mutiert war.

Angefangen hatte die Schweigsamkeit kurz nach Miriams Geburt, als er von irgendeinem Sommer-Fliegercamp in der Rhön zurückgekommen war und sich aufgeführt hatte, als hätte er das Reden verlernt. Monika hatte damals schon überlegt, ob ihm vielleicht ein anderes Mädchen aufs Sprachzentrum geschlagen sein konnte, aber von einem vermeintlichen Seitensprung verlernte man das Reden nicht.

Nur: Warum konnte der Kerl nicht einfach das Maul aufmachen und sagen, was los war? Im Grunde hatte Schorsch ihr jetzt mit seinem Davonfliegen nur die Entscheidung abgenommen, den Kram hinzuschmeißen: Schlimmer als in dieser Mittelstands-Gärtnerhölle konnte es kaum werden. Und wenn Schorsch ihre Miriam noch mal sein »Fräulein Tochter« nannte, dann war's das ein für alle Mal gewesen mit dieser Ehe, die sowieso nur noch ein Scherbenhaufen war, oder besser gesagt: ein miefender Beziehungskompost.

Das mahlende Geräusch des maroden Toyota-Getriebes riss sie aus ihren Gedanken. Miriam und Franz fuhren vom Hof, auf der Ladefläche wackelten die nur notdürftig festgezurrten Buchsbäumchen. Das fehlte noch, dass die beiden jetzt die teure Ladung verlieren würden. Monika hoffte, dass der Toyota noch ein paar Wochen durchhalten möge, bis sie sich klarer darüber war, wie eine Zukunft jenseits der Gärtnerei Kempter aussehen könnte.

Selbst am späten Nachmittag brannte die Sonne unvermindert gnadenlos auf den Schlosshof hernieder. Schorsch klaubte immer noch Steine aus dem Boden, der Rücken tat ihm wieder weh, die Knie schmerzten auch schon. Die Hitze schlug ihm aufs Hirn, und das rächte sich prompt mit dem absurden Gedanken, er müsste hier in diesem Schlossgarten die Fronarbeit ableisten für all seine Stoffeleien der letzten Jahre, als wäre er mit seiner Piper in einem Steineklauber-Purgatorium für maulfaule Gärtner gestrandet. Dieser katholische Quatsch hätte aus dem Schandmaul seines Vaters stammen können, als ließen sich dumme Gedanken über Schuld und Sühne mit dem Zusammenraffen von Steinen verscheuchen, wenn dagegen nicht einmal Maulhalten, Arbeiten bis zum Umfallen oder das Züchten schwarzer Rosen half.

Stein für Stein hatte Schorsch sich bis zur eingerüsteten Südfassade des Schlosses hochgearbeitet, als er plötzlich aus einem offenen Fenster im ersten Stock Philomena herumzetern hörte.

»Hau ab! Nimm's wieder mit, ich trink das Zeug nicht.«

Schorsch versuchte, das Gezeter einfach auszublenden aus seinem Hirn, und sammelte tapfer weiter Steine ein.

»Jetzt du trinkst deinen verfluchten Mädizin!«

Schorsch hielt kurz inne: Das war die Stimme von Ragna, der schwierigen Hausdame aus der Ukraine. Jetzt war er doch neugierig geworden, kletterte ein Stück am Gerüst hoch und bemühte sich nach Kräften, unbemerkt in das offene Fenster zu spähen. Philomena saß an einem Schreibtisch, das ganze Zimmer war von Büchern und Zetteln übersäht. Ragna stand vor dem Mädchen und hatte ein Glas mit der schleimigen Flüssigkeit in der Hand.

»Lass mich in Ruhe, Ragna, ich muss schreiben.«

»Immer sagt Frollein Philo ›Ich muss schreiben‹, aber wenn du nicht trinkst den verfluchten Mädizin, hab ich immer schlimme Ärger mit deine Frau Mutter!«

»Ragna, du ruinierst meine Inspiration!«

»Ha, wer bist du? Tochter von Tolstoi? Trink jetzt!«

»Lass mich bitte in Ruhe, Ragna.«

Philo schleuderte das Glas in die Ecke, wo es zerbrach.

»Und jetzt geh und erzähl's gleich brühwarm meiner lieben Mutter.«

Ragna hob die Scherben auf und wischte die Sauerei mit ein paar Kleenex-Tüchern weg. Dann verließ sie kopfschüttelnd das Zimmer.

Philo hockte stumm an ihrem Schreibtisch und stierte vor sich hin. Schorsch wollte gerade wieder vom Gerüst steigen, als Evelyn Zeydlitz ins Zimmer kam. Er duckte sich ein wenig, um nicht entdeckt zu werden, und sah, wie Frau Zeydlitz einen Stuhl nahm und sich neben ihre Tochter setzte.

»Ragna hat mir gesagt, was du gemacht hast.«

»Ja? Das ist aber nett von ihr. Ich glaube, die mag dich, Mama. Ihr passt überhaupt wunderbar zusammen, du und Ragna.«

»Hör bitte auf mit diesem Unsinn, Philo.«

Philo stand auf und ging auf das Fenster zu. Schnell stieg Schorsch vom Gerüst und fing wieder an, Steine einzusammeln. Die beiden Frauen im Zimmer hatten ihn offenbar nicht bemerkt, denn der Streit ging am offenen Fenster weiter. Schorsch blieb gar nichts anderes übrig, als zuzuhören.

»Ich muss raus aus diesem Irrenhaus hier«, rief Philo.

»Du kannst hier nicht raus, mein liebes Kind. Du bist krank.«

»Ja, ich bin krank. Und was bist du, Mama? Schon mal drüber nachgedacht? Mukoviszidose ist eine Erbkrankheit!«

»Es tut mir leid für dich, Philo.«

»Ja? Schön. Und Unzufriedenheit und Depression, ist das auch erblich, Mama?«

Schorsch hätte sich am liebsten ein paar Kieselsteine in die Ohren gestopft. Er überlegte, einfach am anderen Ende des Gartens weiterzuarbeiten, aber die Verlockung mitzuhören war doch zu groß. Es war ja nicht seine Schuld, dass das alles bei offenem Fenster stattfand.

Und Philomena war noch längst nicht am Ende mit ihrer Mutter.

»Du bestehst doch nur noch aus Frustration, sieh doch mal in den Spiegel. Du bist keine Mutter, du taugst höchstens als Vorlage für die böse Hexe in einem Kindermärchen.«

Schorsch wartete auf den Knall einer Ohrfeige, aber es kam nichts. Nur Evelyn Zeydlitz' Stimme klang einen Hauch brüchiger.

»Hör auf, Philo. Setz dich hin und schreib. Das ist die einzige Chance, die du hast.«

»Oh ja, Mama. Dann werd ich eine berühmte Schriftstellerin, und Papa kann bei einer Preisverleihung was drehen, dann krieg ich einen Nachwuchspreis, und dann kannst du schön angeben mit mir, vor deinen Freundinnen. Hast du eigentlich noch Freunde? Außer Ragna, meine ich. Aber das ist ja keine Freundin, die bezahlst du ja.«

»Philo, du bist widerlich.«

»Tut mir leid, Mama. Aber der Mensch ist immer nur die Summe aus Vererbung und seiner Umwelt.«

»Trink jetzt bitte deine Medizin, Philo.«

»Klar, Mama, mach ich doch gerne. Mal was anderes: Schläfst du eigentlich noch mit Papa? Hab schon lange nichts mehr gehört ... Na ja, unser schönes Schloss hat eben dicke Wände.«

Schorsch hörte, wie Evelyn Zeydlitz die Tür hinter sich zuschlug. Er wusste nicht, wer von den beiden ihm mehr leidtat, die Mutter oder ihre Tochter. Und er dachte daran, dass er auch irgendwann wieder zurückfliegen musste, in seine eigene Familienhölle. Dagegen kam ihm die Steineklauberei wie eine erholsame Entspannungsübung vor, bei der er wenigstens sein Maul halten konnte.

Drei Stunden und etwa dreißig Schubkarren voller Steine später rieb Schorsch sich, nach vorne gebückt, den Schweiß von der Stirn und aus den Augen. In diesem Moment kam Richard Zeydlitz gestikulierend vom Schloss her auf ihn zu.

»Schorsch, Sie müssen doch umfallen vor Hunger und Durst, so wie Sie schuften in dieser unerträglichen Hitze. Die Atmosphäre schlägt zurück gegen den Raubbau an der Natur. Kommen Sie, es ist zum Abendessen gedeckt.«

Schorsch nickte nur. Am liebsten hätte er sich in seine Hütte verzogen und schweigend drauf gewartet, dass ihm der dicke Woytek seine Abendration an Kohlehydraten vorbeibrachte.

Auf familiären Small Talk im Kaminzimmer hatte er nicht die geringste Lust, schon gar nicht nach dem, was er draußen vor dem Fenster mit angehört hatte. Er machte sich auf das Schlimmste gefasst.

Richard Zeydlitz konnte es wieder nicht lassen, die Tafel mit einem Sinnspruch zu eröffnen.

»Epikur, der Philosoph, hat einmal gesagt: Das Wichtigste im Leben sind die Freunde und der Garten. Ich wünsche uns einen guten Appetit.«

Es gab toskanisches *filetto di pollo* auf einer Pesto-Polenta. Schorsch war klar, dass er von den winzigen Hähnchen-Häppchen auf dem Klecks von salzigem Grießbrei nicht einmal ansatzweise satt werden würde, nach der Steineklauberei schon dreimal nicht. Er aß stumm und vermied es, Philo und Frau Zeydlitz anzusehen, weil er fürchtete, die Zankerei könnte wieder von Neuem losbrechen. Doch die beiden saßen friedlich nebeneinander, als wäre nie ein böses Wort zwischen ihnen gefallen.

Im Gegenteil: Fräulein Philo war bester Laune und sprudelte los wie ein aufgewachtes Wasserfällchen.

»Wir haben uns heute sehr gut unterhalten im Garten, der Herr Gärtnerschorsch und ich. Schorsch hat nämlich eine Tochter, die ist achtzehn. Und sie ist Malerin! Respektive möchte sie es werden, gegen den Widerstand ihres Vaters, nicht wahr?«

Schorsch sagte nichts. Evelyn Zeydlitz sah ihn mit einem Blick an, als wollte sie sich für Philos Indiskretionen bei Tisch entschuldigen. Aber Philo plapperte munter weiter.

»Die Tochter von Schorsch macht großflächige Installationen … zum Beispiel Badewannen mit Puppen drin … Mir gefällt ja so etwas. Das würde ich mir gerne einmal ansehen.«

Schorsch wäre am liebsten im Dielenboden des Kaminzimmers versunken.

»Papa hat mir erzählt, Sie haben ein Flugzeug. Und das steht in Anspach, auf dem kleinen Flugplatz.«

Schorsch nickte. Das Hühnchen und die Polenta waren längst alle, Ragna räumte stumm die Teller ab.

»Was ist das für ein Flugzeug? Jetzt erzählen Sie doch mal, Herr Gärtner. Hat das solche Wassertanks wie diese Löschflugzeuge? Ich meine, dann könnte man damit doch den Rasen sprengen, oder?«

Schorsch musste lachen. Und dann war ihm alles egal, und er fing tatsächlich an, ein kleines bisschen über seine alte Papa-Whiskey-Golf zu erzählen. Nicht viel zwar und für das narrative Niveau im Hause Zeydlitz in eher zäher Sprache: wie alt seine Piper war, seit wann er sie hatte und dass er jeden Sonntag damit in die Berge flog, wenn es nicht gerade Schweine regnete. Philo hörte mit offenem Mund zu.

»Und ihre Tochter, fliegt die da manchmal mit?«

Schorsch schüttelte den Kopf.

»Ich flieg immer nur allein.«

»Und warum?«

»Sei halt nicht so neugicrig.«

»Das muss man sein, wenn man Geschichten schreibt.«

Evelyn legte ihrer Tochter die Hand auf den Arm, so friedlich, als hätte der nachmittägliche Streit in Philos Zimmer nie stattgefunden.

»Herr Kempter wird schon seine Gründe haben.«

»Das ist mir klar, Mama. Deshalb frage ich ja.«

Die beiden sahen sich einen Moment schweigend in die Augen, und Schorsch wollte nichts weniger, als dass das Hauen und Stechen zwischen Mutter und Tochter wieder losging. Also gab er sich einen Ruck. Er schwatzte einfach drauflos, servierte gekonnt die schönsten Flieger-Schoten vom alten Emil Höscheler, legte noch ein paar Schauergeschichten vom Fimpel und seiner Fistelstimme nach und trank dabei nicht zu knapp vom Weißwein. Er schleuderte geradezu mit Worten um sich, wie er es schon seit Jahren nicht mehr getan hatte. Als sein unverhoffter Redeanfall vorüber war, klatschte Philo Beifall.

»Sie sollten das aufschreiben, Herr Kempter«, sagte Richard Zeydlitz, während Evelyn geheimnisvoll lächelte.

Schorsch stand auf.

»Jetzt muss ich erst mal aufs Klo und dann eine rauchen.«

Richard Zeydlitz lachte.

»Tun Sie das, Schorsch.«

Auf dem langen Gang zur Toilette tauchte plötzlich Woytek in der Küchentür auf und grinste Schorsch an.

»Und? War gut Pesto-Polenta?«

»Gut schon, aber zu wenig.«

Woytek hielt verschwörerisch eine Plastikschüssel hoch.

»Hier. Darfst du aber nicht essen in Kaminzimmer, sonst ich bin morgen frieh gefeiert.«

Er meinte wahrscheinlich »gefeuert«. Schorsch schloss sich in der Toilette ein, setzte sich auf den Klodeckel und verschlang erst einmal die Riesenportion hundsgewöhnlicher Schinkennudeln, die Woytek ihm heute gemacht hatte. Dann zündete er sich eine Reval an und rauchte heimlich auf dem Klo wie ein Achtklässler. Am liebsten wäre er gleich in sein Gartenhaus gegangen, aber sich nicht beim Hausherren zu verabschieden wäre unhöflich gewesen, selbst für einen maulfaulen Gärtner.

Als Schorsch nach knapp zwanzig Minuten zurück ins Kaminzimmer kam, saß nur noch Richard Zeydlitz am Tisch, ganz allein mit einer Flasche Grappa. Philo und Evelyn waren verschwunden, und zum Glück fehlte auch von Ragna jede Spur.

Der Hausherr bot ihm den Stuhl neben sich an.

»Sie sollten öfter etwas erzählen, Schorsch. Sie machen das

wunderbar. Haben Sie vielleicht noch Hunger? Unsere Portionen sind vielleicht doch etwas moderat für stark körperlich arbeitende Menschen. Ich könnte Woytek bitten, Ihnen noch…«

»Danke, schon gut. Muss eh ein bissel abnehmen.«

»Vielleicht einen Grappa?«

Schorsch nickte.

»Schön, dass wir mal ungestört reden können, sozusagen von Mann zu Mann…«

Schorsch befürchtete das Schlimmste und trank seinen Grappa auf ex.

»Philomenas Verhalten mag Ihnen vielleicht mitunter merkwürdig vorkommen, aber meine Tochter ist sehr krank.«

»Hab ich mir schon gedacht.«

»Sie hat Mukoviszidose, eine Stoffwechselkrankheit. Philo spricht nicht gern darüber. Sie frisst meistens alles in sich hinein und kompensiert das mit den Geschichten, die sie schreibt. Sosehr ich ihr Schreiben begrüße, mangelt es ihr an sozialen Bezugspersonen außerhalb der Familie, gerade seit sie die Schule abgeschlossen hat.«

Schorsch hielt sich weiter an den Grappa. Draußen hörte er eine Wagentür zuschlagen, kurz danach fuhr ein Wagen den Kiesweg vom Schloss hinunter: Dem Klang nach konnte es nur Evelyns schwarzer Gelände-BMW gewesen sein. Richard Zeydlitz tat, als hätte er das nicht bemerkt, und goss beide Gläser wieder nach.

»Es ist eine Freude, Sie da draußen im Garten arbeiten zu sehen. Ich spüre, dass Ihnen das Spaß macht. Alle großen kulturellen Leistungen der Menschheit wären ohne Leidenschaft und Hingabe undenkbar gewesen.«

Schorsch sagte nichts, Steine herauszuklauben für das

Spritgeld in die Ukraine war schließlich keine kulturelle Leistung, sondern höchstens ein halbwegs gut bezahlter Hilfsarbeiterjob.

»Vielleicht hat Philo ja Lust, Ihnen ein wenig zur Hand zu gehen. Philo mag Pflanzen. Sie sollte sich nur nicht überanstrengen.«

»Schon klar.«

»Ich denke, es würde ihr guttun, ein wenig Ablenkung zu haben. Geben Sie ihr doch ein paar kleine Aufgaben.«

Schorsch nickte nur stumm.

»Ich bin ganz offen zu Ihnen: Philo will weg von hier. Aber das ist normal, in ihrem Alter flieht man aus dem elterlichen Haus. Nur leider hat sie diese Krankheit, und wir können sie nicht einfach weggehen lassen. Schreiben kann sie am besten hier in dieser Atmosphäre der Geborgenheit, auch wenn ihr das selbst nicht so klar ist.«

Schorsch dachte an den Streit, den er am Nachmittag belauscht hatte, behielt das aber lieber für sich.

»In Philos Löwen-Fabeln steckt großes literarisches Potenzial, selbst wenn Philo das noch nicht in all seiner Tragweite erkannt hat. Wenn sie es schaffen würde, etwas zu veröffentlichen, würde das ihrem Selbstwertgefühl sehr guttun.«

Schorsch wusste darauf nichts zu sagen, Richard Zeydlitz nahm noch einen Schluck Grappa.

»Irgendwann werde ich eine Weltreise mit Philo machen, das habe ich ihr versprochen. Davon träume ich schon lange: Die Arbeit einmal Arbeit sein lassen und einfach losfahren, irgendwohin. Einfach nur reisen und sich besinnen auf das, was wirklich wichtig ist im Leben.«

Schorsch wurde allmählich müde. Aber er konnte den Mann jetzt nicht allein in seinem Kaminzimmer sitzen lassen, zumal Richard Zeydlitz dank des Grappas nicht die geringste Mühe hatte, die Unterhaltung weitgehend zu bestreiten.

»Auf das Leben, Schorsch.«

Sie stießen an.

»Seit meine Mutter hier ausgezogen ist, haben sich die Dinge hier nicht nur zum Besten gewandelt. Philo hatte ein sehr enges Verhältnis zu ihr.«

»Das kenn ich. Mein Vater lebt auch noch auf dem Hof, und meine Tochter hat's auch ganz dick mit ihm.«

»Leider war Evelyns Verhältnis zu meiner Mutter nicht völlig unbelastet. Aber ich möchte Sie da keinesfalls in heikle familiäre Angelegenheiten mit hineinziehen.«

Schorsch hatte das Gefühl, er steckte da schon mittendrin. Und der Gedanke, dass ihm Philomena im Garten zur Hand gehen sollte, machte die Sache nicht besser.

»Wissen Sie, Schorsch, ich könnte mir so gut vorstellen, dass Philo sich im Garten ein eigenes Beet anlegt und dabei im Umgang mit den Pflanzen nebenbei auch so etwas wie Verantwortungsgefühl lernt. Vielleicht können Sie ihr ja ein paar gärtnerische Kunstgriffe beibringen. Sie ist klug und lernt schnell.«

Schorsch nickte, goss Grappa nach und stieß noch einmal mit Richard Zeydlitz an. Der trank sein Glas auf einen Schluck aus und zog seine Brieftasche aus dem Jackett.

»Hier sind 500 Euro als Vorschuss. Nun nehmen Sie's schon. Wer saubere Arbeit macht, soll seinen Lohn haben. Ich bin so froh, dass Sie den Weg zu uns gefunden haben.«

Schorsch nahm das Geld, er hatte noch im Ohr, wie Philo ihn vor der angeblichen Geldknappheit ihres Vaters gewarnt hatte. An Wortknappheit allerdings litt er ganz bestimmt nicht.

Eine Stunde später hockte Schorsch auf der Liege in seinem Gartenhäuschen, angenehm bedudelt vom Grappa. Ihm brummte noch der Kopf von all dem, was Zeydlitz ihm erzählt hatte. Ganz schlau wurde er nicht aus dem Mann: Der hatte ihm die Ohren mit seinen privaten Kalamitäten vollgequatscht, aber dazu, dass seine Frau mitten in der Nacht weggefahren war, kein Wort gesagt. Wenn es eine Gemeinsamkeit zwischen ihnen gab, dann höchstens die, dass sie beide nicht wussten, was sie eigentlich mit ihren Familien anstellen sollten. Hätte nur gefehlt, dass Richard Zeydlitz ihm vorgeschlagen hätte, beide gemeinsam mit der Piper und zwei Flaschen Grappa abzuhauen, wohin auch immer. Schorsch musste lachen über diese Vorstellung, auch wenn er Richard Zeydlitz eines hätte mit Bestimmtheit sagen können: Durchstarten und Abhauen war kein Mittel gegen lästige Gedanken, denen konnte man nicht davonfliegen. Das hatte er schon kapiert auf seiner Reise.

Er machte die Augen zu und hoffte, der Grappa würde sich jetzt um seine leidigen Grübeleien kümmern, als es an der Tür klopfte. Woytek kam aufforderungslos herein, nahm sich den Stuhl und setzte sich vor Schorsch hin, der sich mühsam wieder aufrichtete.

»Woytek, was denn jetzt? Noch mal Nachschlag?«

»Bring ich nicht Würste.«

Bräsig hockte Woytek auf dem Holzstuhl.

»Du und Chef: gut Freunde. Viel trinken.«

Schorsch wusste nicht, was das jetzt sollte.

»Und?«

»Und Chef zahlt gut. 20 Euro fier Stunde, ist viel Geld.«

»Was soll das, Woytek?«

»Mein Cousin in Polen würde machen fier zehn Euro. Auch gut arbeitet in Garten.«

»Ja und? Jetzt red halt.«

»Machst du schwarz, ohne Steuer. Und muss ich einkaufen viel für deine Essen.«

Schorsch dachte, er hätte sich verhört.

»Chef dir gegeben große Vorschuss. Gibst du mir bisschen Geld, dann ich koch gut fier dich. Und sag ich nicht Polizei, dass du machst Garten schwarz.«

Jetzt war Schorsch selbst in seinem Zustand klar, welcher Trieb den Mann peitschte.

»Gibst du mir 100 Euro, oder du musst dir suchen neue Garten. Vielleicht du bist auf Flucht, sagt Ragna.«

»Hau ab und lass mich in Frieden!«

Woytek lachte.

»Musst du gut überlegen. Geb ich Zeit bis morgen.«

Damit stand er auf und verließ ohne ein weiteres Wort das Gartenhaus.

Schorsch lag auf der Decke und kam sich vor wie in einem ganz schlechten Film. Im Regal an der Wand sah er ein altes Telefon der Deutschen Bundespost stehen, das noch eine Drehscheibe zum Wählen hatte. Er langte hinüber: Aus dem Hörer ertönte tatsächlich ein Freizeichen. Er zögerte kurz, dann wählte er und hielt den Hörer etwas entfernt vom Ohr, sodass er das Klingelzeichen gerade noch mitbekam. Nach dem fünften Läuten wurde auf der anderen Seite abgehoben.

»Ja ... hallo? Kempter Gartenbau ... wer ist denn das, um diese Zeit?«

Schorsch hielt den Atem an.

»Miriam? Oder bist du das, Schorsch?«

Vorsichtig legte er den Hörer auf die Gabel, als wollte er jedes Geräusch vermeiden. Er ließ sich wieder auf das Bett fallen und wünschte, er hätte noch eine Flasche Grappa in der Hütte gehabt. Die Schufterei im Garten, der belauschte Streit zwischen Mutter und Tochter, die Grappa-Männerfreundschafts-Orgie mit dem Hausherrn und dann noch der Erpressungsversuch des dicken Kochs, das war alles ein bisschen viel gewesen für einen Tag. Und am wenigsten wusste er, welcher Teufel ihn geritten hatte, mitten in der Nacht seine eigene Nummer zu wählen und dann feige aufzulegen. Er hatte Angst, vielleicht doch langsam ein bissel seltsam zu werden. So fing es auch bei Verrückten meistens an, dachte er und versuchte zu schlafen.

Er wusste nicht, wie lange er die Augen geschlossen hatte, als es wieder an der Tür klopfte. Er zuckte zusammen: Vielleicht stand der Koch wieder draußen und wollte ihn verprügeln. Aber dann würde er sicher nicht anklopfen. Schorsch sagte »Herein«, und die Tür öffnete sich langsam.

»Darf ich reinkommen? Ich halt's nicht aus da oben in meinem Gefängnis.«

Schorsch nickte, das konnte er verstehen. Philo setzte sich auf den Stuhl, auf dem vorhin Woytek gesessen hatte.

»Ich hab euch beobachtet: Du hast die halbe Flasche leer gesoffen mit meinem Alten. Der kann ganz nett sein. Wenn er nur mehr Arsch in der Hose hätte. Aber meine Mama ist ein Miststück.«

Schorsch wusste nicht, was er darauf sagen sollte, schließlich waren die Leute seine Arbeitgeber.

»Ja, Gärtner, du hast's ja schon mitgekriegt: Ich hab so eine bescheuerte Krankheit. Zystische Fibrose, man kann auch Mukoviszidose sagen. Ist nicht ansteckend, keine Angst. Meine Lunge ist voll von Bakterien mit schwachsinnigen Namen wie Streptokokken oder Oligokokken. Das nervt unsäglich, jede Reise ist totaler Stress. Mit der Husterei kann ich leben, aber dieses Festsitzen in den Schlossmauern ist der Horror. Und ich hab keinen Führerschein, weil meine Eltern sagen, das Autofahren wär zu gefährlich für mich. Nicht auszudenken, wenn ich auf der Autobahn kurz vor Frankfurt einen Hustenanfall bekommen würde ...«

Philo fing laut an zu lachen.

»Ja mei, was willst auch in Frankfurt?«

Etwas Dümmeres war Schorsch nicht eingefallen.

»Und was will ich hier? Die, die mit mir Abi gemacht haben, sind längst weg. Alle geflohen aus diesem Scheiß-Taunus, spätestens eine Stunde nach Zeugnisausgabe.«

Schorsch hockte auf dem Bett und blickte etwa so schlau drein wie ein Gärtner, dem die Agentur für Arbeit versehentlich den Chefposten eines Psychiaters in der Problemfamilienbetreuung vermittelt hatte.

»Aber das Schreiben tut dir gut, hat dein Vater gesagt.«

»Einen Dreck tut's! Hab seit Wochen keinen vernünftigen Satz mehr geschrieben. Nur hohle Worthülsen ohne Sinn und ohne Biss.«

»Das wird schon wieder.«

»Schlimmer wird es, jeden Tag. Die da oben behandeln mich wie eine Irre. Stellen mich kalt und packen mich in Watte, aus Angst, ich könnt mir irgendwas einfangen. Mit Leben hat das nichts mehr zu tun. Eingesperrt in einem Vakuum aus Fürsorge und Verlogenheit. Geistige und seelische Isolationshaft ist das!«

Philo trat wütend mit dem Fuß gegen das Bett. Im nächsten Moment hielt sie sich das Bein vor Schmerzen.

»Aber was soll's. Die Scheiß-Lunge hört ja sowieso irgendwann von selber auf.«

»Aber Mädchen, so darfst du doch nicht reden!«

»Tut mir leid, Gärtner.«

Philo fing leise an zu schluchzen. Vorsichtig streichelte Schorsch ihr mit der Hand über die Schulter.

»Du musst jetzt wieder hoch in dein Bett und schlafen.«

Philo nahm seine Hand.

»Flieg weg mit mir, Gärtner! Hol mich raus aus dieser Hölle! Wenn wir hierbleiben, verbrennen wir beide.«

Schorsch schüttelte den Kopf.

»Das geht doch nicht. Du bist krank, hast du selber gesagt.«

»Danke für den Hinweis. Mensch, Gärtner, du hast doch auch eine Tochter! Die würdest du auch nicht verrecken lassen in so einem Loch. Flieg hoch mit mir, ans Meer. Nach Wangerooge, auf diese Insel.«

»Was willst du denn da droben?«

»Da wohnt meine Oma. Dahin haben sie sie abgeschoben, in so ein Luxus-Altersheim, wie eine debile alte Schachtel. Flieg hin mit mir.«

»Du musst jetzt schlafen gehen, Mädchen.«

Philo riss ihre Hand los, stand auf und fing an zu husten.

»Schon gut, Gärtner. Ich hätt's wissen müssen: Du bist genau so feig und verlogen wie meine Alten. Du passt genau hierher, in dieses Schloss von Arschkriechern und Intriganten.«

Sie wischte sich ein paar Tränen aus den Augen, humpelte zur Tür und schlug sie schließlich hinter sich zu.

Schorsch fluchte ein paarmal leise vor sich hin. Er schlich hinüber in den Werkzeugschuppen, wo er tatsächlich noch eine alte Flasche Bier fand, die er auf einen Zug leer trank. Ohne sich auszuziehen, kroch er unter die Decke und zog sie sich bis über den Kopf.

4

Obwohl ihm die aufgehende Sonne durch das Fenster aufs Gesicht schien, schlief Schorsch tief und fest: Seine innere Uhr hatte kläglich versagt an diesem Morgen. An der Tür klopfte es, zunächst zaghaft, dann immer heftiger, bis Schorsch die Augen öffnete und ein heiseres »Herein« herausbrachte. Richard Zeydlitz stand mit wehenden Haaren im Gartenhaus und war von einer eigenartigen Unruhe, obwohl Schorsch auch ihm den Grappa-Genuss ansah.

»Entschuldigen Sie bitte die Störung, Schorsch. Ich wollte Sie nur fragen, ob Philomena zufällig bei Ihnen ist.«

»Bei mir?«

»Philo ist weder in ihrem Zimmer noch sonst irgendwo im Schloss aufzufinden. Und da wollte ich sicherheitshalber auch hier bei Ihnen nachgesehen haben.«

Schorsch rappelte sich aus dem Bett hoch.

»Und irgendwo auf dem Gelände? Haben Sie da schon nachgeschaut?«

»Ich habe bereits alles abgesucht.«

»Und Ihre Frau?«

»Evelyn ist außer Haus.«

»Vielleicht ist Philo mit ihrer Mutter weggefahren.«

»Kaum. Die nächtlichen Ausflüge meiner Frau dienen eher ihrem eigenen Amüsement.«

Schorsch wollte nicht länger so tun, als wüsste er nicht, womit ihn Philo in der Nacht drangsaliert hatte. Ihm kam ein vager Verdacht, wo das Mädchen sein könnte.

»Haben Sie noch einen anderen Wagen? Sonst müssen wir den Radlader nehmen.«

Richard Zeydlitz sah ihn fragend an.

Richard Zeydlitz steuerte seinen alten Mercedes 220 SE die Landstraße entlang in Richtung Anspach, Schorsch saß neben ihm. Auf dem Rücksitz stand ein kleiner Koffer mit Philos Medizin und etwas Kleidung. Zeydlitz fuhr angestrengt, obwohl die Straße so gut wie leer war.

»Philo hat schon als Kind immer gekränkelt. Vor fünf Jahren haben wir dann die Diagnose gekriegt. Evelyn ist damit nie klargekommen. Und Philo hat die meiste Zeit mit meiner Mutter verbracht, die bei uns gewohnt hat.«

»Warum habt ihr die Oma dann abgeschoben, nach da oben ans Meer?«

»Sie brauchte Hilfe, sie konnte nicht mehr alleine leben.«

»Ihr habt doch genug Leute im Haus, die sich um sie kümmern könnten.«

Richard sah stur nach vorne, als verlange die Fahrt über die Landstraße seine volle Konzentration.

»Evelyn und meine Mutter verstehen sich nicht sonderlich.«

Jetzt guckte Schorsch schweigend nach vorne.

»Philo vermisst ihre Oma sehr. Die beiden sind sich sehr ähnlich, meine Mutter soll auch ein ziemlicher Wildfang gewesen sein in ihren jungen Jahren.«

»Philo hat mir erzählt, das Sanatorium ist oben auf Wangerooge. Das kostet doch bestimmt ein Heidengeld ...«

»Das können Sie laut sagen, Schorsch. Aber Evelyn war der Meinung, meine Mutter brächte Philo auf schlechte Ideen. Sie sagte, sie würde sie aufstacheln, wozu auch immer. Evelyn hat mir die Pistole auf die Brust gesetzt: Entweder meine Mutter geht – oder Evelyn verlässt mich. Also habe ich meiner Frau zuliebe meine eigene Mutter weggeschickt. Vielleicht war das ein Fehler. Ich schließe auch nicht aus, dass meine Frau mich hintergeht.«

»Dann holen Sie sie halt zurück.«

»Meine Frau?«

»Ihre Mutter.«

Richard Zeydlitz lachte kurz auf und bog dann nach rechts ab in Richtung Flugplatz, langsam, als hätte er Angst vor dem, was kommen würde.

Vor der kleinen Halle wartete der alte Flugplatzwart schon auf Schorsch.

»Mitten in der Nacht stand das Mädchen da, mit dem Rad. Sie wollte unbedingt die Piper vom Gärtner sehen. Und sich reinsetzen. Ich hab ihr ein paar Decken gegeben und was zu essen.«

Schorsch schob das Hallentor zur Seite. Auf dem Rücksitz der Papa-Whiskey-Golf lag Philo, eingehüllt in Decken, und hatte große Kopfhörer über den Ohren. Richard Zeydlitz streichelte ihr vorsichtig über das Haar.

»Philo, mein Goldschatz. Ist alles in Ordnung mit dir?«

Philo öffnete langsam die Augen, schlaftrunken.

»Papa, ich habe tausendmal besser geschlafen als in dem Gefängnis, das du Schloss nennst.«

»Ich bewundere deinen morgendlichen Sinn für Ironie. Wieso bist du gegangen, ohne uns etwas zu sagen?«

»Ganz einfach: weil ihr mich nicht weggelassen hättet. Und Mama war sowieso nicht zu Hause heute Nacht.«

Richard nickte verständig.

»Papa, erspar mir bitte diesen Gutmenschen-Blick. Ich will Oma besuchen!«

»Gut, Philo-Schatz. Ich werde mir Ende des Monats ein paar Tage freinehmen, und wir beide fahren dann hinauf zu Oma. Ich werde das deiner Mutter schon irgendwie verständlich machen.«

»Ich will nicht irgendwann zu Oma, ich will jetzt da rauf! Und ich will fliegen!«

Richard Zeydlitz brauchte einen Moment, um zu begreifen, was Philo meinte: Schorsch sollte sie in seinem Flugzeug zu ihrer Oma bringen.

»Aber Philomena, doch nicht mit dieser alten Kiste! Das ist viel zu gefährlich.«

Richard Zeydlitz betastete mit seinen Fingerspitzen die Tragflächenbespannung der Piper, als wollte er sich damit vom erbärmlichen Zustand des Flugzeugs überzeugen.

»Schafft man das mit so einer Maschine überhaupt bis nach Wangerooge? Ich halte das für höchst riskant.«

»Die Fahrt mit Ihnen daher zum Flugplatz war mindestens dreimal so gefährlich.«

Richard Zeydlitz setzte sich auf eine Holzkiste und stützte den Kopf in seine Hände.

»Wenn Evelyn das erfährt…«

»Und wenn schon«, sagte Philo, »schlimmer als jetzt kann's kaum werden zwischen euch.«

Dabei lächelte sie ihrem Vater ins Gesicht.

Schorsch ging ins Büro des Hallenwarts, um sich einen Kaffee zu holen. Als er ein paar Minuten später zurückkam, stand Richard mit Philos kleinem Koffer vor der Papa-Whiskey-Golf.

»Philo hat mich weichgeklopft. Fliegen Sie also um Himmels willen mit ihr da rauf. Sonst fange ich irgendwann an, meine Frau zu hassen. Oder mich selbst.«

»Und der Garten?«

»Den Garten machen Sie fertig, sobald Sie zurück sind.«

Philo stieß einen Freudenschrei aus. Richard gab Schorsch den Koffer.

»Hier sind Philos Medikamente drin. Sie weiß, was sie braucht. Sie muss jeden Tag mindestens drei Becher von dieser Lösung trinken. Versprechen Sie mir das?«

»Ich bring sie Ihnen heil wieder z'rück.«

»Ich verlasse mich auf Sie, Georg.«

»Ich hab auch eine Tochter.«

Richard zog seine Brieftasche aus dem Jackett und hielt Schorsch fünf druckfrische 500-Euro-Scheine hin.

»Das ist ein Vorschuss für Reisekosten und Sprit. Das verrechnen wir mit Ihren Arbeitsstunden, wenn Sie wieder zurück sind.«

Schorsch zögerte kurz, nahm dann aber das Geld und steckte es in die Hosentasche. Heimlich überschlug er im Kopf, dass das Geld sogar für den Sprit bis in die Ukraine und zurück reichen würde.

Das Wetter spielte Bilderbuch, als Schorsch an der Schwelle der Grasbahn null neun die Zündmagnete checkte. Der Conti schüttelte die Piper durch, der Propeller pustete die warme Sommerluft durch die offene Seitentür ins Cockpit. Philo, auf dem Rücksitz, in eine Decke eingemummelt, war völlig aus dem Häuschen.

»Es geht los! Ach Gärtnerschorsch, ich freu mich so. Und ich hab wahnsinnige Angst.«

»Angst brauchst keine haben, ich will auch nicht in irgendein Maisfeld reinfallen.«

Schorsch winkte Richard kurz zu, danach schob er mit der Linken den Gashebel nach vorne und ließ die Bremsen los. Als sich das Heck der Piper hob, fing Philo an, aus Leibeskräften zu singen. Tränen liefen ihr die Wangen herunter, aus Freude und Angst zugleich. Ein letzter Humpler der Räder auf dem Grasboden noch, dann waren sie in der Luft. Schorsch stieg moderat, drehte eine sanfte Kurve über der Startbahn und wackelte mit den Flächen. Richard Zeydlitz wedelte mit einem Taschentuch, das ihm augenblicklich in der Hand gefror, als Evelyns schwarzer BMW X5 am Ende der Bahn auftauchte. Schorsch kurvte nach Norden ein und sah einfach nicht mehr nach unten.

Kochend vor Wut rannte Evelyn Zeydlitz auf Richard zu, Ragna saß regungslos auf dem Beifahrersitz des BMW.

»Was soll das, Richard?«

»Philo besucht nur ihre Oma.«

»Das ist doch Wahnsinn. In ihrem Zustand!«

»Ich habe unsere Tochter selten so glücklich gesehen.«

Evelyn Zeydlitz bebte vor Wut.

»Philomena ist krank. Dieser Idiot von Gärtner wird sie umbringen!«

»Und was machst du, Evelyn? Seit fünf Jahren verbietest du ihr jegliches Leben und sperrst sie ein. Davon wird sie auch nicht gesund.«

Solche Worte hatte Evelyn noch nie aus dem Munde ihres Mannes gehört, ihr wutgetriebenes Hirn, das auf Hochtouren lief, konterte die kleine Unwucht mit Gegenschub:

»Du bist genauso dumm, borniert und verantwortungslos wie deine Mutter.«

»Vielleicht, Evelyn. Und darauf bin ich stolz.«

»Du hast dich wieder einmal von ihr einseifen lassen wie eine Memme. Du bist kein Vater, du bist ein Hampelmann!«

»Ach, schmier's dir doch bitte irgendwohin, Evelyn.«

Der Allrad musste es büßen: Evelyn raste mit durchdrehenden Reifen und stinkender Kupplung davon.

Mit einer für ihn ungekannten Gelöstheit sah Richard Zeydlitz hinauf zu der Piper, die Fuß um Fuß nach oben kletterte und fast nur noch als kleiner Punkt zu erkennen war.

Nach einer Stunde Flugzeit lag das Weserbergland unter Schorsch und Philo, am Städtchen Höxter vorbei schlängelte sich die Weser durch Wiesen und Hügel.

»Das sieht ja aus wie im Bilderbuch da unten«, rief Philo und fing wieder an zu singen.

Schorsch drehte den Kopf nach hinten.

»Gefällt's dir?«

»Hey, ich fühl mich wie ein Vogel, der über eine Märchenlandschaft fliegt. *Fly fly fly, fly like an eagle ...*«

»Aber Igel fliegen doch nicht!«

»*Eagle* heißt ›Adler‹, Herr Gärtnerschorsch.«

Schorsch musste lachen und begann zurückzusingen:

»Ich flieg wie ein Igel, flieg flieg flieg, flieg wie ein Igel ...«

Die jungen Leute auf dem offenen Achterdeck eines alten Motorboots, das flussaufwärts gegen die Strömung der Weser kämpfte, hatten die Piper entdeckt und winkten mit Tüchern und Schals. Da wollte Schorsch auch nicht so sein und wackelte mit den Tragflächen zurück.

»Noch mal! Noch mal!«, rief Philo von hinten. Schorsch

drehte einen Kreis über dem Schiff und ließ die Papa-Whiskey-Golf dabei schön schaukeln. Philo quietschte vor Vergnügen, auch die Leute auf dem Schiff grölten vor Freude. In knapp 200 Fuß Höhe folgte Schorsch dem Lauf der Weser flussabwärts, ganz grob in Richtung Norden.

Nachdem sie fast zum Greifen nah am Kaiser-Wilhelm-Denkmal an der Porta Westfalica vorbeigeflogen waren, kramte Schorsch unter dem Sitz die Fliegerkarte hervor, die ihm der Hallenwart in Anspach mitgegeben hatte; er wollte auf keinen Fall durch den Luftraum Charly des Flughafens Hannover durchbrettern. Ein Blick auf die Karte zeigte ihm, dass er in einer Höhe von 8000 Fuß problemlos weiter auf Nordkurs fliegen konnte, ohne lang um eine Freigabe betteln zu müssen.

Er schob den Gashebel nach vorne, nahm den Knüppel sanft nach hinten und ließ die Papa-Whiskey-Golf mit 500 Fuß pro Minute steigen: In gut zwölf Minuten würden sie die 8000 Fuß erreicht haben, und das reichte allemal.

»Uaah, ist das schön! Es geht nach oben. *Fly fly fly, up up to the sky.*«

Als der Höhenmesser auf die Achttausender-Marke zuging, reduzierte Schorsch die Drehzahl wieder, zog wegen der dünneren Luft hier oben den Gemischregler ein Stück in Richtung »mager« und flog auf dieser Höhe weiter in Richtung Norden.

Aber irgendetwas kam Schorsch merkwürdig vor, er war schon einer von den Piloten, die sensibel auf Geräusche achteten. Der Conti lief wie ein Uhrwerk, der Öldruck und die Öltemperatur stimmten, daran lag's nicht. Dann merkte er, was anders war: Philo sang nicht mehr.

»Was ist los mit meiner Sängerin da hinten? Fliegt er nicht mehr, der Igel?«

Aber er bekam keine Antwort. Er klemmte sich den Knüppel zwischen die Knie und drehte den Hals nach hinten.

»Was hast du denn auf einmal?«

»Schööööön … uuuuhh … soo schööön …«

Philo fläzte mehr auf dem kleinen Holzbrettchen, als dass sie saß, und sie sang auch nicht mehr, sie lallte nur noch. Schorsch dachte erst, sie sei betrunken, bis es ihm mit einem Schlag durch's Hirn fuhr:

»Scheißdreck, die verträgt die 8000 Fuß Höhe nicht.«

Sofort nahm Schorsch das Gas heraus, drehte nach Westen, um nicht in den Luftraum Charly hineinzuschlittern, und sank mit 1000 Fuß pro Minute. Gleichzeitig suchte er auf der Karte nach einem Flugplatz, auf dem er landen konnte. Immer wieder schielte er kurz nach hinten zu Philo, die fast apathisch im Sitz hing, lallte und ab und zu hustete. Schorsch bekam Angst: Das fehlte gerade noch, dass Philo jetzt so etwas wie einen Kollaps bekam hier oben. Er wusste nicht so genau, was diese Krankheit für Auswirkungen haben konnte, und wollte nur noch eins: so schnell es ging auf den Boden.

Das Segelfluggelände »Großes Moor« war keine fünf Meilen entfernt, und da flog er hin, auf direkter Linie, fast im Sturzflug. Zwei Minuten später hatte er den Segelflugplatz schon im Blick. Er lag mitten in einem waldigen Moorgebiet, ein paar Segelflugzeuge standen am Rand der Graspiste, aber offenbar war niemand in der Luft. Wie ein Geier drehte Schorsch in den Endanflug, drückte mit gekreuzten Rudern die überflüssige Höhe weg und knallte die Papa-Whiskey-Golf auf die wellige Graspiste. Er bremste hart, blieb mitten auf der Landebahn stehen und drehte sich zu Philo um. Die hatte sich wieder aufrecht hingesetzt und bog sich förmlich vor Lachen.

»Der Wahnsinn, Gärtnerschorsch! Das war der nackte Wahnsinn.«

Schorsch war froh, dass sie wenigstens den Mund wieder aufbekam.

»Alles gut?«

»Red keinen Quatsch! Mir ging's nie besser in meinem Leben. Aber ich hab schrecklichen Hunger.«

Schorsch hatte auch noch nichts gegessen. Er rollte von der Piste und stellte die Papa-Whiskey-Golf vor der kleinen Flugzeughalle ab. Er half Philo beim Aussteigen und legte die alte Decke auf die Wiese.

»Du hockst dich jetzt da hin, und ich schau, dass ich irgendwo was zum Essen auftreibe.«

»Klar, Chef.«

Schorsch griff sich ein altes Fahrrad, das an der Hallenwand lehnte, und fuhr ins nächste Dorf, um einzukaufen.

Als er mit einer Plastiktüte voll Brötchen, Käse, Wurst und drei Flaschen Wasser zurückkam, saß Philo wie geheißen auf der Decke und trank aus einem Plastikbecher ihre Medizin.

»Was hast du denn gehabt, da oben?«

»Das war ein bisschen wie ein Rausch … Ich glaub, ich vertrage einfach die Höhe nicht. Und wenn ich zu wenig esse, klappt mein Kreislauf sowieso zusammen.«

Philo griff sich an den Hals, würgte und fing heftig an zu husten, ihr dünner Körper bebte förmlich. Schorsch klopfte ihr dreimal auf den Rücken, Philo hörte augenblicklich auf zu husten und lachte aus vollem Hals.

»Reingefallen.«

»Mit so was macht man keine Witze.«

Schorsch packte die Tüte aus, und die beiden aßen schweigend, bis nichts mehr übrig war. Danach steckte sich Schorsch eine Reval an: Jetzt waren nur noch drei Zigaretten in der Packung.

»Gib mir auch eine«, sagte Philo.

»Das fehlt grade noch, bei deinem Husten. Außerdem ist auf Flugplätzen Rauchverbot.«

Schorsch löschte die Glut der angerauchten Zigarette sorgfältig, steckte sie wieder in die Packung und räumte den Abfall des Frühstücks in die Tüte.

»Weiter geht's. Bis zur Küste fliegen wir einfach schön niedrig. Los, steig ein.«

Philo blieb sitzen und zeigte auf den Moorwald, der den Flugplatz umgab.

»Komm, wir machen einen Spaziergang durch das Moor.« Schorsch dachte, er hätte sich verhört.

»Ich denk, du willst zu deiner Oma?«

»Ich muss mich bewegen. Bitte.«

Mit ein paar bettelnden Blicken schaffte Philo es tatsächlich, Schorsch am helllichten Tag zu einem Fußmarsch durchs Moor zu überreden. Sie gingen auf dem weichen Boden, der bei jedem Tritt zu schwingen begann, an kahlen Birken und Bruchwäldern vorbei. Philo zeigte auf einen Tümpel, der mit Blütenstaub und vermoderten Blättern bedeckt war.

»Ich find's wunderschön hier.«

»Was soll denn an diesem Modder schön sein?«

»Guck einfach hin, dann siehst du's. Die Schönheit einer Landschaft entsteht sowieso in deinem Kopf.«

»Da tät ich weit kommen als Gärtner, mit so einem Schmarrn. Du bist ja schlimmer als mein Fräulein Tochter.«

Philo lachte.

»Und du bist schlimmer als meine Mutter. Und ›Fräulein‹ Tochter geht schon gar nicht: Das ist politisch unkorrekt. Deine Tochter ist eine Frau, basta. Und ich auch. Merk dir das. Und jetzt freu dich gefälligst an dem Moor, klar?«

Schorsch verkniff sich ein Grinsen.

»Kannst ja ein Märchen schreiben, das im Moor spielt, Frau Philo.«

Jetzt lachte Philo hell auf.

»Ich schreibe keine Märchen, Schorsch. Diesen Löwen-Schund kritzle ich nur für meinen Vater zusammen. Der hat einen Narren an diesen blöden Fabeln gefressen. Immer wenn ich ihm was zeige, steckt er mir heimlich 100 Euro zu.«

»Ach so, das ist bloß Beschiss mit dieser Schreiberei! Meine Miriam malt ja wenigstens.«

»Quatsch. Ich schreibe einen Krimi.«

»Einen Krimi? Du?«

»Ja ich, stell dir vor. Einen Kriminalroman.«

»Das tut man doch nicht in deinem Alter.«

»Und wieso nicht?«

Darauf wusste Schorsch nichts zu sagen. Er konnte sich allerdings erinnern, dass sie als Zwanzigjährige auch mal rumgesponnen hatten, den Vater vom Martin Nieberle um die Ecke zu bringen, weil der den Martin immer geschlagen und zu Hause eingesperrt hatte, zusammen mit der Mutter vom Martin. Sie hatten sich ausgedacht, in die Bremsleitungen seines alten Traktors statt Hydrauliköl gärenden Apfelmost einzufüllen und zu hoffen, dass ihm beim Bergabfahren im Wald die Bremsen versagen und er irgendwo ins Hochmoor stürzen würde, wo ihn keiner finden tät. Der Plan war dann aber überflüssig geworden, weil der alte Nieberle sturzbesoffen auf der Landstraße mit dem Traktor frontal in einen Lkw reingerauscht war, zwar mit Bremsflüssigkeit in den Leitungen, aber auch mit fast fünf Promille Obstler in der Blutbahn.

»Und wie heißt der, dein Krimi?«

»Leistungskurs Mord.«

»Und um was geht's da?«

Philo lächelte.

»Blöde Frage, um einen Mord natürlich. Ein Gymnasium in einer Kleinstadt in der Nähe von Frankfurt, Abiturklasse. Lauter Kinder von reichen Leuten und mitten unter ihnen die achtzehnjährige Felicitas. Die ist Diabetikerin, ihre Mutter Katja ist eine vergnügungssüchtige Zicke, die Felicitas nur schimpft und annörgelt, ihr Vater Gernot ein dicker Schriftsteller, der ein Vermögen geerbt hat und Romane schreibt, die keiner lesen will. Und dann stirbt eines Nachts der Vater von Felicitas: Angeblich hat ein Herzversagen den dicken Gernot hingerafft, als er mit seiner Frau Katja geschlafen hat. Man tut es als Unfall ab, aber Felicitas glaubt das nicht. Sie kann sich nicht vorstellen, dass ihr Vater Gernot sich im Bett so echauffiert haben soll, und versucht zu beweisen, dass es ein Mord war.«

»Das ist jetzt aber nicht deine eigene Geschichte, oder? Also, wie sagt man: auto…«

»Autobiografisch. Quatsch. So dick ist mein Vater ja nicht, und er schläft auch nicht mehr mit meiner Mutter. Geld hat er erst recht keins, nur ein Schloss, das Geld frisst.«

Schorsch musste lachen. Sie setzten sich auf einen halb vermoderten Baumstamm, den ein Sturm vor geschätzten zehn Jahren punktgenau an den Rand des Tümpels hatte stürzen lassen.

»Mach doch aus unserem abgekackten Garten auch so ein

östrogentriefendes Feuchtbiotop wie hier. Das wär mal was anderes als dieser ganze Schöner-Wohnen-Scheiß.«

»Da reißt mir dein Alter den Kopf ab.«

»Dann lass dir eben selber was einfallen.«

»Ich tät sowieso einen Rosengarten hinpflanzen, mit schwarzen Rosen.«

»Es gibt doch keine schwarzen Rosen!«

»Gibt's eben schon, Frollein.«

Philos Blick traf ihn wie ein Schwert der alliierten Feministinnen.

»Ja, Frau, ich weiß. Ich versuch seit zwanzig Jahren eine schwarze Rose zu züchten. Aber da schimmert immer noch Lila durch. Aber da gibt's einen Züchter in der Ukraine, der soll's geschafft haben. Wenn ich bei euch fertig bin, dann flieg ich vielleicht hin zu dem.«

»Da komm ich mit.«

»Nichts da. Du schreibst erst mal deinen Krimi fertig.«

Philo sah Schorsch in die Augen.

»Warum bist du abgehauen von zu Hause?«

Ziemlich genau an diesem Punkt hatte Schorsch genug von der Fragerei seiner jungen Passagierin.

»Schluss jetzt mit dem Geschwätz. Wir müssen los.«

»Du sagst mir jetzt, was los ist bei dir da unten, oder ich springe in den Sumpf und komm nicht wieder raus.«

Schorsch wusste, dass Philo natürlich nicht wirklich reinspringen würde in den Modder, aber er wusste auch, dass sie mindestens so stur war wie sein eigenes Fräulein Tochter. Und weil er keine Lust hatte, einen bockenden Teenager durch die Luft zu kutschieren, gab er sich einen Ruck und erzählte ihr die Sache mit dem Golfplatz und dem angeblich falschen Grünton.

»Wenn der Dreckskerl nicht zahlt, bin ich meinen Flieger los.«

»Und dann ist der Gärtner davongeflogen wie ein Dieb.«

»Das ist einfach passiert. Wollt bloß schnell in der Früh eine Runde drehen, aber dann, kurz vor dem Aufsetzen, hab ich Gas gegeben. Dann bin ich gradaus geflogen, bis der Tank leer war.«

»Und bist in unserem Gruselschloss gelandet, sozusagen von einer Katastrophe direkt in die nächste reingesegelt.«

»Ja, vielleicht. Und jetzt beweg deinen Hintern, wir fliegen weiter.«

Als sie wieder an der Halle ankamen, standen ein paar junge Leute bei der Papa-Whiskey-Golf. Schorsch sah mit einem Blick, dass es Segelflieger waren. Der Älteste von ihnen, ein schlaksiger Dreißigjähriger mit Bart und langen Haaren, hielt Schorsch die Hand hin.

»Na, machst du einen Spazierflug mit deiner Enkelin?« Schorsch nahm die Hand.

»Ich muss noch die Landegebühr bezahlen.«

Der junge Mann winkte ab.

»Lass stecken. Pass auf: Unsere Segelflug-Winde hat den Geist aufgegeben, und die Thermik ist bombig. Du könntest uns schnell raufschleppen mit deiner Piper. Unsere Schleppmaschine ist in der Werft.«

Schorsch wurde mit einem Schlag bleich im Gesicht.

»Tut mir leid, das geht nicht.«

»Du hast doch eine Schleppkupplung hinten dran.«

»Nichts da, wir müssen weiter.«

»Warum denn nicht?«

»Weil das nicht geht. Aus und Ende.«

Philo wunderte sich, dass Schorsch mit einem Mal so abweisend war, geradezu unfreundlich und unhöflich.

»Ach Schorsch, mach das doch, bitte. Vielleicht kann ich mich mit reinsetzen in so einen Segelflieger.«

Schorsch wurde jetzt sogar ein bisschen laut.

»Los jetzt, wir müssen weiter. Keine Diskussion.«

Schorsch drehte das Heck der Piper in Richtung der Startbahn und schnauzte Philo an:

»Heb jetzt auf der Stelle deinen Hintern da rein, oder ich flieg allein weiter.«

Die Segelflieger sahen den unfreundlichen Kerl mit Befremden an. So ein Benehmen war unter Fliegern nicht üblich. Philo zuckte entschuldigend die Schultern.

»Tut mir leid, Leute. Ich weiß auch nicht, was er hat. Er ist sonst nicht so.«

Stumm half Schorsch Philo auf den hinteren Sitz, legte ihr die Decke um, schmiss die Maschine an und rollte zur Startbahn. Erst als er auf der Graspiste stand, drehte er sich kurz zu ihr um.

»Bist du so weit?«

Philo nickte, Schorsch gab Vollgas.

Er flog in niedriger Höhe, um seine Passagierin nicht wieder in Rauschzustände zu versetzen. Bis Wangerooge waren es etwa 100 Meilen, und die Piper machte immerhin knapp 70 Knoten über Grund: Sie hatten leichten Ostwind. In gut eineinhalb Stunden müssten sie oben sein, der Sprit würde gerade so reichen. Er schielte kurz nach hinten, Philo saß friedlich da und summte vor sich hin. Die Landschaft unter ihnen war eben, Schorsch brauchte nur stur den Kurs zu halten, bis das Meer kam, und dann auf der richtigen Insel landen. Stumm ritt er diese Etappe fliegerischer Unterforderung ab und versuchte, nicht an zu Hause zu denken und auch nicht an seine unhöfliche Entgleisung beim Abflug vom »Großen Moor«.

Südlich von Bremen überquerten sie die Weser, dann wurde es ganz flach. Als unter ihnen Wasser auftauchte, rief Philo von hinten:

»Das Meer, das Meer! Wir fliegen übers Meer!«

»Das ist erst der Jadebusen.«

Schorsch suchte die Frequenz von Wangerooge heraus und meldete sich noch über dem Festland, kurz vor Bensersiel. Die Stimme, die aus dem kleinen Lautsprecher kam, klang freundlich.

»Moin, moin, Papa-Whiskey-Golf, Wooge Info. Jo, dann kommt mal runner, auf die null neun, eins fünnef der Wind mit zwo zwo Knoten, Böen bis zwo sieben, Wooge Info.«

»Ist das viel Wind?«, fragte Philo von hinten.

»Grad genug für so eine kleine Piper. Und genau von der Seite. Einfach ruhig hocken bleiben da hinten und schön festhalten.«

Über dem Meer wurde der Wind noch böiger, und beim Endanflug auf die Piste null neun hüpfte die Piper herum wie ein kleiner Ziegenbock, der eine Packung Kichererbsen gefressen hatte. Philo genoss es und johlte vor Freude.

»Hey Gärtnerschorsch, das ist irrer als jede Achterbahn.«

Schorsch hätte nichts gegen ein bissel weniger Wind und Achterbahn gehabt und musste just vor dem Aufsetzen noch einmal kräftig Gas geben, weil ihn eine Böe erwischt und die Papa-Whiskey-Golf ein paar Meter neben die Landebahn gepustet hatte. Mit gekreuzten Rudern zog er die Piper wieder über die Bahn, hielt sie mit hängender Tragfläche stur gegen den Wind, nahm das Gas mit einem Schlag ganz raus, trat die Schnauze mit dem Seitenruder in Landebahnrichtung, setzte erst mit dem rechten Rad auf, dann mit dem linken und ließ das Heck sanft auf den Boden sinken. Philo klatschte wie eine Horde angeschickerter Mallorca-Touristen in einem Airbus nach einer Standardlandung.

»Schorsch, das war einfach nur geil!«

»Wir verstehn uns halt, mein Flieger und ich.«

Jost, der Mann mit der freundlichen Stimme am Funk, war um die fünfzig, hatte einen wuscheligen Krauskopf, einen Walfisch-Schnauzbart und war mindestens eine Nummer zu groß und zu dick für den winzigen Tower.

»Saubere Landung, bei dem Wind. Wie lang wollt ihr bleiben?«

»Heut schaff ich's nicht mehr zurück.«

»Gut, dann packen wir deine Kiste besser in die Halle, der Wind soll noch auffrischen heute Nacht. Hast schon ein Quartier? Meine Frau hat 'ne hübsche kleine Ferienwohnung.«

»Danke, aber wir besuchen jemanden.«

»Hier auf Wooge? Wen denn?«

»Zugereist. Sanatorium.«

»Verstehe.«

Gemeinsam schoben Jost und Schorsch die Papa-Whiskey-Golf in die Halle, während Philo auf der kleinen Terrasse vor dem Tower stand und mit dem Wind um die Wette sang.

Obwohl hier Motorflieger landen durften, gab es auf der Insel keine Autos. Jost lieh ihnen zwei Klappräder und einen Plan der Insel. Und hatte natürlich gleich mit Bleistift einen Kreis um das Sanatorium gemacht, in dem Philos Oma lebte.

Gegenwind mit einem Klapprad kann anstrengend sein, aber wenigstens gab es keine Berge. Philo musste lachen, wie Schorsch auf dem Klapprad aussah. Nach einer halben Stunde hatten sie es geschafft.

Das Sanatorium war in einem weiß angestrichenen riesigen Holzgebäude untergebracht, das vermutlich aus den zwanziger Jahren des letzten Jahrhunderts stammte. Alles war in tadellosem Zustand, die Farbe frisch, das Dach mit Stroh gedeckt, die weißen Sprossenfenster von blauen Fensterläden umrahmt. Ein Sanatorium für arme Leute war das nicht. In den Rosenbeeten rund um das Haus blühten, durchaus fachmännisch angepflanzt, ein paar Mirabilis und Rosenfeen, dazwischen zwei Famagustas und eine einsame Madame Moreau. Schorsch wunderte sich, dass die es bei dem Wind und dem rauen Seeklima überhaupt aushielten.

Philo ließ ihr Klapprad fallen, rannte johlend hinunter zum Meer und lief ins Wasser, ohne die Kleider auszuziehen oder wenigstens die Schuhe.

»Pass halt auf, du wirst nass!«

»Ja, Schorsch, das hat Wasser so an sich, das ist eine benetzende Flüssigkeit.«

Als ihr die sanften Wellen bis über die Knie schlugen, stoppte sie abrupt, blieb einen Moment lang wie angewurzelt stehen, dann drehte sie sich um und ging zurück zum Strand, als sei es das Normalste auf der Welt.

»Jetzt hast du nasse Hosen, nicht dass du dir noch was holst mit deiner Krankheit. Ich hab deinem Vater versprochen …«

»Von einer nassen Hose stirbt man nicht, Schorsch. Nicht mal mit so einer bescheuerten Krankheit wie meiner. Ich musste einfach das Meer begrüßen.«

»Mit den Füßen …«

»Ich bin nicht deine Tochter, und du bist nicht meine Mutter.«

Schorsch nickte.

»Warum hast du dich bei diesen Segelfliegern benommen wie ein Arschloch?«

»Das verstehst du nicht.«

»Ach nein? Frollein ist eben ein bissel blöd. Ich hab mich richtig geschämt vor diesen Leuten.«

»Ich werd schon meine Gründe haben.«

»Darf man die vielleicht erfahren?«

»Hör halt auf mit der Fragerei.«

»Nein, ich höre nicht auf damit. Sonst kannst du nämlich alleine zurückfliegen.«

Schorsch wusste längst, dass er mit seiner jahrelang erprobten Maulhalte-Strategie bei Philomena nicht so einfach durchkommen würde wie bei Monika und Miriam.

»Das ist eine lange Geschichte, Philo.«

»Ich liebe lange Geschichten.«

»Ich erzähl's dir, wenn wir wieder zu Hause sind.«

Philo sah ihn an, als wollte sie im nächsten Moment wieder ins Wasser rennen, ihre Muskeln spannten sich, und Schorsch war aufs Schlimmste gefasst.

Sie holte mit dem rechten Arm aus, zielte auf Schorschs Schulter, bremste den Schlag im letzten Moment ab und grinste augenblicklich über das ganze Gesicht.

»Okay, zu Hause. Aber nur weil du's bist.«

Schweigend gingen die beiden auf einem Holzsteg hoch zum Sanatorium, vor dem sich eine Terrasse über die ganze Breite des Hauses erstreckte. Mitten darauf, als hätte man deren Mittelpunkt mit dem Zollstock ausgemessen, stand ein Rollstuhl, in dem eine alte Frau mit Kopftuch stur dem Wind trotzte und es offenbar wissen wollte, ob ihre Feststellbremse dem Druck des Windes gewachsen sein würde.

Philo rannte los in Richtung des Rollstuhls, ihre vor Nässe triefenden Turnschuhe platschten laut auf dem Holzsteg. Schorsch blieb stehen, wo er war, er wollte sich nicht schon wieder in fremde familiäre Angelegenheiten einmischen: Er mischte sich ja nicht einmal in seine eigenen familiären Angelegenheiten ein. Er zog die vorvorletzte Reval aus der Packung und zündete sie an: Vor dem Rückflug musste er sich unbedingt eine Packung kaufen. Oder die Raucherei gleich ganz aufgeben, das wäre jetzt gerade auch noch egal. Er hockte sich auf den Steg und sah aufs Meer hinaus, einfach nur so, und auch das war neu für ihn.

Nach einer gefühlten Ewigkeit stand er auf und ging hoch zu der Terrasse. Philo hatte sich in einen Deckchair aus Teak fallen lassen, direkt neben ihrer Oma im Rollstuhl, die Schorsch sofort ausgiebig musterte.

»Möchtest du mir den Herrn nicht vorstellen, Philomena?

Ich wünschte, du hättest dir wenigstens noch Reste von guter Kinderstube bewahrt.«

»Klar, Oma. Das ist Schorsch. Und das ist Ellen Zeydlitz, meine Lieblingsoma.«

»Kunststück: Ich bin ja die einzige, die sie noch hat. Und was tun Sie, wenn Sie nicht gerade meine Enkelin quer durch Deutschland kutschieren? Aus Ihrem Äußeren schließe ich, dass Sie im Freien arbeiten.«

»Schorsch ist Gärtner. Und der hat mich nicht kutschiert, der hat mich hergeflogen mit seinem alten Flugzeug.«

»Das fehlt gerade noch.«

Ellen Zeydlitz sah Schorsch mit einem Blick an, der ihn für einen Augenblick frösteln ließ. Philo überging das mit einem Lachen.

»Omi, das war der größte Spaß, den ich seit Langem erlebt habe.«

Die alte Frau sah ihre Enkelin kopfschüttelnd an. Schorsch wusste nicht, was hier gerade verhandelt wurde.

»Ihr Sohn hat gesagt, ich soll Ihr Frollein Enkelin …«

Ellen Zeydlitz fiel ihm ins Wort, bevor Philo sich wegen des »Frolleins« ereifern konnte.

»Mein Sohn Richard, ja, ja. Der sagt gerne mal etwas. Wären Sie vielleicht so gut und würden uns etwas Wasser bringen? Und das Frollein können Sie sich sparen.«

Schorsch nickte: Er verstand, dass die alte Frau mit Philo allein sein wollte. Durch die verglaste Fensterfront ging er direkt in den Speisesaal, und selbst er kam sich in seinen Arbeitsklamotten leicht underdressed vor. Hier regierten Stil und Eleganz, und die Kleidung der Insassen stammte bestimmt nicht vom Otto-Versand. Das leise Teestunden-Gemurmel, das unter der Klaviermusik aus Lautsprechern lag, schwächte sich ein wenig ab, als Schorsch ans Büfett ging. Neugierige Blicke verfolgten ihn: Die alten Leute waren hellwach und wollten augenscheinlich nichts verpassen, was vom geregelten Tagesablauf abwich. Aber das waren keine verzweifelten Blicke von Hilflosen, die hofften, irgendjemand würde ihnen in den nächsten drei Stunden mal die Windel wechseln, wie er es aus dem städtischen Altersheim zu Hause kannte. Mit dem entsprechenden finanziellen Hintergrund ließ sich also auch im Alter ein Rest von Würde erkaufen. Die Rente seines Vaters, dachte Schorsch, würde hier wahrscheinlich dafür draufgehen, sich dreimal die Woche am

Büfett einen Kaffee, ein Stück Kuchen und einen Williams Christ zu leisten. Ganz abgesehen davon, dass man seinen Vater wahrscheinlich nur gefesselt in der großen Schubkarre für den Kompost in so ein Heim reinbringen könnte. Schorsch stellte sich bildlich vor, wie der alte Franz den feinen Laden hier mit seinem losen Mundwerk sauber aufmischen würde, mit Volksreden in seinem Allgäuer Dialekt, gegen was auch immer.

»Entschuldigen Sie bitte, der Pavillon ist ausschließlich für Bewohner der Residenz reserviert. Der Eingang für Lieferanten und Handwerker befindet sich auf der Nordseite.«

Die knapp vierzigjährige Tresenfrau, die Schwarz-Weiß trug, versprühte mit ihrem Blick das, was in dieser Gegend auf den Bierflaschen stand: friesisch herb.

»Ich gehör' zu jemand dazu. Eine Flasche Wasser bitte. Mit zwei Gläsern. Und für mich einen Kaffee.«

Schorsch zog den Geldbeutel heraus.

»Hier ist bargeldfreie Zone. Auf welchen unserer Residenten darf ich das schreiben?«

»Auf die Frau Zeydlitz …«

Die Miene der friesisch-herben Büfetteuse erhellte sich mit einem Schlag in Richtung freundlich-derb.

»Sie sind Verwandtschaft von Ellen Zeydlitz? Warum sagen Sie das denn nicht gleich? Unsere gute Ellen …«

»Wieso, was ist mit der?«

»Ellen Zeydlitz ist hier der gute Geist. Sie ist Sprecherin des Residentenbeirats, und sie nimmt wirklich kein Blatt vor den Mund. Ach ja, ohne unsere gute Ellen würde hier einfach etwas fehlen.«

»Die lass ich euch schon da, keine Angst.«

Der Blick der Büfetteuse zeigte, dass sie für dieses kleine

Scherzchen von Schorsch komplett unempfänglich war. Das hatte er nun davon, dass er einmal einen Witz machte.

Bis zum Abendessen im Speisesaal hatte es sich längst herumgesprochen, dass Frau Zeydlitz Besuch von ihrer Enkeltochter hatte, und auch, dass die Enkelin auf dem Luftwege angereist war. Nach dem viergängigen Menü an einem stinknormalen Wochentag, bei dem Schorsch bei seinen Versuchen, sich weder im Besteckverhau noch im Small-Talk-Gewirr zu verheddern, von den anderen Luxusinsassen intensiv observiert worden war, hatte Ellen Zeydlitz veranlasst, dass Schorsch eines der Besucher-Gästezimmer bekam. Philo nächtigte bei ihrer Oma in deren Junior-Suite.

Schorsch konnte sich nicht erinnern, jemals in so einem luxuriösen Zimmer geschlafen zu haben. Nur dass an Schlaf nicht zu denken war, weil sein Hirn wieder mal keine Ruhe gab. Heute, an diesem Segelflugplatz, war alles wieder hochgekommen, was ihn vor knapp zwanzig Jahren zu einem verstockten Rosenpfriemler hatte werden lassen. Philo würde bestimmt nicht aufhören, ihn mit Fragen zu löchern, und dass er nicht wusste, wie es zu Hause weitergehen sollte, machte seinen Zustand auch nicht besser. Wenn Monika keine Lust mehr auf die Buchhaltung hatte, könnte er sowieso einpacken. Da hockte er nun 500 Meilen nördlich vom Allgäu in einem Premium-Edelholz-Gästezimmer, um festzustellen, dass er seine Frau, mit der er neunzehn Jahre lang verheiratet war und mit der er eine Tochter und eine Firma hatte, nicht einmal ansatzweise kannte. Vielleicht hätte man doch mal miteinander reden sollen, ab und zu wenigstens.

Miriam hatte seine Sturheit geerbt und würde alles dransetzen, Malerin zu werden. Ihr das zu verbieten war mindestens so sinnlos wie der Versuch, Probleme durch Wegfliegen lösen zu wollen. Wie es mit seinem Vater weitergehen sollte, wusste er ebenso wenig. Mit seiner Gesundheit stand es nicht zum Besten, auch wenn der Alte sich standhaft weigerte, davon Kenntnis zu nehmen.

»Wenn's mich verwischt, dann verwischt's mich halt!«, sagte er immer, rauchte, trank und beschimpfte Vorsorgeuntersuchungen kategorisch als Geldmacherei der Ärzte-Mafia. Und der Gedanke, die Gärtnerei in die Pleite zu reiten, während der alte Franz sich im Hof aufführte wie Rumpelstilzchen senior, machte jeden Einschlafversuch sowieso zunichte.

Er zog sich Hose und Jacke wieder an und setzte sich hinaus auf die Terrasse, der Wind hatte noch weiter aufgefrischt. Gern hätte er jetzt eine geraucht, aber die Reval-Packung war leer.

Er wusste nicht, wie lange er schon in der steifen Brise gesessen hatte, als er ein Geräusch hörte. Ellen Zeydlitz, in einen dicken Morgenmantel gehüllt, kam mit ihrem Rollstuhl über den Steg gefahren und stellte sich neben Schorsch. Sie steckte eine filterlose John Player in ihre Zigarettenspitze und bot Schorsch ebenfalls eine an. Der griff dankend zu und gab ihr und sich Feuer, was nicht einfach war bei dem Wind.

»Senile Bettflucht«, sagte Ellen Zeydlitz und lachte.

»Ich bin zwanzig Jahre jünger und kann auch nicht schlafen.«

»Danke für das Kompliment. Dann sitzen wir jetzt hier und rauchen gemeinsam gegen den Wind. Philo hat mir erzählt, Sie haben Ihre Familie im Stich gelassen, unten in Süddeutschland.«

»So tät ich das nicht sagen.«

»Aha. Und wie würden Sie das nennen, wenn man sich ins Flugzeug setzt und einfach wegfliegt?«

Schorsch starrte aufs Meer hinaus.

»Dafür, dass Sie meine Zigaretten rauchen, sind Sie ziemlich maulfaul.«

»Sie sind sauer, weil ich Philo da raufgeflogen habe, oder? Das ist überhaupt nicht gefährlich.«

Ellen Zeydlitz nahm einen tiefen Zug aus ihrer Zigarettenspitze.

»Ich habe meinen Mann verloren in so einer Maschine. Herbert war Oberstleutnant im Jagdbombergeschwader 41 in Husum. Die *Fiat G 91*-Maschinen, die das Geschwader 1958 bekam, waren technisch unausgereift, und es gab kaum Ausbilder, die sich mit diesen Düsenkrücken wirklich auskannten. Die Luftwaffenführung hat unsere Männer einfach da reingesetzt und gesagt: ›Nun macht mal.‹ Meinen Herbert hat es als einen der Ersten erwischt, mit einem Triebwerksausfall in Bodennähe. Er konnte nichts mehr machen. Man hat unsere Männer einfach verheizt, für die Schnapsidee einer Wiederbewaffnung. Ich war im siebten Monat mit Richard schwanger, und er hat seinen Vater nie kennengelernt.«

Schorsch schwieg, der Wind rüttelte an den Rosensträuchern.

»Ich habe Richard dann alleine aufgezogen und nebenbei meine psychologische Praxis in Offenbach geschmissen. Aber offenbar ist es mir nicht gelungen, einen Mann aus Richard zu machen.«

»Ihr Sohn ist doch ein netter Kerl.«

»Ja, nett ist er. Aber ihm hat ein Vater gefehlt. Richard hat sein Fähnchen immer in den Wind gehängt, und wenn er doch mal seinen Mund auftut, dann geht es um irgendwelche feuilletonistischen Spiegelfechtereien. Evelyn macht mit ihm, was sie will. Und die Leidtragende ist Philomena.«

»Die ist schon geschlagen mit dieser Krankheit, die Arme …«

»Ach, sparen Sie sich Ihr Mitleid. Man kann lernen, mit der Krankheit umzugehen, und es gibt heute viel bessere Medikamente als früher. Philo hat eine unbändige Energie, aber sie in einem baufälligen Schloss einzusperren hilft ihr genauso wenig wie Ihr Mitleid.«

»Können Sie da nichts machen, als Psychologin?«

»Sie wursteln doch auch lieber in fremder Leute Gärten herum als in Ihrem eigenen, oder? Warum sind Sie eigentlich abgehauen von zu Hause?«

Schorsch winkte ab.

»Das kann man nicht in einem Satz sagen.«

»Versuchen Sie's wenigstens. Von mir aus auch in zwei Sätzen. Ein paar Jahre habe ich noch.«

»Ich hab ein paar Monate lang auf einem Golfplatz geschuftet, und jetzt zahlt der Kunde nicht, weil ihm angeblich das Grün nicht gefällt. Wenn nicht bald Geld reinkommt, bin ich pleite mitsamt der ganzen Gärtnerei. Dann ist mein Flieger auch weg. Und mit meiner Familie ist's sowieso schwierig, dabei hab ich mein Lebtag immer nur gearbeitet bis zum Umfallen …«

»Es soll Menschen geben, die auch ohne ein eigenes Flugzeug leben, junger Mann.«

Schorsch sagte nichts.

»Ich vermute, zu Hause bringen Sie Ihren Mund auch nicht auf. Ich sage Ihnen mal was: Konflikte bekommt man nicht aus der Welt, indem man sie ignoriert, verschweigt und arbeitet bis zum Umfallen. Das nennt man ›emotional restriktiv‹, man könnte aber auch ganz altmodisch ›feig‹ sagen. Feigheit schafft kein Glück, durch Wegsehen verschwindet auch kein Unkraut aus dem Garten. Sie sind nicht der einzige Mensch auf der Welt, der Probleme mit sich herumschleppt. Hören Sie auf, sich zu bemitleiden, und bringen Sie Ihr Leben in Ordnung. Und dazu machen Sie gefälligst Ihr Maul wieder auf.«

»Das ist jetzt aber nicht nett.«

»Und wenn schon, wir sind beide zu alt für nächtliche Nettigkeiten. Wenn Sie Philo bei Richard abgeliefert haben, fliegen Sie mit Ihrer Rappelkiste nach Hause und reden mit Ihrer Familie.«

Schorsch starrte schweigend aufs Meer, in dem sich durch die zerrissenen Wolkenfetzen hindurch der Mond spiegelte. Der Wind hatte das Wasser aufgepeitscht, das Geräusch der Brandung war bis zur Terrasse zu hören. Schorsch kam sich vor wie ein abgekanzelter Schuljunge, und dass er noch schnell in die Ukraine wollte zu diesem Rosenzüchter, behielt er lieber für sich.

Als hätte sie seine Gedanken gehört, drehte sich Ellen Zeydlitz zu ihm um und fragte mit scharfer Stimme:

»Was war da eigentlich gestern los, auf diesem Segelflugplatz?«

Schorsch zuckte zusammen: Philo hatte also geplappert.

Er schüttelte den Kopf, stur wie ein kleines Kind.

»Das geht Sie nichts an. Ich bin müde, ich muss morgen wieder fliegen. Gute Nacht. Und danke für die Zigarette.«

Ohne der alten Frau noch einmal in die Augen zu sehen, stand er auf und ging. Über dem Festland zog der erste Hauch der Morgendämmerung herauf.

Schorsch ahnte freilich nicht, dass seine Tochter Miriam zur selben Zeit über den Hof der Gärtnerei rüber zum Wohnhaus rannte, die Treppe zum ersten Stock in drei Sprüngen nahm, ohne zu klopfen ins Schlafzimmer stürmte und ihre Mutter aus dem Schlaf riss.

»Mama, komm schnell!«

»Spinnst du, Miriam, mitten in der Nacht? Ich hab bis halb eins Buchhaltung gemacht.«

»Komm schon, mit dem Opa ist was. Der ist käseweiß im Gesicht, ich glaub der hat was mit'm Herzen…«

Sofort sprang Monika aus dem Bett, streifte sich den Bademantel über und rannte mit Miriam hinüber zum Austragshäuserl. Franz lag in Unterhemd und Hosenträgern auf dem Bett, neben ihm stand eine leere Obstler-Flasche, der Aschenbecher quoll über.

»Was ist denn los mit dir, Franz?«

Franz brachte kein Wort heraus, hustete und rang nach Luft.

»Miriam, ruf den Notarzt. Mach schon!«

»Hab ich schon längst.«

Monika wollte Franz ein Glas Wasser einflößen, aber der versuchte sich zu wehren und japste nach Luft.

Keine drei Minuten später fuhr der Notarzt-BMW auf den Hof, Miriam winkte ihn zum Austragshäuserl. Der junge Dr. Wölfle, dem Schorsch vor zwei Jahren den Garten gemacht hatte, sprang heraus. Miriam, die als Kind bei Roland Wölfles Vater, dem Kinderarzt, in Behandlung gewesen war, kannte ihn, wie man sich eben kennt in einer Kleinstadt.

»Wir waren grade in der Gegend… Was ist los?«

»Der Opa. Da drin liegt er, käseweiß und kriegt keine Luft.«

Der Arzt rannte ins Haus, kniete sich neben Franz nieder, fühlte seinen Puls und streifte ihm eine Sauerstoffmaske über. Franz versuchte, sich auch gegen den notärztlichen Übergriff zu wehren, aber Dr. Wölfle drückte ihn aufs Bett.

»Hinlegen und die Gosche halten. Und ruhig atmen.«

Zwei Minuten später war der Sanka da. Die Rettungssanis verfrachteten Franz Kempter auf die Trage und karrten ihn in den Rettungswagen. Dr. Wölfle stieg mit in den Sanka und drehte sich noch mal zu Miriam um.

»Er muss sofort auf die Intensivstation! Kommt nach, ins Krankenhaus, zur Notaufnahme.«

Miriam holte den Toyota, ließ Monika einsteigen und fuhr dem Sanka hinterher, im Windschatten von Blaulicht und Martinshorn.

Eine halbe Stunde später saßen Monika und Miriam mit Dr. Wölfle in einem kleinen Notarzt-Zimmer im städtischen Krankenhaus.

»Also: Der Franz hat einen Herzinfarkt gehabt, das ist schlimm. Welche Schäden er davongetragen hat, lässt sich jetzt noch nicht sagen. Jetzt liegt er erst mal auf der Intensiv und kriegt Medikamente. Ich hoffe, dass sich alles wieder stabilisiert.«

Monika schluckte ein paarmal.

»Wird er …«

Roland Wölfle schüttelte den Kopf.

»Kann man nicht sagen, wir können nur abwarten. Hier hat er die optimale Versorgung. Ich kümmere mich morgen gleich wieder selber um ihn. Bloß ein Glück, dass ihr das so schnell gemerkt habt, mitten in der Nacht.«

»Ich hab noch gemalt«, sagte Miriam, »da hab ich ihn gehört. Rumschrein tut er eigentlich immer. Aber diesmal hat es ganz anders getönt als sonst.«

»Gut, da kommt's auf jede Minute an. Was malst du denn?«

»Mach meine Mappe für die Akademie in München... nächste Woche ist Abgabe.«

»Ich drück dir die Daumen. Und dem Franz sowieso. Jetzt legt euch schlafen, wir können im Augenblick nichts tun für ihn. Morgen früh schaun wir weiter. Wo ist eigentlich der Schorsch?«

»Der ist weg«, sagte Monika knapp, und Dr. Wölfle nickte nur kurz.

»Okay, ich hab jetzt Schluss, vierundzwanzig Stunden Notdienst reichen.«

Es war Monika gerade recht, dass Wölfle keine weiteren Fragen nach Schorschs Verbleiben stellte.

Monika und Miriam machten sich zu Hause in der Küche noch ein Bier auf und überlegten verzweifelt, wie sie Schorsch erreichen konnten. Viel fiel ihnen nicht mehr ein zu dieser Zeit. Ein paar Stunden Schlaf blieben ihnen noch, bevor es weiterging: Ausgerechnet im Garten des Krankenhauses musste noch eine dauerbegrünte Gehweg-Randbepflanzung fertiggemacht werden, bevor Monika die Rechnung stellen konnte. Aber letztlich passte das gut: In der Frühstückspause konnte sie sich mit Miriam dort treffen und nach ihrem Schwiegervater sehen. Wenn was schiefgeht, dann immer alles am Stück, dachte Monika noch, bevor ihr die Augen zufielen.

Um acht Uhr morgens luden Miriam und Manne Strobel die Pflanzen für den Grünstreifen vom Pick-up ab, direkt vor dem Krankenhaus, in dem Franz Kempter auf der Intensivstation lag. Miriam hatte den Toyota schon kurz nach sechs dort abgestellt und fast zwei Stunden am Bett ihres Opas gesessen, der, an die Geräte angeschlossen, friedlich geschlafen hatte – für Miriams Geschmack fast ein wenig zu friedlich. Sie hatte ihren Opa gern, auch wenn er ein alter sexistischer Grantler war, und er mochte ihre Bilder. Deswegen hatte sie nachts noch ein kleines Aquarell für ihn gemalt: Es zeigte ihn in seiner alten Gärtnerkluft mit Hut und Zigarre auf einem Hügel stehend, umgeben von lachenden Sonnenblumen.

Miriam verteilte die Pflanzen mit fachmännischem Blick zwischen den Granitbegrenzungen: Mittlerweile ging ihr die Arbeit schon so gut von der Hand, als hätte sie nie etwas anderes getan. Einen Riecher für Proportionen hatte sie ohnehin: Es war, als malte sie mit den Pflanzen. Obwohl Manne gelernter Gärtner war, konnte der so etwas einfach nicht. Bei ihm sah jede Anpflanzung immer aus wie zusammengestöpselt. Also führte Miriam das Kommando, und Manne Strobel tat, wie ihm geheißen wurde. Und zwar mit einem für seine Verhältnisse erstaunlichen Fleiß. Offenbar war ihm der Zusammenbruch des alten Franz doch in die Knochen gefahren.

»Meinst du, der Franz packt's noch mal, Miriam?«

»Ich weiß es nicht. Und jetzt red nicht, arbeit lieber.«

»Was wird überhaupt aus dem Geschäft, wenn der Schorsch nicht mehr auftaucht und der Franz …«

»Spekulierst du drauf?«

Selbst Manne merkte im nächsten Moment, dass seine Frage vielleicht nicht die Ausgeburt an Feingefühl gewesen war, und er arbeitete stumm weiter. Miriam kam die Schufterei gerade recht, als Ablenkung von den Gedanken an ihre Zukunft und die ihrer Familie: das Lebensprinzip ihres Vaters.

Sowie die Arbeit getan war, schickte Miriam den Manne mit dem Pick-up zur nächsten Baustelle und ging wieder hinauf zur Intensivstation, wo ihre Mutter bereits neben dem Bett saß.

Franz Kempter lag mit geschlossenen Augen da, an Schläuche und Kabel angeschlossen, das relativ regelmäßige Piepen seines Herzschlags kam leise, aber hörbar aus dem Gerät hinter seinem Bett.

Dr. Wölfle machte ein ernstes Gesicht.

»Wie's aussieht, hat er heut Nacht noch mal ein kleines Schlägle gehabt.«

Miriam und Monika sahen sich an.

»Ein kleiner Nach-Infarkt. So was kommt vor. Sein Herz ist schon ziemlich schwach. Bevor sich das nicht erholt hat, können wir nichts machen als abwarten. Eine OP im jetzigen Zustand kommt nicht in Frage.«

Monika nahm Miriams Hand.

»Jetzt mal ganz ehrlich, Herr Doktor: Wie ernst ist das?«

Roland Wölfle ging ans Fenster und winkte die beiden Frauen zu sich.

»Höchstens fifty-fifty. Was wir haben an Herzwerten, das sieht alles ziemlich schlimm aus. Wenn er einen starken inneren Willen hat und ein bissel Glück, dann packt er's vielleicht noch mal. Tut mir leid, aber es sieht nicht besser aus.«

Miriam wischte sich eine Träne aus dem Auge.

»Wie lange geben Sie ihm noch?«

»Das kann ich nicht sagen, Miriam. Er kann sich erholen, das Herz kann aber auch in einer Woche zu schwach sein. Oder in drei Tagen. Da stecken wir nicht drin, trotz unserer ganzen Technik. Wir tun, was wir können, aber ...«

»Schon gut«, sagte Monika.

Dr. Wölfle sah zum Fenster hinaus, auf die Berge, die in der Mittagssonne leuchteten. Er schloss einmal kurz die Augen, als wollte er so etwas wie einen Neustart in der Causa Kempter herbeiführen.

»Ist der Schorsch immer noch nicht da? Muss man sich da Sorgen machen?«

Monika schüttelte den Kopf.

»Der hat einfach ein paar Tage Urlaub genommen. Überstunden aus den letzten Jahren.«

Der Arzt nickte.

»Aber vielleicht wär's besser, wenn er herkommen würde.«

Monika nickte nochmals und ging. Als ihre Mutter weg war, packte Miriam das kleine Aquarell aus, das sie in der Tasche ihres Overalls versteckt hatte, und stellte es ihrem Großvater neben das Bett.

5

Schorsch frühstückte mit Philo und Ellen Zeydlitz auf der Terrasse vor dem Sanatorium. Der Wind hatte sich gelegt, die Sonne schien, es war ein Traumwetter zum Fliegen. Schorsch wollte so bald wie möglich wieder in Richtung Taunus aufbrechen, vor allem bevor Philo und ihre Großmutter wieder anfingen, ihn ins Kreuzverhör zu nehmen. Ein hochgewachsener älterer Herr kam an den Tisch. Er musste mindestens achtzig sein, aber mit seiner aufrechten Haltung erinnerte er Schorsch an einen Militär, einen ehemaligen Offizier vermutlich. Dafür sprach auch der formvollendete Handkuss, den er Ellen Zeydlitz verabreichte.

»Oberst a.D. Bode. Sehr erfreut, Ihre Bekanntschaft zu machen, junger Mann. Piper J3C? Sehr schönes Fluggerät, nicht kaputt zu kriegen. Auf der hab ich angefangen, ’56, bevor ich auf die Do 27 gegangen bin und später dann auf die Noratlas und die Transall. Wie sieht’s aus mit Sprit? In Wangerooge bekommen Sie nichts, das wissen Sie hoffentlich.«

Schorsch wusste es, und das machte ihm auch ein wenig Sorgen. Der Oberst a.D. legte seine faltige Hand auf Schorschs Schulter.

»Ich rufe die Kameraden am Fliegerhorst Wittmundhafen an, die lassen Sie mit einer zivilen Sonderlandegenehmigung rein, und die Jungs vom Nachschub sollen Ihnen schnell die

Tanks vollpacken. Das sind knapp zwölf nautische Meilen Flugstrecke da rüber.«

»Das wär wahnsinnig nett. Aber Sie kennen mich doch gar nicht…«

»Wie ein Spion der NSA kommen Sie mir nicht vor, die Yankees wären auch viel zu doof, sich so eine Tarnung auszudenken. Aber ich sage es mal so: Das tut man eben als Offizier im Ruhestand für die Enkelin seiner heimlichen Geliebten.«

Oberst Bode sah Ellen Zeydlitz mit einem Blitzen in den Augen an, das Schorsch ahnen ließ, was der alte Mann sich in seinem Leben so alles an Sonderlandegenehmigungen herbeigelächelt haben musste, das war Entwaffnung pur.

Ellen hielt dem Blick stand und berührte ihren Mitresidenten sanft am Unterarm.

»Nicht so laut, Herr Oberst, das grenzt ja an Geheimnisverrat. Schon allein deswegen, weil selbst mir das bislang völlig verborgen geblieben ist.«

Alle vier lachten, und Philo trank tapfer die erste Portion ihrer Medizin an diesem Tag.

Als Schorsch die Papa-Whiskey-Golf kurz nach elf vom Wangerooger Boden wegsteigen ließ, stand Ellen mit ihrem Rollstuhl am Rand der Startbahn null neun. Jost, der freundliche Flugleiter, hatte die alte Dame persönlich bis an die Schwelle geschoben, Oberst Bode war auf dem Schritt gefolgt. Philo winkte ihrer Großmutter durch die hochgeklappte Seitentür zu, bevor Schorsch nach links einkurvte, aufs Meer hinaus, das die Insel vom Festland trennte. Zigaretten hatte Schorsch bei Jost bekommen, aber Sprit gab es tatsächlich nicht auf der Insel. Die Kugel der Tankanzeige pendelte schon bedenklich nahe bei der Empty-Marke, aber die besagten zwölf Meilen sollten schon noch drin sein.

Schorsch flog in niedriger Höhe über das Wasser, es war ein wunderschöner Tag, so klar, dass man bis runter ins Allgäu hätte schauen können, wäre die Erdkrümmung nicht gewesen. Als sie über dem Festland waren, rasterte Schorsch die Militärfrequenz 122,1 und rief den Fliegerhorst Wittmundhafen, wo man sie tatsächlich bereits erwartete.

Der ehemalige Kommodore Oberst Bode musste dort wirklich beliebt gewesen sein, denn neben vollen Tanks gab es für die beiden Zivilisten auch noch zwei üppige Lunchpakete, die ihnen ein Oberfeldwebel in Küchenweiß aus der Standortkantine direkt ans Flugzeug brachte. Im kleinen Flugvorbereitungsraum im Tower warf Schorsch einen Blick auf die große Wandkarte, auf der alle europäischen Flugplätze verzeichnet waren: So etwas hing in Fimpels Bude natürlich nicht.

Schorsch erkundigte sich nach der Toilette und war kaum aus der Tür, da fragte Philo den Wachleiter, einen jungen Oberleutnant in perfekt sitzender blauer Luftwaffen-Uniform, kaum hörbar:

»Wie weit ist es denn bis zur Ukraine?«

Der Oberleutnant lachte.

»Wollt ihr euch abschießen lassen von Putin? Da würde ich jetzt einen großen Bogen drumrum machen.«

»Nein, nein, nur mal so: Muss man da irgendwas beachten?«

»Durch Polen müsst ihr durch, und da müsst ihr vorher in Deutschland erst mal Zoll machen. Das mögen die Polen seit ein paar Jahren gar nicht, wenn man da so einfach reinfliegt …«

»Verstehe. Und wo macht man diesen Zoll?«

»Das wird dein Opa schon wissen.«

Der Oberleutnant warf schnell einen Blick auf die Karte.

»Von hier aus am besten in Röddelin. Das ist direkt an der Grenze, ein ehemaliger NVA-Flugplatz an der Oder, der jetzt aber zivil genutzt wird.«

»Röddelin, danke.«

Philo nahm schnell einen Stift und kritzelte sich das Wort »Röddelin« samt der Funkfrequenz auf ihr Handgelenk.

»Aber das mit der Ukraine lasst ihr mal besser bleiben. Die schießen auf alles, was fliegt. Sag das deinem Opa.«

»Mach ich.«

Nach dem Start in Wittmundhafen drehte Schorsch auf Kurs Süd-Ost ein, um auf direktem Weg wieder in den Taunus zu kommen. Philo war bester Laune, das Cross-Country-Cruising in niedriger Höhe war ganz nach ihrem Geschmack.

»Schorsch, da könnt ich glatt süchtig werden nach dieser Fliegerei.«

»Bin ich schon längst.«

»Von hier oben gesehen ist sogar Niedersachsen schön.«

Beide mussten lachten, und Schorsch flog zur Untermauerung seiner Süchtigkeit ein paar Steilkurven, mal links herum, mal rechts herum, akustisch begleitet von Philos Gejohle. Zum Glück hörte man unten davon nichts, trotz der niedrigen Flughöhe – die Niedersachsen hätten die beiden wahrscheinlich sonst in die nächste Ausnüchterungszelle gesteckt.

Nach einer Weile fragte Schorsch:

»Willst du auch mal?«

»Was?«

»Selber steuern, mit dem Knüppel hinten.«

»Ach, auf einmal? Keine Angst um deine geliebte Papa-Whiskey-Golf?«

»Sonst tät ich's nicht sagen. Also: zwei Finger an den Knüppel und einfach spüren, wo sie hin will …«

Philo packte den Knüppel mit zwei Händen und bewegte ihn etwa wie einen Besenstiel. Die Piper tanzte wild durch die Luft, wie ein blödes Pony, das seine beiden Reiter loswerden wollte.

»Zwei Finger, hab ich gesagt!«

Philo tat wie geheißen, nahm vorsichtshalber drei Finger und stellte vom Bedienungsmodus »Besenstiel« um auf »Schneebesen«. Nach ein paar Versuchen bekam sie sogar elegante Kurven zustande. Dass Schorsch heimlich ein wenig mit den Seitenruderpedalen nachhalf, brauchte sie gar nicht zu wissen.

»Das macht einen Höllenspaß, Schorsch.«

»Eben.«

Schorsch nahm den Knüppel wieder selbst in die Hand und drehte zurück auf Süd-Ost-Kurs.

»Wo fliegen wir hin, Schorsch?«

»Nach Hause, zu deinen Eltern. Ich muss dich heimbringen und den Garten fertigmachen.«

»Du hast doch gesagt, du willst in die Ukraine zu dieser schwarzen Rose.«

»Kommt gar nicht in Frage.«

»Oma hat gesagt, du sollst noch ein bissel mit mir durch die Gegend fliegen. Ausdrücklich! Weil das gut ist für meine Psyche, denn eine gesunde Psyche ist die Grundlage für eine Gesundung der Physis.«

»Der was?«

»Physis. Das Fliegen ist gut für meine Krankheit. Pustet

die Seele frei. Mach einfach einen kleinen Umweg. Kannst ja sagen, du hättest dich verflogen.«

»Ich will keinen Ärger mit deinem Vater.«

»Der macht sowieso keinen Ärger, der kriegt noch ein Löwen-Märchen. Ärger macht bei uns meine Mutter, und die macht sowieso Ärger, ob wir jetzt einen Umweg fliegen oder zwei.«

»Zwei was?«

»Zwei Umwege. Oder drei. Nimm mich mit in die Ukraine. Ich sag einfach, ich schreib an einem Märchen über schwarze Rosen, das in der Ukraine spielt.«

»Das tät dir so passen. Und Ukraine geht sowieso nicht im Moment, Ende der Diskussion.«

Philo beugte sich zu Schorsch nach vorne.

»Wenn du dein Fräulein Tochter auch so behandelst, brauchst du dich nicht zu wundern, dass die dich zum Kotzen findet.«

Schorsch sah nach vorne, schluckte und versuchte, Höhe und Kurs in Richtung Taunus zu halten. Dafür, dass er neunzehn Jahre lang keine Passagiere außer dem alten Emil mitgenommen hatte, war Philo ganz schön anstrengend als Mitfliegerin. Noch schlimmer war, dass sie wahrscheinlich recht hatte, was seine Tochter anging.

»Ich muss den Garten …«

»Vergiss doch diesen Scheiß-Garten! Mein Vater baut in diesem Leben kein Schloss mehr zu Ende. So wie ich raus bin, lässt meine Mutter den fallen wie eine lauwarme Kartoffel. Und alleine stemmt der dieses Monsterprojekt doch dreimal nicht. Ich sage dir was, Schorsch: Der Garten kann warten.«

»Was du da machst, das ist seelische Flugzeugentführung. Und jetzt ist Ruhe da heroben!«

Schorsch flog stumm geradeaus, und Philo tat so, als sähe sie sich Niedersachsen von oben an.

Nach ein paar Minuten Schweigeflug hielt Schorsch es nicht mehr aus und korrigierte den Kurs stumm nach links, genau in Richtung Osten.

Als er die Elbe unter sich sah, zog er unter dem Sitz eine alte Streckenkarte hervor und stellte fest, dass sie wahrscheinlich in einer knappen Stunde genau über Berlin sein müssten.

Fünfundvierzig Minuten später meldete sich Schorsch über Potsdam bei der Anflugkontrolle in Berlin und fragte einfach, ob sie ausnahmsweise einmal mitten über Berlin durften. Sie durften. Schorsch sank, wie verlangt, auf 1500 Fuß, flog die Avus in westlicher Richtung entlang, drehte am Funkturm genau auf Ostkurs, flog über den Tiergarten und die Siegessäule direkt auf den Fernsehturm am Alex zu. Berlin lag unter ihnen ausgebreitet wie ein Spielzeugmodell der Hauptstadt.

Philo freute sich wie ein kleines Kind und zeigte immer wieder nach unten. Rechts von ihnen lag der stillgelegte Flughafen Tempelhof, ein Stück weiter südlich die Großbaustelle des neuen Hauptstadtflughafens.

»Auf dem Rückweg aus der Ukraine landen wir auf dem neuen Flughafen, auf einen Kaffee, versprochen?«, rief Philo von hinten.

»Ich glaub nicht, dass da unten bis dahin auch nur eine Kaffeemaschine startklar ist. Von dem Geld, das da in einer halben Stunde verbuddelt wird, könnte ich meine Gärtnerei dreimal retten.«

Schorsch flog in östlicher Richtung aus der Berliner Kontrollzone wieder heraus, bedankte sich beim Controller und verließ die Frequenz.

Nach etwa zwanzig Minuten beugte sich Philo zu ihm nach vorne.

»Pass auf, dass du nicht nach Polen reinfliegst.«

»Wie bitte?«

»Wenn wir in die Ukraine wollen, müssen wir durch Polen. Vorher müssen wir Zoll machen, am besten in Röddelin, das müsste genau vor uns liegen. Die Frequenz ist 122,7.«

Schorsch glaubte seinen Ohren nicht zu trauen: Woher wusste Philo, dass man bei Auslandsflügen Zoll machen musste und es einen Flugplatz namens Röddelin gab, den nicht einmal er selbst kannte? Er sah kurz auf die Streckenkarte und fand Röddelin: Sogar die Frequenz stimmte. Allmählich wurde Schorsch seine junge Passagierin etwas unheimlich.

Bald darauf nahm er das Gas heraus und drehte die Papa-Whiskey-Golf in eine steile Endanflugkurve auf die Bahn 27 des ehemaligen Militärflugplatzes; im Funk hatte eine weibliche Stimme nur ganz knapp die Worte »Landung Piste zwo sieben« herausgeknarzt. Die Bahn 27 bestand aus alten Betonplatten und war geschätzte 3000 Meter lang. Aus deren Ritzen wuchs Gras, die Streuwiese neben der Bahn war bestimmt zwei Jahre nicht mehr gemäht worden.

»Hier könnt ich zehnmal am Stück landen«, sagte Schorsch fröhlich und ließ die Piper kurz nach der Schwelle auf den Beton sinken.

»Ist hier überhaupt irgendein Mensch?«, fragte Philo irritiert mit Blick auf das scheinbar völlig verlassene Areal. Schorsch rollte derweil über die ewig lange Betonbahn, an deren Ende ein paar verlassene Hangars und Baracken waren.

»Ich flieg grad noch ein Stück«, sagte Schorsch, gab Gas und ließ die Piper in etwa einem Meter Höhe über der Piste schweben, bis er sie kurz vor deren Ende wieder sanft aufsetzte und direkt vor einen riesigen Hangar rollte.

Beide kletterten aus dem Flugzeug, streckten ihre Knochen nach dem langen Flug und sahen sich um. Die Tore der Hangars waren verschlossen, von den Wänden der riesigen Hallen blätterte der Putz. Gegenüber der Landebahn standen mit Gras bewachsene Shelter, in denen früher wohl Jagdbomber untergebracht waren, um drei Minuten nach Eingang irgendeines Alarms startbereit zu sein.

»Wo sind wir hier, Schorsch?«

»Den Flugplatz hat wahrscheinlich noch der Hitler gebaut, dann war die sowjetische Luftwaffe da. Aber die Russen sind längst weg. Und die Bundeswehr hat kein Geld, da Flugzeuge hinzustellen.«

»Wozu auch? Die Polen werden wohl kaum angreifen, und wenn, dann kommen sie als Handwerker-Brigade.«

Schorsch und Philo gingen um den großen Hangar herum, auf dessen Wänden noch verblichene, mit Schablonen aufgesprühte Schriftzüge in kyrillischen Buchstaben zu erkennen waren.

Hinter der Halle entdeckten sie einige alte einstöckige Baracken; Menschen waren auch hier nicht zu sehen. Auf dem Dach der einen Baracke hatte jemand ein handgemaltes Schild angeschraubt: »Flieger- & Freizeitpark Oderbruch«.

»Da muss doch jemand da sein, am Funk war doch auch einer!«

»Das war eine Frauenstimme, Schorsch.«

Philo schien völlig gefangen zu sein von der eigentümlichen Stimmung des verlassenen Militärflugplatzes, sie saugte die morbide Atmosphäre mit ihren Augen regelrecht in sich auf. Über jedes Detail der aeronautischen Brache ließ sie ihre Blicke wandern, während Schorsch einfach nur gerne jemanden gefragt hätte, ob es Sprit gab und vielleicht sogar ein Klo.

»Da! Guck mal da drüben!«

Philo zeigte wild gestikulierend zum östlichen Zaun des Geländes, der oben noch mit Stacheldraht bewehrt war. Vor dem Zaun waren penibel etwa zehn uralte Flugzeuge in Reih und Glied ausgerichtet, ehemalige Agrarmaschinen der DDR. Schorsch kannte die Dinger: Sie waren in Polen gebaut worden, nannten sich PZL M-18 Dromader und waren im Arbeiter-und-Bauern-Staat eingesetzt worden, um Pestizide und sonstige Chemikalien auf die riesigen volkseigenen Monokulturflächen der LPGs abzuschütten. Die Einsitzer hatten einen Tank für etwa zwei Tonnen Flüssigkeit, angetrieben wurden die Sprühflugzeuge von einem 1000-PS-Sternmotor. Schorsch hatte einmal von einem Fliegerkollegen aus Sachsen gehört, dass sie in beladenem Zustand teuflisch schwer zu fliegen waren, in der Kabine ein Höllenlärm und eine ebensolche Hitze herrschte und es ein Knochenjob gewesen sein musste, den ganzen Tag damit in knapp zehn Metern Höhe über die Felder zu knüppeln und Gift zu versprühen. Die Tiefdecker mit Heckradfahrwerk, die allesamt gelb lackiert waren und noch die DDR-Kennung am Heck trugen, wirkten sehr gedrungen, im Stand war die Schnauze mit dem riesigen Sternmotor steil nach oben gereckt, seitlich auf dem Rumpf war ein rotes Dromedar aufgemalt.

»Was sind das für Flugzeuge, Schorsch?«

»Ehemalige DDR-Agrarmaschinen.«

»Die sehen aus wie verzauberte Rieseninsekten!«

Schon war Philo losgerannt, quer über die Betonplatten

und die vertrockneten Wiesen hinüber zu den Flugzeugen. Geschickt kletterte sie über die Trittstufe auf die Tragfläche der vordersten M-18 und sah in das Cockpit.

»Kann man da rein?«

»Vergiss es, da drin stinkt's wie Sau. Die Kisten gammeln mindestens schon fünfundzwanzig Jahre da rum. Komm jetzt runter, bevor dir noch was passiert.«

Philo hatte die Haubenverriegelung bereits gefunden, das Kabinendach beiseitegeschoben und war mit ihrem zierlichen Körper in das enge Cockpit geklettert.

Schorsch stand auf der Tragfläche und musste grinsen: Es sah schon etwas absurd aus, wie die magere Philo auf dem durchgescheuerten Pilotensitz hockte, umgeben von unzähligen Hebeln, Schaltern und kleinen Instrumenten. Der Gestank war nicht so schlimm wie befürchtet, es roch nur ein wenig nach altem Leder und Motorenöl.

»Okay. Hier drin schreibe ich.«

»Was willst du?«

»Wir bleiben hier, ich setze mich hier rein und schreibe meinen Krimi fertig. Hier in dieser Höllenmaschine.«

»Mal ganz langsam jetzt: Wir haben gesagt, wir fliegen einen kleinen Umweg, und dann bring ich dich nach Hause zu deinen Eltern. Aber einfach hierbleiben auf diesem Schrottplatz, das geht überhaupt gar nicht.«

»Hey, im Leben gibt's Dinge, mit denen man nicht rechnen kann, Schorsch. Wer sich immer nur von seinen eigenen Plänen tyrannisieren lässt, der wird unglücklich wie meine neurotischen Eltern oder wie du mit deiner Familie. Du kannst ja weiterfliegen, ich bleibe jedenfalls hier. Dann holst du mich eben wieder ab, auf dem Rückweg von der Ukraine.«

»Nein! Das ist gegen die Abmachung.«

»Hier geht's nicht um irgendwelche verkackten Abmachungen, hier geht's um die nackte Inspiration. Ich spüre, dass ich hier endlich schreiben kann, kapierst du das nicht? Und ich heb meinen Hintern hier nicht eher wieder weg, bis ich die Geschichte fertig habe.«

»Du bist noch sturer als meine Tochter. Man kann doch nicht einfach irgendwo bleiben, wo's einem grade gefällt.«

»Und was machst du? Haust einfach ab und lässt deine Familie im Stich, weil's dir in den Kram passt. Chill endlich mal dein Leben und werd dir klar, ob du noch anderes willst außer Rummeckern, bevor du dir einen Schlaganfall holst. Ist doch wahr!«

Schorsch wusste darauf nichts zu sagen. Er setzte sich auf die Trittstufe der PZL M-18 und machte die Augen zu. Es war einfach ein bisschen viel, was da in seinem Hirn und seinem Herzen herumrumorte. Er wünschte sich auf der Stelle einen großen schwarzen Schalter aus Bakelit, mit dem er einfach alles abschalten konnte.

Die Kleine war ja nicht blöd: Wie ein Feigling hatte er seine Frau und seine Tochter im Stich gelassen und regte sich auf, dass er auf einem halb verlassenen Flugplatz irgendwo im Niemandsland hockte, zusammen mit einem aufmüpfigen kranken Teenager, den man mit Samthandschuhen anfassen musste, während daheim die Gärtnerei vor die Hunde ging, wegen eines falschen Grüntons. Um das abzustellen, brauchte man wahrscheinlich mindestens drei Bakelitschalter auf einmal.

»Was ist das eigentlich für 'ne komische Mode, nach der Landung noch mal Gas zu geben und statt zu rollen wie 'ne schwangere Flugente über die Bahn zu flattern?«

Schorsch wäre beinahe vor Schreck rückwärts von der Trittstufe abgerutscht, als er die weibliche Stimme hinter sich hörte. Er drehte sich um: Hinter ihm stand eine etwa vierzigjährige Frau in einer ölverschmierten Arbeitskombi, das widerspenstige rötliche Haar mit einem Gummi notdürftig zusammengebunden, die Taschen des Overalls ausgebeult, aus der linken Brusttasche ragte die Antenne des ICOM-Handfunkgeräts heraus. Was ihm aber, obwohl er längst von der Trittstufe heruntergestiegen war, fast den Boden unter den Füßen wegzog, waren die Augen der Frau. Sie strahlten vor Neugierde und Eindringlichkeit zugleich, aber mit einer derartigen Intensität, dass Schorsch sich vorsorglich an der Tragflächenkante der Agrarmaschine festhalten musste.

»Wir wollten bloß geschwind tanken und vielleicht aufs Klo …«

»Und vielleicht die Landegebühren bezahlen.«

»Genau. Aber dann geht's gleich weiter.«

»Quatsch! Wir bleiben hier!«

Genervt sah Schorsch zu Philo, die ihren Kopf aus der Kanzel der M-18 gestreckt hatte.

»Frollein Tochter bisschen aufmüpfig heute, hm?«

»Das ist nicht meine Tochter, und ›Frollein‹ sagt man nicht mehr.«

»Seine Tochter sitzt zu Hause und malt«, sagte Philo.

Die Frau im Overall nickte, als sei das selbstverständlich.

Schorsch konnte seinen Blick kaum von ihr lösen, was ihm das Fassen eines klaren Gedankens oder gar das Treffen einer Entscheidung nicht leichter machte. Philo kletterte aus der Kabine der M-18 heraus.

»Kann ich da drin schreiben?«

»Was willst du?«

»Meinen Krimi fertig schreiben, da drin, in diesem Flugzeug. Wegen der Atmosphäre. Ich nehm mir irgendein Holzbrett als Tisch und hocke mich da rein in das Wrack.«

»Frollein, das ist kein Wrack. Die Maschinen sind voll flugfähig. Aber von mir aus kannst du dich da drin vergnügen, solang du die Hebel und Schalter in Ruhe lässt. Und vor allem Finger weg von der Propellerverstellung und vom Starterknopf.«

Schorsch versuchte, das Schlimmste zu verhindern.

»Die kann nicht in dieser Schrottkiste schreiben, die ist krank und muss nach Hause.«

Die Rothaarige lächelte ihn breit an.

»Verschont mich mit eurem Familienzwist. Ihr könnt ein paar Tage hierbleiben, wenn ihr wollt.«

»Wollen wir!«

Der kurze Blick zwischen Philo und der Frau zeigte Schorsch, dass die beiden schon längst alles klargemacht hatten, über seinen Kopf hinweg. Zum Glück hatte sein Vater nicht zugehört, denn der hätte ihn wieder ordentlich zusammengeschissen, sich von den Weibern auf der Nase herumtanzen zu lassen.

Die größte der Baracken in militärischer Leichtbauweise war provisorisch zur Gaststätte umgemodelt worden und musste gleichzeitig als Flugvorbereitungsraum und Abstellkammer herhalten. Die Frau im Overall, die Hannah hieß, fuhrwerkte an einem alten DDR-Herd mit einer Pfanne herum, die noch den Russen für ihre Blinis gedient haben musste. An einem Tisch in der Ecke studierten zwei ältere Männer stumm Fliegerkarten und musterten Schorsch dabei aus den Augenwinkeln. Der Geruch von gebratenen Eiern, Speck und Kartoffeln füllte die Baracke, auf der verschmierten Schiefertafel war »Bauernfrühstück« als einziges Gericht angeschrieben, aber das kam Schorsch gerade recht mit seinem Bärenhunger. Er schaufelte das sättigende Gericht aus Bratkartoffeln, Zwiebeln, Eiern und Speck gierig in sich hinein, auch Philo aß mit einem Appetit, wie Schorsch ihn bei ihr noch nie erlebt hatte.

Hannah wischte sich die Fettfinger an ihrem Overall ab und setzte sich zu den beiden an den Tisch.

»Wisst ihr jetzt, wie lange ihr bleiben wollt?«

»Keine Ahnung«, erwiderte Schorsch.

»Bis ich mit der Story einmal durch bin«, prustete Philo mit vollem Mund zurück.

Hannah kommentierte diese Androhung einer literarischen Tätigkeit auf dem Flugplatz mit einem kaum wahrnehmbaren Schulterzucken.

»Gut, dann stellen wir wenigstens eure Piper in die Halle. Platz ist mehr als genug. Wär schade um das schöne alte Ding.«

Schorsch unternahm noch einen halbherzigen verbalen Fluchtversuch.

»Alles der Reihe nach. Wir müssten sowieso erst schauen, ob's da irgendwo in der Gegend so was wie ein Hotel gibt.«

»Vergiss es«, sagte Hannah. »Das nächste ist in Schwedt an der Oder. Aber wir haben hier ein paar Bungalows für die Segelflieger.«

»Segelflieger, aha. Und was tät uns das kosten?«

»Sind zwei Zimmer mit je zwei Betten, kleine Küche, Bad mit Dusche und Boiler: Gebt mir einen Zwanziger pro Nacht für die ganze Hütte.«

Schorsch fiel daraufhin aus dem Stand keine weitere Ausflucht ein, zumal ihm Philos Vater ja genügend Geld für die Reise mitgegeben hatte. Schon wieder rutschte ihm ein Kartoffelstück von der Gabel, weil er seinen Blick kaum von Hannah lösen konnte. Sie hatte sich rücklings auf einen Stuhl gesetzt, sich mit den Händen auf die Lehne aufgestützt und beobachtete ihre beiden essenden Besucher mit schweigendem Amüsement.

Schorsch sah krampfhaft auf Gabel und Bauernfrühstück, um Hannah nicht anzustarren. Längst war ihm an ihrer Haltung und ihrem Gang aufgefallen, dass sie körperliche Arbeit gewohnt sein musste. Ihr Teint war sonnengebräunt, ihr ungeschminktes Gesicht strahlte die Energie einer Macherin aus und zugleich auch etwas unverschämt Jungenhaftes. Und doch huschte immer wieder ein Schatten über ihre Züge, der ahnen ließ, dass ihr Leben auch nicht aalglatt verlaufen sein musste. Schorsch konnte diese merkwürdige Hannah überhaupt nicht einschätzen und versuchte, mit den Bissen auch den Gedanken herunterzuschlucken, dass ihm diese Frau gefiel.

»Was ist das eigentlich für ein Ausflug, den ihr beide da macht? Vater und Tochter seid ihr ja nicht …«

»So eine Art Geschäftsreise.«

»Ein Gesundheits-Flug«, rief Philo mit vollem Mund.

»Wir wollen vielleicht noch weiter in die Ukraine.«

Ein Blick von Hanna genügte, Schorsch zu vermitteln, dass sie kein Wort davon glaubte und einen Trip in die Ukraine für keine besonders gute Idee hielt. Schorsch versuchte zu retten, was zu retten war.

»Ja, das ist halt alles eine lange Geschichte …«

Aus dem Funkgerät in Hannahs Overall bat eine knarzende Männerstimme um Wind und Landerichtung, Hannah drückte die Push-to-talk-Taste.

»Ekki, Wind zwo fünnef null mit acht … Landung zwo sieben.«

»Landung zwo sieben, Delta Kilo India.«

»Ist ja richtig was los bei euch«, sagte Schorsch in einem kläglichen Versuch, witzig zu sein. Hannahs Augen fixierten ihn sofort mit einer Vehemenz, dass er sich am liebsten auf die Zunge gebissen oder besser noch die Bemerkung wieder rückgängig gemacht hätte, sie quasi nachträglich wieder ausgerissen hätte aus dem kargen Gesprächsbeet wie ein dümmlich eingepflanztes Stück Unkraut.

»Ich zeig euch den Bungalow, bevor ich mir noch mehr blöde Kommentare anhören muss.«

Schorsch nickte und schwieg betreten.

Die Küche in der Segelflieger-Baracke war klein, die Einrichtung einfach: ein Holztisch, zwei Stühle, eine Doppel-Kochplatte, ein Spülbecken sowie ein alter Hängeschrank mit einem Minimum an altem DDR-Geschirr und Besteck.

Die Metallbetten in den beiden Schlafkammern schienen aus ehemaligen Militärbeständen zu stammen, die Bettwäsche war weiß, aber sauber. Selbst Handtücher gab es, die eingewebte kyrillische Schriftzeichen hatten und das Schwingensymbol der Luftwaffe trugen. Alles war eng und klein, aber bewohnbar, Segelflieger-Komfort eben.

Philo hatte ihren Heilsaft vor sich stehen und schrieb Einfälle in ihr Buch. Schorsch sah sich um.

»Und, was meinst du: Halten wir's hier aus?«

»Der Staub ist nicht optimal für mich, aber ich find's klasse. Hier schreib ich meine Geschichte fertig. Und eins verspreche ich dir: Sowie ich durch bin damit, marschiere ich direkt zu Suhrkamp oder Fischer und mache so lange Druck, bis die das drucken. Ich bringe das raus, und zwar ohne meinen alten Herrn. Und sobald das fertige Buch auf meinem Schreibtisch liegt, bin ich weg von zu Hause. Meine Mutter geht mir so was von auf den Keks! Wenn ich die nur beim Frühstück sehe, hab ich eine Schreibhemmung.«

»Wo willst du denn hin, alleinigs? Du bist doch … mit deiner Krankheit …«

»Ich bin kein Krüppel, Schorsch. In München gibt es eine WG von jungen Muko-Leuten, das hab ich im Internet gesehen. Da ziehe ich hin und schreibe mich ein in Literaturwissenschaften. Und sag bitte nicht immer ›alleinigs‹, das Wort gibt es nicht in der deutschen Sprache. Du versaust mir noch meinen ganzen Schreibstil mit deiner Dialekt-Manie.«

»Ich red halt so.«

»Schon gut. Hauptsache, du redest überhaupt.«

Philo trank den Rest ihrer Medizin in einem Zug aus.

Schorsch stand auf und öffnete die Tür des kleinen Küchenschranks.

»Suchst du was?«

»Ich hätt jetzt gern ein Bier … Morgen fliegen wir ja nicht. Vielleicht haben die da drüben noch eins.«

Philo grinste breit.

»Die gefällt dir, oder?«

»Wer?«

»Das sehe ich doch zwanzig Meilen gegen den Wind!«

»Ach geh … das ist eine ganz normale Frau, wie's an jedem Flugplatz eine gibt.«

»So eine bestimmt nicht, Schorsch. Die ist einfach nur klasse. Hast du die Augen gesehen?«

»Jetzt leg dich hin und schlaf. Ich schau mal, ob die drüben noch ein Bier haben in dieser Kantine.«

Philo grinste breit, über beide Wangen.

»Aber sei nett zu ihr. Nicht so stoffelig wie sonst, klar?«

»Schon klar.«

Die Flasche Oderbrucher Uferquell schmeckte Schorsch wie selten ein Bier. Er hatte sich einfach zu den beiden Männern gesetzt, die er am Nachmittag bereits gesehen hatte. Sie hießen Ekki und Kalle, waren ein paar Jahre älter als er und ehemalige Piloten der Agrarflug-Staffel der Interflug. Richtige Männer also. Obwohl sie im Sozialismus aufgewachsen waren, erzählten sie fast genau die gleichen Fliegergeschichten wie die Männer am Stammtisch beim Fliegenden Bauern. Offenbar war das eine jegliche ideologischen Grenzen überschreitende Fliegerkrankheit. Aber Schorsch blieb, hockte da, trank Bier und hörte einfach zu. Hinter dem Tresen werkelte Hannah und schrubbte die Küche. Ekki, der von kleiner, kompakter Statur war, ohne allerdings dick zu sein, hatte das Fliegen bei der Luftwaffe der NVA gelernt und eimerweise Schoten aus dieser Zeit herübergerettet. Unten, beim Fliegenden Bauern, hätte es keiner geglaubt, dass der Eigenbrötler Schorsch beim Bier in der Fliegerkneipe saß, als sei es das Selbstverständlichste auf der Welt.

Und dann tat Schorsch etwas, was er schon fast zwanzig Jahre lang nicht mehr getan hatte: Er ließ auch eine Geschichte vom Stapel, und zwar die, wie er und der alte Emil Höscheler dem geschwätzigen Fimpel in der Cessna die Übelkeit beigebracht hatten, mit den zwei Tüten. Die Lust am Fabulieren ging mit ihm durch, dass er sogar den alten Höscheler nachmachte und ganz besonders den Herrn Fimpel mit dessen Fistelstimme.

Ekki lachte schallend los, und sogar Kalle, der andere der

beiden, ein hagerer schweigsamer Kerl mit Vollbart, schmunzelte erkennbar. Schorsch nahm sich noch ein Bier und zündete sich eine Reval an: Er fühlte sich wohl an diesem Tisch. Immer wieder schielte er zu Hannah hinüber, die sich ebenso über seine Geschichte amüsiert hatte.

Als sie mit ihren Töpfen fertig war, setzte sie sich zu den Männern und nahm sich auch ein Bier. Und erzählte, wie sie mit einer Z-37 bei einem Übungsflug für Löscharbeiten ein wenig von der vorgeschriebenen Route abgewichen, im Tiefflug über das Haus des Parteisekretärs von Röddelin gejagt war und die 1500 Liter Löschwasser über dessen Terrasse abgelassen hatte, einen Tag nach Mauerfall.

»Der dicke Griese und seine fette Frau sind patschnass geworden, die Klamotten auf der Wäscheleine auch. Er wollte mir den Kopf abreißen, aber daraus ist dann nichts mehr geworden, haha.«

Schorsch sah Hannah erstaunt an.

»Sind Sie solche Agrarmaschinen geflogen?«

»Hättste mir nicht zugetraut, oder was? Und spar dir das alberne Gesieze, wenn du schon hier sitzt, unser Bier säufst und Wessi-Sprüche ablässt.«

»Tut mir leid, hab ich nicht so gemeint.«

»Nun heul nicht gleich, du Wessi-Sensibelchen.«

Ekki und Kalle lachten. Hannah nahm die leeren Flaschen vom Tisch.

»Packt euch nach Hause und guckt, ob eure Frauen noch da sind. Ich mach Schluss jetzt.«

Ekki und Kalle standen ohne Widerspruch auf, offenbar hatte Hannah hier die absolute Befehlshoheit. Als die beiden gegangen waren, erhob sich auch Schorsch.

»Was bin ich schuldig für die zwei Bier?«

»Setz dich hin.«

Schorsch tat wie geheißen.

»Also: Was ist das für 'ne komische Geschichte mit dem Mädel und dir? Hast du die irgendwo mitgehen lassen?«

»Quatsch. Aber das ist eine lange Geschichte.«

»Ich hab Zeit, hier kommt heute keiner mehr.«

Ohne sich weiter betteln zu lassen, erzählte Schorsch von seinem Ärger mit dem falschen Grün, der drohenden Insolvenz und seinem spontanen morgendlichen Abflug. In Kurzform berichtete er über seine Reise quer durch das Land und den Plan, in der Ukraine den Züchter der schwarzen Rose zu besuchen.

»Du bist also einfach abgehauen, na sauber. Und deine Frau und deine Tochter?«

»Da muss ich mir was einfallen lassen.«

»Allerdings. Ich hätte meine Anna nicht im Stich gelassen.«

»Die macht sowieso, was sie will.«

»Na hoffentlich. Und was ist mit dem Mädel da drüben im Bungalow? Die hat doch irgendwas …«

»Die ist ziemlich krank. Muko…«

»Mukoviszidose.«

»Genau. Und die schreibt einen Krimi. Das tut man doch nicht, als junges Mädchen, oder? Da geht's um ganz schreckliche Sachen …«

»Und wenn schon. Die müssen raus aus dem Kopf. Besser so, als depressiv auf dem Hintern zu hocken.«

»Vielleicht. Gestern haben wir ihre Oma besucht, auf Wangerooge.«

»Na fein. Und jetzt fliegst du sie noch ein bisschen spazieren, oder wie?«

Schorsch nickte stumm.

»Aber das mit der Ukraine vergisst du besser mal ganz schnell. Die holen dich vom Himmel mitsamt deinem Mukoviszidose-Frollein.«

»›Frollein‹ sagt man nicht mehr.«

Hannah lachte und brachte noch zwei Flaschen Bier. Sie stießen an, auch wenn sie nicht genau wussten, auf was.

»Was ist eigentlich mit diesem Flugplatz hier? Da stimmt doch auch irgendwas nicht ...«

»Was soll da nicht stimmen? Der gehört mir. Aber das ist auch eine lange Geschichte.«

»Ich hab auch Zeit.«

Hannah lachte kurz, nahm einen Schluck und fing an mit ihrer langen Geschichte.

Sie hatte schon immer Fliegerin werden wollen und in Anklam die Ausbildung zur Agrarpilotin gemacht.

Drei Wochen nach ihrer Prüfung war die Mauer gefallen.

»Mit den Wessis kamen die Ökos, und niemand brauchte mehr Sprühflugzeuge. Das war auf einmal Teufelszeug. Ich hab mich dann jahrelang als Fluglehrerin durchgeschlagen, Segelflugzeuge geschleppt, Rundflüge gemacht und Unmengen von Fallschirmspringern über Meck-Pomm abgeworfen. Aber der Oderbruch kackt immer mehr ab, die Leute mit Geld verschwinden alle in Richtung Westen. Dann hab ich Idiotin vor einem Jahr diesen Flugplatz hier von der Treuhand-Nachfolgerin gekauft, zum symbolischen Preis von einem Euro. Zusammen mit meinem Mann.«

»Also jeder 50 Cent. Aber warum hängt man sich einen Flugplatz an den Hals, den keiner will?«

»Warum? Um was ganz Tolles draus zu machen. War schon immer mein Traum gewesen: ein Flugplatz mit Kneipe und allem.«

»Und wo ist der, dein Mann?«

»Durchgebrannt mit einer anderen. Fünfzehn Jahre jünger als ich, von heute auf morgen.«

»So was merkt man doch.«

»Das ging so schnell wie ein Triebwerksausfall beim Start. Die Dame ist Copilotin bei so einer kleinen Charter-Gesellschaft, die ständig Business-Affen nach Russland fliegt. Am Anfang hab ich mich immer noch gefreut, dass die hier landeten mit ihrem Learjet und tankten, aber irgendwann hat sie mit dem Sprit noch meinen Mann mitgenommen. Seitdem tankt sie auch nicht mehr hier.«

»Au weh. Und wo steckt der jetzt, dein Mann?«

»Keine Ahnung. Vermutlich im Cockpit neben seiner Schnalle. Auch so einer wie du, der einfach abgehauen ist.«

Beide tranken schweigend ihr Bier.

»Und deine Tochter?«

»Die Anna. Kluges Mädel. Ist grade fünfundzwanzig geworden, studiert BWL und macht ein Auslandssemester in den USA. Sie ruft kaum mehr an, weil sie es bescheuert findet, dass sich ihre Mutter an einem alten Armee-Flugplatz abrackert.«

Ihre Augen trafen sich wieder, und Schorsch sah, dass unter all der Energie in diesen Augen auch eine gehörige Portion Traurigkeit steckte.

»Guck nicht so. Hab keine Lust, mich in meiner Kneipe mit einem Gärtner, der sich verflogen hat, im Selbstmitleid zu suhlen.«

Schorsch nahm noch einen Schluck Bier.

»Aus deinem Flugplatz könnt man schon was machen. Da fehlt einfach ein bissel Grün.«

»Das sagt der Richtige.«

Schorsch winkte ab.

»Und überhaupt bräucht man erst mal einen Kinderspielplatz.«

»Verschon mich bitte.«

»Doch. Mit Sandkasten. Und Klettergerüst. Wenn die Kinder rumplärren, dass sie da herwollen, dann bleibt den Eltern gar nix übrig, als am Wochenende herzukommen. Da könnt man auch so eine Seilbahn bauen, so ein Stahlseil zwischen zwei Pfosten, mit einem kleinen Flugzeug unten dran, so was ist schnell gemacht. Wenn die Kinder erst mal in der Flieger-Seilbahn fahren, dann kannst drauf warten, dass die Alten auch Rundflüge machen wollen, und zwar in einem echten Flugzeug. Und die Kneipe braucht einen gescheiten Garten zum Draußensitzen. Und vielleicht ein paar schöne Rosen …«

»Rosen? Was will ich denn mit Rosen auf einem Flugplatz?«

»Das gefällt den Leuten. Ist doch egal, warum die herkommen, Hauptsache, sie sind da. Vielleicht noch ein paar Viecher, Ziegen oder so was Pflegeleichtes, zum Streicheln. Nach so was sind die Kinder ganz narrisch. Außerdem sieht's schön aus, wenn man drüberfliegt.«

»Die Ziegen?«

»Die Rosen. Man muss bloß aufpassen, dass die Ziegen die Rosen nicht zammfressen.«

»Du bist doch ein kompletter Spinnkopp.«

»Du musst reden: sich freiwillig so einen Flugplatz an den Hals zu hängen.«

Sie sahen sich an und mussten beide lachen.

Dann stand Hannah unvermittelt auf und räumte die Bierflaschen weg.

»Du kannst dich morgen nützlich machen: Da kommen ein paar Segelflieger, die brauchen ein Schleppflugzeug.«

Schorsch wurde bleich im Gesicht.

»Das geht nicht.«

»Zick nicht rum, kriegst auch was dafür.«

Schorsch schüttelte den Kopf.

»Ich kann das nicht.«

Hannah sah Schorsch so tief in die Augen, dass er dem Blick nicht standhalten konnte.

»Was soll das heißen, du kannst das nicht? Erzähl mir doch keinen Scheiß.«

Doch genau das tat Schorsch dann: Er erzählte Hannah einfach den ganzen Scheiß, der sich damals vor neunzehn Jahren zugetragen hatte.

Schorsch hatte sich gerade seine Piper gekauft und war jeden Tag nach Feierabend beim Fliegenden Bauern gewesen. Der nette junge Gärtnerbursche mit dem eigenen Flieger war er gewesen, der immer einen lustigen Spruch auf den Lippen hatte und meistens als Letzter am Fliegerstammtisch hockte. Auch bei den Mädchen in der kleinen Stadt hatte es sich bald herumgesprochen, dass man mit dem Schorsch eine Menge Spaß haben konnte, und oft saß eine seiner Verehrerinnen auf dem hinteren Sitz, wenn er mit der Papa-Whiskey-Golf durch die Berge flog. Er sah nicht schlecht aus damals, sein Oberkörper war immer braun gebrannt von der Gartenarbeit, und Muskeln hatte er auch, vom Schuften mit Schippe, Spaten und Rechen.

Im Sommer hatten ihn dann ein paar Segelflieger aus der Rhön, die er beim Fliegenden Bauern kennengelernt hatte, zu ihrem Sommer-Segelflugcamp auf der Wasserkuppe eingeladen, und da war er dann für ein paar Tage hinaufgeflogen.

Tagsüber hatte er mit seiner Piper Segelflugzeuge geschleppt, am Abend hatte man sich amüsiert. Franz, sein Vater, fand es zwar unmöglich, dass sein Schorsch so etwas wie Urlaub machte, aber das war dem Schorsch egal gewesen, er war ein junger Kerl und ein wilder Hund dazu.

»Am letzten Tag in der Rhön ist es dann passiert.«

Schorsch nahm noch einen Zug von der Zigarette.

»Die Thermik war schon langsam am Abflauen, da hat's geheißen, ich sollt noch einen von den Jungen hochschleppen, für seinen ersten Alleinflug. Der war grade mal siebzehn Jahre alt, aber sein Fluglehrer hatte gesagt, der hätt's schon drauf wie ein Alter. Also bin ich los, bis zum Abheben war alles wunderbar, das Schleppseil gut gespannt, und die Piper ist marschiert wie ein Uhrwerk.«

»Und?«

»Dann hat der Bub da hinten offenbar die Panik gekriegt und hat am Knüppel gezogen wie ein Stier. Ich hab im Funk gerufen, er soll nachlassen, und der Fluglehrer am Boden hat in seine Handfunke reingeschrien »Drücken, drücken!«, aber der Junge war völlig mit den Nerven runter. Ich hab versucht, ihn zu beruhigen, aber der hat immer weiter gezogen, wie einer, der noch nie in einem Flieger gesessen hat.«

»Da muss man ganz ruhig bleiben ...«

»Ja, wie denn? Der hat mir dermaßen das Heck nach oben gezogen, dass ich das mit dem Höhenruder nicht mehr hab ausgleichen können und mir die Nase immer mehr nach unten gegangen ist. Es war kurz davor, dass wir beide runtergefallen wären. Wir haben ja kaum Höhe gehabt, und mit Vollgas hätt ich die Piper mitsamt dem Segler hintendran ungespitzt in den Boden gejagt.«

Hannah schüttelte den Kopf.

»Da hätt'st du ausklinken müssen.«

»Hab ich ja. Ich hab ihm über Funk gesagt, ich klinke das Seil aus und er soll einfach auf dem nächsten Acker landen, aber der war wie von Sinnen.«

»Und dann?«

»Ich hab also ausgeklinkt und am Funk versucht, ihn zu beruhigen und ihm Anweisungen für die Landung zu geben, aber der hat gar nicht mehr reagiert. Der hat geschrien wie am Spieß da drin und den Knüppel an den Bauch gezogen wie ein Gestörter. Dann hat er logischerweise einen Strömungsabriss gekriegt, und auf den hat er nicht mehr regiert und ist wie ein Stein in den nächsten Wald reingefallen. Ich hab die Piper wieder abgefangen und bin gelandet. Die anderen sind sofort hin zu der Unfallstelle, aber da konnt man nichts mehr machen. Der arme Kerl hat sich das Genick gebrochen. Ich bin die ganze Nacht in meinem Flieger gehockt und hab geheult.«

Hannah saß stumm da und zündete sich mit zitternden Fingern noch eine Zigarette an. Schorsch wischte sich mit den Fingern über die Augen.

»Am nächsten Tag ist die Flugunfallkommission gekommen und hat gesagt, dass ich keine Schuld hätte. Die anderen haben das auch gesagt, die haben's ja alle gesehen.«

Das Schweigen, das folgte, war lang.

Hannah drückte ihre Zigarette aus und nahm noch einen Schluck aus der Bierflasche.

»Wenn du das Seil nicht ausgeklinkt hättest, wärt ihr beide runtergefallen.«

»Besser wär's gewesen! So ist nur der Junge gestorben. Und ich war schuld. Wenn ich den nicht geschleppt hätt, dann tät der heut noch leben. So was wirst du nicht mehr los, dein Lebtag lang nicht. Das kannst du dir gar nicht vorstellen, wie das ist, wenn man einen Menschen auf dem Gewissen hat. In den ersten Jahren hab ich jede Nacht davon geträumt und mir bis zum Morgengrauen Vorwürfe gemacht. Ob ich vielleicht flacher hätt steigen sollen oder steiler oder einfach die Höhe halten oder sinken. Und immer komm ich zu dem Punkt, wo ich sag: Ich hätte es einfach sein lassen sollen. Ich hab kaum mehr Lust gehabt am Leben und hab nur noch geschafft. Die Monika war schwanger, dann hab ich sie geheiratet und versucht, den Betrieb am Laufen zu halten. Aber so viel kann man gar nicht schaffen, dass einem so was aus dem Hirn rausgeht.«

»Aber deiner Frau hast du's doch erzählt?«

»Einen Dreck hab ich. Die hat schon wieder und wieder gefragt, was mit mir los wär, aber ich hab nur gesagt, sie soll mich in Ruh lassen. Es war halt immer so viel Arbeit, und dann ist die Miriam gekommen, und da hat man nichts geredet, weil die Monika um zehn abends todmüde ins Bett gefallen ist und die Miriam mindestens dreimal in der Nacht geschrien hat. Und da bin ich dann nachts zu meinen Rosen gegangen.«

»Warum hast du dir keine Hilfe geholt?«

Schorsch lachte hell auf.

»Dass ich bei mir unten zum Nervendoktor Schober renne und sich alle das Maul verreißen im Ort? Außerdem hätten's mir dann die Flugtauglichkeit aberkannt. Und ohne die Fliegerei am Sonntag wär ich vielleicht wirklich noch wahnsinnig geworden. Dafür hab ich angefangen, Rosen zu züchten. Da muss man mit keinem reden dabei.«

Dann redeten auch Schorsch und Hannah eine Weile lang nichts mehr. Schorsch spürte, wie seine Erregung ganz langsam nachließ. Nach ein paar Minuten wunderte er sich, wie leicht ihm das alles von den Lippen gegangen war, nachdem er einmal angefangen hatte. Gerade zwei Zigarettenlängen hatte er gebraucht, um das auszusprechen, was er neunzehn Jahre lang mit sich herumgeschleppt hatte wie eine Fuhre verfaulter Erde.

Hannah sah ihn an, und Schorsch hatte beim Blick in ihre Augen das Gefühl, er würde diese Frau schon eine halbe Ewigkeit kennen.

»Wir könnten jetzt wochenlang hier drin hocken und über Schuld reden, aber das bringt nichts. Wenn du das Seil nicht abgeworfen hättest, wärt ihr beide runtergefallen, und das hätte dem Jungen das Leben auch nicht gerettet.«

Schorsch nickte: So hatte er sich das schon mindestens tausendmal einzureden versucht.

»Viel schlimmer ist das, was du mit deiner Familie angerichtet hast, weil du dein Maul nicht aufgemacht hast.«

Schorsch nickte stumm.

»Und jetzt? Soll ich dich jetzt bedauern, oder was?«

Schorsch zuckte mit den Schultern.

»Ich bring das alles wieder in Ordnung.«

»Das würde ich dir auch geraten haben. Wer jammert, hat verloren. Mir hier hilft jammern genauso wenig.«

Dann stand sie auf und drückte Schorsch ein Küsschen auf die Wange.

»Und jetzt raus, genug geredet für heute. Gute Nacht.«

Schorsch lag noch lange wach auf der harten Pritsche im Segelflieger-Bungalow; Philo schlief schon längst in ihrem Kämmerchen. Er dachte an seine offenen Rechnungen in Sachen Schuld und Versagen und an Monika, Miriam und seinen Vater. Er musste sich um seine Familie kümmern, und zwar sobald er Philo nach Hause gebracht hatte. In die Ukraine zu fliegen war eine Schnapsidee: Die Rosen konnten von ihm aus warten, bis sie von alleinigs schwarz wurden. Es gab Wichtigeres zu tun. Das Einzige, was er seinem schlechten Gewissen abringen konnte, war ein Aufschub von vielleicht ein, zwei Tagen. Er wollte unbedingt den Garten vor Hannahs Kneipe auf Vordermann bringen und abends noch ein oder zwei Bierchen mit ihr trinken. Und ein wenig mit ihr reden, es musste ja nicht unbedingt sentimentaler Mist sein. Er war neugierig auf diese merkwürdige Frau, und er mochte sie: Das war das klarste Ergebnis seiner Grübeleien, bevor er in den Schlaf fiel.

Um sechs am nächsten Morgen hatte sich Schorsch in der Küche des Bungalows einen Kaffee gemacht und zwei Äpfel gefrühstückt, die er im Kühlschrank gefunden hatte. Voller Tatendrang war er nach draußen gegangen, um einen alten Motormäher, den er am Vortag hinter einer Baracke entdeckt hatte, zum Laufen zu bringen, was ihm nach einigen Fehlversuchen auch gelang. Mit dem Gerät fing er dann an, das ganze Areal um die Kneipen-Baracke herum erst einmal abzumähen.

Philo war vom Lärm des Mähers aufgewacht, hatte tapfer ihr morgendliches Glas Arznei getrunken und sich dann sogleich mit ihrer Schreibkladde in das alte Agrarflugzeug gesetzt. Sie spürte, wie die absurde Atmosphäre ihre Fantasie beflügelte und ihr Ideen ins Hirn flatterten, als hätte sie selbst ein kleines Funken-Sprühflugzeug in ihrem Kopf. Bevor sie jetzt aber mit dem zugeflogenen Ideenwust wild um sich schrieb, musste sie unbedingt erst den Schluss der Story fertig bekommen: Dieses Gerüst dann mit komischen Situationen, witzigen Dialogen und deftigen Gemeinheiten auszufüllen war die Belohnung, auf die sie sich schon freute.

Eigentlich war die Geschichte ganz einfach. Bis auf den höchst bescheuerten Umstand, dass sie noch nicht wusste, wie Felicitas ihre Mutter Katja des hinterhältigen Mordes an ihrem dicken Vater Gernot überführen sollte. Sie hatte ein paar Einfälle, aber das Richtige war noch nicht dabei, das spürte sie, so viel Instinkt hatte sie allemal.

Philo war so versunken in ihren Plot, dem noch die Schlusspointe fehlte, dass sie Hannah gar nicht bemerkt hatte, die auf die Tragfläche der M-18 geklettert war und sie beobachtete.

»Na, wer ist der Mörder?«

Philo erschrak und schlug instinktiv ihr Buch zu, als hätte sie Angst, Hannah könnte eine Literaturspionin sein.

»Das werde ich dir grade auf die Nase binden.«

»Um was geht's da eigentlich?«

»Das kann man nicht in drei Worten erzählen.«

»Dann ist es keine gute Geschichte.«

Philo sah Hannah mit einem fast schon gefährlichen Blick an. Dann grinste sie.

»Na gut.«

Philo schaffte es tatsächlich, Hannah in drei Sätzen den Plot zu schildern. Zumindest bis dahin, wohin sie bis jetzt gekommen war.

»Ein bisschen ausgedacht, aber schön gemein. Und wozu?«

»Wie wozu?«

»Wozu schreibst du solches Zeug? Bloß aus Spaß an Mord und blutrünstiger Mobberei? Worum geht's in Wirklichkeit?«

»Um Freiheit, zum Beispiel.«

Hannah überlegte einen Moment.

»Aha. Und was ist das, Freiheit?«

»Du stellst vielleicht Fragen! Tun können, was man will. Ohne dass niederträchtige oder dumme Menschen einen daran hindern.«

»Vergiss es. Im Leben kannst du nie tun, was du willst.«

»Aber wollen kannst du's. Und Wollen ist ein Muss. Wenn man nichts will, dann schafft man nichts.«

»Was willst du denn?«

»Abhauen können, ohne ins Krankenhaus zu müssen, zum Beispiel. Schreiben, ohne mich von meiner Mutter dabei nerven zu lassen.«

»Gut, das wollte ich nur wissen. Ich kann hier nicht abhauen, ich muss schuften. Aber dafür bin ich wenigstens gesund.«

Philo lachte. Hannah boxte ihr freundlich auf die Schulter.

»Und wie schafft sie's jetzt?«

»Wer?«

»Deine Heldin. Wie kriegt sie die böse Frau Mutter dran?«

»Da zerhacke ich mir gerade das Hirn dran.«

Hannah überlegte für einen Moment.

»Du musst sie zum Reden bringen. Ihr einheizen, bis sie von selber das Maul aufmacht.«

»Und wie?«

»Denk dir was aus. Du willst doch schreiben, nicht ich. Das Leben kennt Grenzen, die Fantasie nicht.«

In diesem Moment schoss Hannah jedoch selbst eine Idee durch den Kopf, die allerdings mehr mit dem Leben zu tun hatte als mit der Fantasie. Und mit Schorsch.

»Sieh zu, dass du mit deiner Geschichte fertig wirst.«

Hannah kletterte von der Tragfläche und ging hinüber zu der Flugzeughalle. Sie rief Kalle herbei, schob mit ihm das alte Lehrmeister-Segelflugzeug aus der Halle und stellte es auf der alten Graspiste ab. Die Frage von Kalle, wozu das gut sein sollte, ignorierte sie einfach. Sie suchte in der Halle ein Schleppseil heraus und befestigte es am Bug des Lehrmeisters.

Dann ging sie hinüber zu Schorsch, der im Garten vor der Kneipe kniete und das Unkraut herauszupfte, das den Schneidwerkzeugen des Mähers entgangen war.

»Komm mit.«

»Ich bin hier beim Schaffen. Das Unkraut muss raus.«

»Das hat Zeit. Wir holen deine Papa-Whiskey-Golf aus der Halle.«

Schorsch wusste nicht, was das sollte.

»Wir können doch nachher eine Runde drehen, wenn ich hier fertig bin.«

»Nichts da, komm jetzt.«

Hannahs Blick ließ keinen Zweifel, dass Widerspruch zwecklos war.

Als Schorsch das alte Lehrmeister-Segelflugzeug auf der Graspiste vor der Halle stehen sah, blieb er wie angewurzelt stehen und schüttelte den Kopf.

»Das geht nicht.«

Hannah drehte sich auf dem Absatz um und blieb direkt vor ihm stehen, nur ein paar Zentimeter trennten ihre Gesichter. Hannahs Augen glühten, Schorsch spürte ihren Atem. Es war nur ein Flüstern, das aus ihrem Mund kam.

»Entweder wir machen das, oder du packst auf der Stelle dein Zeug und verschwindest.«

Schorsch spürte, wie die alte Angst in ihm heraufkroch. Er brachte kein Wort heraus.

»Bring den alten Schutt hinter dich, und zwar jetzt, oder gehe dran ein. Entscheide dich.«

Schorsch blieb fast das Herz stehen: So hatte noch nie jemand mit ihm gesprochen. Es gab keine Chance, Hannahs Blick zu entfliehen, und Schorsch wusste, dass Hannahs Ultimatum im nächsten Moment auslaufen würde: Ihre Augen fixierten ihn unerbittlich. Kurz versuchte er zu überdenken, was er zu verlieren hatte, und es fiel ihm nichts Brauchbares ein. Er schloss kurz die Augen, und dann nickte er. Ein ganz kurzes Lächeln huschte über Hannahs Gesicht, bevor sie sich umdrehte und zu der Halle ging, in der Schorschs Piper stand. Einmal atmete Schorsch noch tief aus, dann folgte er ihr.

»Und, wie sieht's aus da vorne?«, fragte Hannahs Stimme aus dem Funk. Schorsch saß in der Piper, die Maschine lief, Öldruck und Öltemperatur waren im grünen Bereich, der Himmel war blau, und nur ein laues Lüftchen wehte. Hannah saß im Lehrmeister, Kalle hielt die linke Tragfläche des Seglers nach oben.

Schorsch nahm das Mikrofon und sagte nur das, was gesagt werden musste:

»Seil straffen!«

Er ließ die Piper mit ganz wenig Gas nach vorne rollen, bis das Seil gespannt war.

»Seil straff, Start!«, sagte Hannah, und Schorsch schob einfach den Gashebel nach vorne.

Das Schleppseil spannte sich, er hob langsam das Heck und sah einmal kurz nach hinten. Der Lehrmeister bewegte sich wie im Lehrbuch, und Schorsch spürte, dass Hannah das alte Segelflugzeug perfekt und mit größtem Feingefühl steuerte.

Kurz bevor die Abhebegeschwindigkeit erreicht war, schielte er noch einmal kurz nach hinten: Der Lehrmeister war bereits frei vom Boden, und Schorsch zog nun auch die Piper vorsichtig in die Luft.

Langsam stieg der Schleppzug, und Schorsch begann die Angelegenheit Spaß zu machen. Seine Angst war sowieso genau in dem Moment völlig verschwunden, als er den Gashebel nach vorne geschoben hatte: Es war nahezu unglaublich, wie einfach plötzlich alles sein konnte.

»Alles gut da vorne?«, fragte Hannah über Funk.

»Könnte nicht besser sein.«

»Dann lass uns rauf bis auf 5000 Fuß, damit ich auch ein bisschen Spaß habe beim Runtersegeln.«

Schorsch schraubte sich langsam, Vollkreis für Vollkreis, nach oben, den Segler hinter sich spürte er fast nicht, so sensibel agierte Hannah hinter ihm mit Knüppel und Seitenruderpedalen. Er sah nach unten, wo die Agrarflugzeuge standen, und konnte Philo erkennen, die ihm mit ihrer Schreibkladde zuwinkte.

Die Zeit schien stehen zu bleiben, während er sich mit Hannah Meter um Meter an Höhe erkämpfte, so selbstverständlich, als hätte er nie etwas anderes getan im Leben. All das, was er fast zwanzig Jahre mit sich herumgeschleppt hatte, schien irgendwo unten auf der Graspiste von Röddelin liegen geblieben zu sein, abgeworfen zwischen ein paar ungemähten Grasbüscheln. Er wusste natürlich, dass das wieder sentimentaler Mist war, aber er wusste genauso gut, dass er ohne Hannah in diesem Leben nicht mehr gestartet wäre, mit einem Segelflugzeug an einem Seil hinter sich.

Als sie 5000 Fuß erreicht hatten, klinkte Hannah das Schleppseil aus und entfernte sich mit einer langen Rechtskurve, Schorsch drehte mit der Piper wie vorgeschrieben nach links und leitete den Sinkflug ein.

Nach ein paar Minuten flog er in zwei Metern Höhe über die Grasbahn und warf das Schleppseil ab, das Kalle sofort von der Piste zog. Schorsch flog noch eine Platzrunde, landete auf der Grasbahn, stellte die Piper vor der Halle ab, setzte sich an der Hallenwand auf den Boden, steckte sich eine Reval an und war glücklich wie ein kleiner Junge. Er beobachtete Hannah, die langsam am Himmel mit dem Lehrmeister ihre Kreise zog: Für gute Thermik war es noch zu früh, also würde sie auch bald wieder runter müssen. Nach ein paar Minuten setzte Hannah den alten Lehrmeister perfekt auf die Grasbahn und kam neben der Halle zum Stehen. Schorsch lief auf das Segelflugzeug zu und half Hannah beim Aussteigen. Sie nahmen sich in die Arme, und Schorsch flüsterte nur ganz leise »Danke« in ihr Ohr.

»Schon gut«, sagte Hannah ebenso leise, und die Umarmung der beiden dauerte fast so lange wie der Flug. Und war doch nichts gegen die Zeit, die seit seinem vorletzten Schleppflug vergangen war.

Am Nachmittag kamen die Segelflieger, und Schorsch brachte es auf insgesamt sechzehn perfekte Schleppflüge an diesem Nachmittag, bevor die Thermik nachzulassen begann.

6

Ellen Zeydlitz sah stur aufs Meer hinaus. »Zum letzten Mal: Wo sind die hin?«

Evelyn ging neben dem Rollstuhl ihrer Schwiegermutter auf und ab wie eine genetisch verunglückte Kreuzung aus enthauptetem Huhn und pubertierendem Rehbock, sah immer wieder zu Ragna hinüber, die in einem Abstand zu den beiden verharrte, der zwar Diskretion vorschützte, aber doch in Hörweite der Terrasse war. Und Ragnas Ohren glühten.

»Meine liebe Evelyn, ich sage es dir jetzt zum dritten Mal: Ich weiß es nicht. Und wenn du noch zehnmal fragst, werde ich dir keine weiteren Informationen geben können. Falls du in Erwägung ziehen solltest, mich zu foltern, würde ich dir davon abraten. Man legt hier im Sanatorium Wert auf Sauberkeit und Hygiene.«

»Spar dir deinen Zynismus.«

»Wofür sollte ich mir den sparen? So viel Zeit habe ich nicht mehr.«

»Du nützt niemandem mit deiner Sturheit.«

»Dein Eifer hingegen, Evelyn, schadet allen Beteiligten. Auch dir selbst. Aber das hast du ja nie verstanden.«

»Verschon mich bitte mit deiner abgestandenen Psychokacke. Zum letzten Mal: Wo ist Philo hin mit diesem Rosenheini?«

Ellen Zeydlitz rollte einen halben Meter nach vorne, als wollte sie sich einen freieren Blick aufs Meer verschaffen.

»Manchmal frage ich mich, wie mein zarter Richard das alles aushält, was ihr ›Ehe‹ nennt. Ich glaube, ich habe ihn immer unterschätzt: Das alles freiwillig zu ertragen erfordert doch ein gewisses Maß an Tapferkeit.«

Mit einem Ausfallschritt war Evelyn bei ihr.

»Es geht nicht um deinen Richard, du verbohrte alte Schachtel! Philomena ist todkrank. Dieser Idiot mit seinem Flugzeug wird sie umbringen!«

Ellen Zeydlitz lächelte.

»Ich glaube nicht, dass der Mann ein Idiot ist. Ich habe mich mit ihm unterhalten. Und die Fliegerei scheint ihr gutzutun.«

Von der Terrassentür waren Schritte zu hören.

»Brauchen Sie Hilfe, Gnädigste?«

Oberst Bode, der Mann, der Schorsch den Tankstopp auf dem Fliegerhorst vermittelt hatte, baute sich vor Evelyn auf, die Brust herausgestreckt.

»Frau Zeydlitz steht unter meinem persönlichen Schutz.«

Evelyn schob den alten hageren Mann beiseite.

»Lassen Sie uns in Frieden. Komm, Ragna!«

Ellen rief den beiden Frauen hinterher:

»Wo habt ihr denn euren hübschen Geländewagen?«

Ohne sich auch nur noch einmal umzudrehen, marschierte Evelyn auf die wartende Pferdekutsche zu, Ragna folgte auf dem Fuße.

Oberst Bode stand da wie ein alter Zinnsoldat auf Wache.

»Um was ging es? Verwandtschaft, Erbsache?«

»Lassen Sie's gut sein, Kommodore. Ich brauche in diesem Leben keinen mehr, der mich beschützt. Und stehen Sie nicht herum wie Falschgeld, nehmen Sie sich um Himmels willen einen Stuhl.«

»Äußerst gerne, Frau Zeydlitz.«

Der Oberst nahm sich einen der hölzernen Deckchairs und rückte ihn ganz dicht an Ellen Zeydlitz' Rollstuhl heran.

»Das trifft sich alles äußerst gut.«

»Was trifft sich gut? Dass meine Schwiegertochter mir Ärger zu machen versucht?«

Oberst Bode schüttelte den Kopf.

»Nein, das meine ich nicht.«

»Ja, was nun? Raus mit der Sprache.«

Der Oberst räusperte sich einmal kurz.

»Ich wollte Sie ohnehin schon lange fragen, ob wir uns nicht ein wenig näherkommen sollten.«

»Wie darf ich das verstehen, Kommodore? Sie sitzen doch direkt neben mir.«

»Wenn Sie so deutlich werden, dann will ich das auch tun: Ich hätte gerne eine Affäre mit Ihnen. Es müsste ja nicht für immer sein.«

Ellen lachte laut auf.

»Tun Sie mir einen Gefallen, Herr Oberst: Halten Sie einfach den Mund. Wenigstens für eine halbe Stunde.«

Das »Jawoll« verkniff er sich. Er setzte sich auf den Stuhl und hielt den Mund. Nach ein paar Minuten spürte er Ellens Hand auf seinem Arm, aber er sah weiter stur nach vorne und hielt den Mund: Befehl war Befehl, und als guter Soldat gehorchte er.

Evelyn und Ragna stiegen die engen Stufen zum kleinen Tower von Wangerooge hoch. Jost, der gerade zwei Anflüge vom Festland hatte, roch den drohenden Ärger schon am

Klang der Schritte. Auf die Frage, wohin Schorsch geflogen sein könnte, ließ er den tumben Luftaufsichtsbeauftragten heraushängen und schlug so unauffällig wie möglich seine Kladde mit den Flugbewegungen zu.

»Jo, die ist raus, gestern, die Papa-Whiskey-Golf. Das ist richtig.«

»Das war nicht die Frage. Wo ist der Idiot hingeflogen?«

»Der Pilot hat kein Flugziel angegeben. Sichtflug, verstehen Sie? Da hat er keine Verpflichtung zur Angabe des Flugziels, keine Flugplanpflicht. Der kann überall hin sein, das ist völlig legal im Sinne der Flugverkehrsordnung.«

»Hören Sie auf mit diesem Schwachsinn.«

Jost unterdrückte ein Grinsen und gab weiter den um den Luftraum Besorgten.

»Soll ich was ausrichten, wenn er wieder reinkommt?«

»Der kommt nicht wieder rein.«

Evelyns Hirn lief auf Hochtouren. Natürlich hatte sie bemerkt, dass der Mann das Buch geschlossen hatte: Da musste sie sofort einen Blick hineinwerfen. Das ging aber nur, wenn es ihr gelang, den Fettwanst irgendwie abzulenken. Sie sah kurz zu Ragna hin und machte ihr, für Jost unsichtbar, ein Zeichen mit der Hand. Ragna hatte sofort verstanden.

Kurz darauf begann Ragna zu husten, als hätte sie sich an mindestens drei vertrockneten Brötchen verschluckt. Dabei wechselte ihre Gesichtsfarbe in ein dunkles Rot, und sie japste und hyperventilierte, als würde sie in den nächsten Sekunden irreversibel tot umfallen.

Evelyn, die ihrerseits völlig bleich im Gesicht war, kniete sich hin, um Ragna aufzufangen, die hustend zu Boden sank.

»Wasser! Haben Sie mal einen Schluck Wasser, bitte!«

Jost sah Evelyn und Ragna ängstlich an und lief die Treppe

hinunter, um ein Glas Wasser zu holen. Blitzschnell war Evelyn wieder auf den Beinen und schlug die Kladde auf. Sekunden später hatte sie den Eintrag gefunden: »D-EPWG, Pilot Kempter, 1 Passagier, Zielort Fliegerhorst Wittmundhafen.« Sie schlug die Kladde wieder zu, legte sie genau so hin, wie sie zuvor gelegen hatte, und kniete sich wieder zu Ragna. Im nächsten Moment kam Jost keuchend die Treppe herauf, eine Flasche Wasser und einen Becher im Arm.

Evelyn schaltete auf eine Spur freundlicher, bedankte sich bei Jost und flößte Ragna schluckweise Wasser ein, woraufhin sich deren Hustenanfall langsam wieder abschwächte und sie schließlich wieder auf eigenen Füßen stehen konnte.

»Alles gut?«

»Ja, ja, geht schon. Meine Angestellte leidet zeitweise an einer seltenen Form von Asthma.«

Jost nickte, obwohl er größte Zweifel an der Wahrheit dieser Aussage hatte.

»Es gibt also keine Möglichkeit herauszufinden, wo die beiden hingeflogen sind?«

»Nein, leider. Wie gesagt.«

»Ja, dann vielen Dank für Ihre Mühe.«

Jost sah den beiden Frauen nach, bis sie in eine Maschine der kleinen Fluggesellschaft gestiegen waren, die die friesischen Inseln mit dem Festland verband, wo ihr schwarzer BMW X5 auf dem Kurzzeitparkplatz stand.

Dass es Evelyn Zeydlitz gut eine Stunde später als Zivilistin gelang, den Oberleutnant vom Tower in Wittmundhafen an die Hauptwache des Fliegerhorstes zu bekommen, war ein Bravourstück an angewandter Schauspielkunst für Notlagen im Alltag. Sie hatte dem Wachhabenden unter Tränen geschildert, dass ihre Tochter mit einem Freund der Familie im Flugzeug unterwegs sei, an Diabetes leide und ihre Insulinspritzen zu Hause vergessen habe. Ragna hatte sie vorsichtshalber geheißen, im BMW sitzen zu bleiben. Der Wachhabende telefonierte mit dem Tower, und tatsächlich tauchte kurz darauf der Oberleutnant auf, mit dem Philo am Tag vorher gesprochen hatte. Und der erinnerte sich, dass er Philo vom Zollflugplatz Röddelin erzählt hatte. Das genügte Evelyn, sie bedankte sich knapp, gab im Navi ihres Gelände-BMW das Ziel »Röddelin« ein und raste los. Da sie aber an diesem Tag schon die ganze Strecke vom Taunus bis an die Küste nach Harlingersiel gefahren war, fielen ihr kurz hinter Bremen vor Müdigkeit fast die Augen zu. Sie quartierte sich mit Ragna in einem Motel neben der Autobahn ein, um am nächsten Morgen früh aufzubrechen und nach Röddelin weiterzufahren. Sie nahm zwei Einzelzimmer, so weit ging ihre Liebe zu Ragna dann doch nicht.

Sechzehn Mal! Und wenn man den Flug mit Hannah mitrechnete, waren es sogar siebzehn Mal, dass Schorsch an diesem Nachmittag das getan hatte, wovor er fast die Hälfte seines Lebens davongelaufen war. Er fühlte sich wie neugeboren und hatte einen Hunger wie eine Horde junger Schlepp-Hunde. Dieser Befreiungsschlag für seine Seele musste gefeiert werden, und zwar richtig. Aus den Flugzeughallen hatte er am Nachmittag mit Ekki und Kalle alte Tische und Stühle zusammengetragen und dort, wo der Garten des Cafés hinkommen sollte, einen improvisierten Biergarten aufgebaut; ein altes Ölfass musste als Grill herhalten. Danach war er mit Ekki und Kalle losgefahren und hatte schnell einen halben Kleintransporter voll Keulen von Freilandhühnchen, drei

Sack Kartoffeln und zwei Fass Bier besorgt, vom Spesengeld, das Richard Zeydlitz ihm gegeben hatte.

Während die drei Männer noch versuchten, vier Lichterketten aus einem Metro-Sonderangebot zwischen den Baracken aufzuhängen, stand Hannah schon am Grill. Diesmal hatte sie sogar die alte Fliegerkombi gegen ein rotes Kleid eingetauscht, und Schorsch hätte beinahe drei der Lichterketten wieder heruntergerissen, weil er vor lauter Glotzen ums Haar mitsamt der Leiter abgebuddelt wäre. Hannah war eine schöne Frau, aber jetzt kam sie ihm vor wie eine verzauberte Prinzessin, die eine geheimnisvolle Macht an diesen alten Militärflugplatz verbannt hatte. Es war lange her, dass Schorsch solch einen schwülstigen Schmarrn gedacht hatte, aber das heute war eben ein ganz besonderer Abend, da durfte man schon mal Schwulst im Hirn haben.

Die Segelflieger waren natürlich eingeladen, auch wenn die sich ein wenig wunderten, was es eigentlich zu feiern gab, außer einem erfolgreichen Segelflug-Nachmittag. Viele bedankten sich bei ihm für die Schlepperei, und Schorsch hatte sogar ein bisschen Geld verdient. Er band sich eine Schürze um und spielte den Kellner. Ekki und Kalle zapften Bier, was das Zeug hielt, und Schorsch trug die Hähnchenkeulen an die Tische. Immer wenn er bei Hannah ein neues Tablett auflud, trafen sich ihre Augen, und einmal hätte er beinahe ein volles Tablett mit Keulen fallen lassen, weil er seine Augen nicht von ihren lösen konnte. Hannah grinste übers ganze Gesicht.

»Wolltest du gucken, ob die Keulen noch fliegen?«

»Wundern tät's mich nicht: Was du in den Händen hast, fängt sowieso an zu fliegen.«

»Spinnkopf.«

Selbst Philo verschlang drei Keulen und einen ganzen Haufen gegrillter Kartoffelschnitze dazu.

»Hey, wisst ihr eigentlich, dass euer komischer Flugplatz hier eine total geile Disco-und-Party-Location wäre? Diese Hallen sind der Hammer. Die rennen euch die Bude ein, wenn ihr das halbwegs professionell aufzieht.«

Kalle schüttelte den Kopf.

»Vergiss es, da kommen nur Jung'sche.«

»*That's it*, Kalle! Diese Kids geben zehnmal so viel Kohle für Party aus wie die Zombies in deinem Alter für Kaffee, Kuchen und Likörchen.«

»Da hat sie recht«, sagte Hannah.

»Morgen räumen wir alle zusammen Hangar I, II und III leer, schmeißen die Segelflieger raus und bauen Lautsprecher ein.«

Das Gelächter war groß. Hannah lächelte Philo an:

»Hast du deinen Schluss schon fertig?«

Philo schnaubte verächtlich. Dann setzte sie sich, ein ganz klein wenig beleidigt, an die Wand der Baracke und fing an, beim Schein einer Gartenfackel wie eine Wilde in ihre Kladde zu schreiben. Schorsch wieselte mit dem Tablett durch die Freischankfläche, hatte lustige Sprüche für seine Gäste auf den Lippen, erzählte dann nochmals, zur allgemeinen Erheiterung, die Schote, wie sie den Fimpel in die Übelkeit geschickt hatten.

Als die Segelflieger, lange nach Einbruch der Dunkelheit, satt und fröhlich abgezogen waren, rückten Ekki, Kalle, Hannah und Schorsch um das Ölfass herum dichter zusammen.

Ekki war bester Stimmung, man merkte, dass er beim Bierzapfen sich selbst nicht vergessen hatte.

»Und du hast also einem Golfplatz-Kapitalisten den falschen Rasen eingepflanzt?«

»Das Grün hat ihm nicht gepasst. Nicht kalifornisch genug.«

Kalle machte, in seinem trockenen Ton, einen Vorschlag:

»Einmal mit der M-18 rüber über den Golfplatz und eine volle Ladung Phosphordünger abschütten. Dann ersäuft der Herr Doktor drei Tage später im falschen Grün.«

Das fanden alle sehr amüsant, zumal es für Kalles Verhältnisse geradezu ein Wortschwall gewesen war.

Plötzlich schrie Philo auf. Schorsch befürchtete für einen Augenblick, sie könnte wieder einen Anfall von Höhenkoller erlitten haben, verwarf das aber bei einer Platzhöhe von zwölf Metern über null.

»Ich hab's! Ich hab den Schluss!«

»Welchen Schluss?«, fragte Schorsch.

»Den Schluss von meiner Story. Ich weiß jetzt, wie sie die Mutter überführen.«

»Wer?«

»Felicitas und ihr kleiner Olli: Ich hab noch eine Liebesgeschichte eingebaut.«

Hannah setzte sich neben Philo, lehnte sich auch an die Wand der Baracke, nahm einen Schluck Bier und dachte nach.

»Das Schwierigste ist immer der Schluss. Nicht nur im Krimi. Auch im wirklichen Leben.«

»Aber im Krimi ist alles noch viel komplizierter als im wirklichen Leben, weil's im Krimi eine Lösung geben muss. Sonst ist es ein beschissener Krimi, auch ohne Jan Josef Liefers. Im Leben gibt's oft keine Lösung, also ist das wirkliche Leben oft noch beschissener als jeder Krimi.«

Schorsch versuchte, etwas abzuwiegeln.

»Mädchen, so darfst du doch nicht reden. Grad heute, nach so einem schönen Fest.«

Hannah berührte Philos Hand.

»Eben. Heute feiern wir, und morgen holt uns die ganze Alltagskacke wieder ein. Aber erst morgen. Und jetzt schreib deine Geschichte fertig oder leg dich schlafen.«

Philo lachte.

»Ohne Geschichten wäre das Leben unerträglich.«

»Na siehst du«, sagte Hannah. »Und wie schaffen sie es jetzt?«

»Sag ich nicht.« Philo lachte. »Ich leg mich schlafen, ich kann hier nicht arbeiten, wenn ihr zwei euch anguckt wie zwei verknallte Teenager.«

Philo nahm ihre Kladde und verzog sich in den Bungalow. Aber nicht, ohne den beiden noch im Weggehen die Zunge herauszustrecken. Spaßeshalber, versteht sich. Denn sie wusste jetzt, wie Felicitas und Olli es schaffen würden, der bösen Mutter das Geständnis für den Mord an dem armen Gernot zu entlocken.

Zwei halbe Gläser Fassbier mussten noch dran glauben, dann verzogen sich Kalle und Ekki heim zu ihren Frauen.

Und so saßen Hannah und Schorsch schließlich allein neben dem Ölfass, über der alten Beton-Runway schien der Mond: der zum Schleppen Verführte und die verwunschene Agrarflug-Prinzessin.

Es dauerte lange, bis Schorsch sich getraute, seine Hand auf die ihre zu legen. Sie ließ es geschehen.

»Du hast schöne Hände, Hannah.«

»Hör bloß auf! Hat mir auch mal einer erzählt, er will sehen, wie meine Hände alt werden.«

»Und jetzt?«

»Glotzt er, wie die Hände seiner Copilotin älter werden, die nächsten zehn Jahre. Bis er sich das nächste Paar Hände sucht.«

Schorsch schüttelte den Kopf.

»Eine wie dich kann man doch nicht …«

»Doch. Man kann.«

»Ohne dich hätt ich das heute nicht gemacht.«

»Dann freu dich einfach, dass du's geschafft hast. Komm. Das Fest hat noch einen Abschluss verdient.«

Sie gingen in die kleine Tower-Baracke, in deren Erdgeschoss sich Hannah zwei kleine Zimmer eingerichtet hatte. Vom Wohnraum führte eine schmale Wendeltreppe direkt hinauf in den Tower.

In dem kleinen Schlafraum, in dem nur ein Bett und ein alter Kleiderschrank standen, nahmen sie sich in den Arm und küssten sich. Schorsch verlor jedes Gefühl von Zeit und fast auch den Verstand.

Was in den nächsten Stunden in Hannahs Flugleiterbaracke geschah, war mehr an Leidenschaft, als Schorsch in den letzten neunzehn Jahren erlebt hatte. Und auch Hannah bekam, wonach sie sich schon lange einmal wieder gesehnt hatte.

Kurz bevor die Sonne aufging, lagen sie nass auf den Kissen.

Schorsch flüsterte Hannah ins Ohr:

»Ich bleib hier und mach mit dir aus diesem Russenfeld ein Paradies. Mit Rosen und uns beiden …«

»Einen Scheißdreck wirst du tun. Morgen rufst du zu Hause an und bringst deinen Grün-Scheiß da unten in Ordnung. Und jetzt müssen wir schlafen.«

Sie nahmen sich in den Arm, aber noch einmal siegte die Lust über die Vernunft: Zwei ausgehungerte Seelen ließen ihre Leiber den Heißhunger nach Nähe stillen. Dann kam der Schlaf.

Als Miriam in die Küche trat, saß ihre Mutter noch beim Frühstück. Sie wirkte blass, abgearbeitet.

Miriam nahm sich einen Kaffee, ihre Mutter sah sie fragend an.

»Wie geht's ihm?«

»Immer noch nicht besser. Liegt da und schläft, als wie wenn …«

»Was sagt der Dr. Wölfle?«

»Ach der Dr. Wölfle, der kann auch nicht mehr machen als wie Medikamente geben und abwarten. Mama, ich glaub, der Opa wird nicht mehr richtig gesund.«

Monika nickte.

»Hast ihn schon gern, deinen Opa, hm?«

Miriam nickte. Eine Weile lang saßen Mutter und Tochter stumm da und sahen sich an. Monika fiel auf, dass Miriam abgenommen hatte, der Stress der letzten Tage zeigte Spuren. Ohne Miriam hätte Monika es nicht geschafft, den Betrieb am Leben zu halten, quasi eine Gärtnerei auf der Intensivstation, und so wie in den letzten Tagen hatte der faule Manne Strobel auch noch nie geschuftet, als hätte man ihn an die Herz-Lungen-Maschine angeschlossen und nicht den alten Franz.

Mit jedem Tag Notschufterei war Monika jedoch klarer geworden, dass ihr der Betrieb allmählich zum Hals heraushing. Schon wenn sie am Telefon die Worte »Gartenbau Kempter« aussprach, musste sie sich zusammenreißen, um nicht zu klingen wie eine, die die Gärtnerei abwickelte. Oder ihre Ehe mit Schorsch.

Klar, Monika war eine Steherin, mit unheimlich viel Geduld, Ausdauer und Versöhnungskraft, eine Loyalitätsmaschine und Marathon-Runterschluckerin zugleich. Aber wie so oft bei Menschen mit großer Gutmütigkeit gab es auch bei ihr einen Punkt, an dem unwiederbringlich Schluss sein würde mit dem Spaß, eine Demarkationslinie, jenseits derer es keinen Weg zurück gab, und diese Linie war definitiv in Sichtweite. Sie spürte einfach, dass sich etwas Neues in ihrem Leben auftun musste. Aber ob das hier in der Gärtnerei und zusammen mit Schorsch sein würde, dessen war sie sich nach dieser Zeit nicht mehr sicher. Sie weigerte sich einfach zu akzeptieren, dass das ihr Leben gewesen sein sollte.

Plötzlich schien sich mitten in diesen Gedanken hinein eine Sprungfeder in Monikas Innerem gelöst zu haben, sie schnellte mit einem Ruck nach oben und griff sich ihre Handtasche.

»Ich muss los, zur Bank. Die sollen mir noch mal ein bissel Aufschub geben. Morgens sind die am umgänglichsten.«

»Hoffentlich. Der Papa muss den Opa noch mal sehen, bevor er stirbt. Ich such den jetzt.«

»Wo willst du den denn suchen?«

»Diese Fliegerdeppen wissen doch sonst auch immer, wenn irgendeiner irgendwo einen Furz mit einem Propeller lässt. Der Fimpel soll alle Flugplätze im ganzen Land anrufen. Irgendwo muss er ja sein.«

»Versuchen kannst du's ja, aber …«

»Und wenn das nichts bringt, dann geh ich heute zur Polizei.«

Monika nickte, küsste ihre Tochter auf die Stirn und

rauschte los, mit ihrer Handtasche und einem großen Beutel mit Aktenordnern.

Miriam war so müde von der Nacht, die sie bei ihrem Opa verbracht hatte, dass sie ein paar Augenblicke später am Küchentisch einschlief.

Hannah und Schorsch lagen schweißnass in den Kissen, als sie vom Nordeingang des Flugplatzes quietschende Reifen hörten. Sie beugten sich hinüber zum Fenster, um zu sehen, was los war, als auch schon ein schwarzer Geländewagen in einem Brachialtempo über die Runway bretterte, als wollte er versuchen, ohne Tragflächen abzuheben.

Auf der Höhe der Tower-Baracke bremste der Wagen abrupt und geriet kurz ins Schleudern. Noch bevor der SUV quer zum Stehen gekommen war, wusste Schorsch, wer der Besuch zur frühen Stunde war. Er legte Hannah eine Decke um den Leib und zog sich schnell seine Sachen über, während Evelyn ausstieg, mit Zornesröte im Gesicht. Ragna folgte ihrer Gebieterin auf dem Fuß, stumm, servil und gefährlich wie eine deutsche Safety-Fachkraft mit Stasi- und Migrations-Hintergrund zugleich.

Evelyn blieb vor der Tower-Baracke stehen und rief mit vor Wut bebender Stimme über den leeren Flugplatz:

»Wo ist meine Tochter?«

Als Schorsch vor das kleine Tower-Gebäude trat, ging Evelyn auf ihn zu und verpasste ihm ohne Ankündigung eine Ohrfeige.

»Ich werde Sie anzeigen wegen Kindesentführung!«

Schorsch zuckte nur mit den Schultern: Schließlich hatte ihr eigener Mann ihn gebeten, Philo hinaufzubringen nach Wangerooge. Genauso gut hätte man Evelyn anzeigen können wegen Misshandlung eines kleinen Jungen namens Richard Zeydlitz. Und überhaupt konnte ihm das alles nicht so richtig etwas anhaben, nach dieser Nacht.

Hannah hatte ihre alte Kombi übergezogen und kam aus der Baracke: Das Leben hatte sie und Schorsch eingeholt, und das Leben war nach dieser Nacht ein Frühaufsteher.

»Warum brüllen Sie hier herum, um diese Zeit?«

Evelyn sah Hannah mit einem abschätzigen Blick an.

»Wo haben Sie meine Tochter versteckt? Ich hole augenblicklich die Polizei.«

Philo hatte den Lärm längst mitbekommen. Fast provozierend langsam schlenderte sie von ihrer Baracke herüber und ging auf Schorsch und Hannah zu, ohne ihre Mutter eines Blickes zu würdigen.

Sie blieb vor Schorsch und Hannah stehen, grinste die beiden an.

»Na, habt ihr's überlebt, ihr zwei?«

Schorsch versuchte, unschuldig dreinzuschauen, aber das gelang ihm nicht so recht.

»Man hat euch wahrscheinlich bis rüber nach Polen gehört«, sagte Philo.

»Nur kein Neid, Frollein Naseweis«, konterte Hannah, »das Leben hat uns schon wieder.«

»Das Leben erwischt einen immer.«

Inzwischen hatte Evelyn ihre Sprachlosigkeit ob der Frechheit überwunden, dass Philo einfach an ihr vorbeigegangen war, als sei sie Luft, allenfalls heiße Luft.

»Komm bitte sofort hierher, Philo!«

Philo drehte sich ganz langsam zu ihrer Mutter um.

»Mama, du nervst! Du siehst doch, dass ich mich unterhalte.«

Ragna gab einen nonverbalen Laut höchster Empörung von sich, und Schorsch fürchtete, es könnte gleich ein Messer geflogen kommen.

»Philomena, du packst sofort deine Sachen zusammen!«

Philo lächelte einmal kurz, ihre Mutter war ihr im Moment kaum mehr als ein kurzer Seitenblick wert.

»Steig schon mal ein, Mama. Ich muss mich noch verabschieden. Und ich würde gerne hinten sitzen. Alleine.«

Evelyn sah aus, als würde sie im nächsten Moment implodieren. Aber sie ging in Richtung ihres Wagens.

Philo umarmte Schorsch, nachdem sie ihre wenigen Sachen geholt hatte, und drückte ihn einmal kurz. »Danke für alles, Gärtner. Es war die schönste Reise, die ich je erlebt habe. Bis auf die Rückfahrt …«

Schorsch nickte ihr zu.

»Alles wird gut, Philo. Irgendwann wirst du gesund, ich weiß es.«

»Vergiss es. Ich werde nicht gesund, aber das ist auch scheißegal. Ich ziehe mein Leben durch und mach so viel, wie nur irgendwie geht. Und ein bisschen mehr.«

Evelyn hatte die Scheibe heruntergefahren und sah mit funkelnden Augen herüber.

»Hast du's bald?«

Philo drehte sich nicht einmal um zu ihrer Mutter und umarmte Hannah.

»Pass gut auf dich auf. Und auf deinen Flugplatz. Und auf Schorsch.«

»Der kann auf sich alleine aufpassen. Schreib mir, wenn du fertig bist mit deiner Mörderstory. Und schick mir ein Exemplar.«

»Klar, Hannah. Du kriegst das erste. Du hast mich schließlich darauf gebracht, wie der Schluss sein muss.«

Dann gab sie Schorsch ein Abschiedsküsschen auf die Wange.

»Bring das in Ordnung mit deinem Fräulein Tochter. Alle Mädchen brauchen einen Papa.«

Schorsch nickte.

»Grüß du deinen Vater von mir. Irgendwann komm ich und mach seinen Garten fertig.«

Evelyn hielt es nicht mehr aus, startete den Motor, fuhr direkt neben Philo, bremste abrupt und ließ die hintere Wagentür aufspringen, die einen Servo-Türöffner hatte, für den Einsatz in schwerem Gelände.

»Rein jetzt!«

»Ach Mama, wenn du wüsstest…«, murmelte Philo unhörbar und dachte an ihren Krimi. Sie stieg stumm ein, die Tür schloss sich wieder wie von Geisterhand. Schorsch und Hannah sahen dem Wagen nach, der sich mit durchdrehenden Reifen in Bewegung setzte, bis er hinter den Baracken verschwunden war.

Hannah drückte Schorsch kurz an sich.

»Die packt das, das weiß ich. Ich mach uns mal Kaffee. Hast du schon angerufen?«

»Wo?«

»Bei dir da unten, wo sonst?«

»Mach ich gleich.«

»Nicht gleich, sondern jetzt. Oben im Tower ist ein Telefon.«

Schorsch nickte und ging in die Baracke.

Er hatte die Nummer des Hausanschlusses gewählt, weil er Monikas Handynummer nicht auswendig wusste. Er ließ es ein paarmal klingeln, und gerade wollte er wieder auflegen, als sich eine verschlafene Stimme meldete.

»Ja, Kempter?«

»Miriam, ich bin's.«

»Wo steckst du zum Teufel noch mal, du blödes Rindvieh?«

Schorsch schluckte.

»Miriam, mir tut das alles schrecklich leid. Ich hab's nicht mit Absicht gemacht, es ist einfach passiert. Wie geht's euch da unten?«

»Nett, dass du fragst. Wir haben geschafft wie die Dackel, die Mama, der Franz, der faule Sack von Manne und ich, damit wir die Aufträge, die du angenommen hast, wenigstens so weit fertigkriegen, dass ein bissel Geld reinkommt, und …«

»Das kriegen wir schon wieder hin. Hast du deine Mappe fertig für diese Akademie da in München?«

»Spar dir dein Gesülze! Der Opa ist im Krankenhaus, dem geht's ganz schlecht. Wir haben ständig versucht, dich anzurufen. So was von krass ist das, so was von unglaublich mies, einfach abzuhauen, uns mit der Drecksarbeit sitzen zu lassen und dann nicht mal das Handy anzumachen.«

»Das liegt im Lech, südlich von Augsburg. Was hat der Franz?«

»Einen Herzinfarkt hat er gehabt, vorgestern Nacht. Seitdem liegt er auf der Intensivstation. Der Dr. Wölfle weiß auch nicht weiter. Ein Scheiß-Papa bist du! Und ein Scheiß-Sohn noch dazu!«

Schorsch starrte den Hörer an. Dass es mit seinem Vater gesundheitlich nicht zum Besten stand, hatte er gewusst, aber dass es so schnell gehen könnte, damit hatte er nicht gerechnet.

»Ich flieg sofort los, Miriam.«

»Hoffentlich. Wenn's nicht schon zu spät ist.«

Schorsch hörte nur noch, wie Miriam den Hörer auf die Gabel knallte.

Schorsch stand mit Hannah in der kleinen Küche und hatte beide Arme um ihre Hüften gelegt, in seinen Augen standen die Tränen, die ersten seit langer Zeit. Hannah wischte sie ihm weg.

»Schau, dass du nach Hause kommst. Als mein Vater gestorben ist, hab ich Dünger auf die Felder gesprüht. Es hat mir keiner gesagt … war nicht üblich, damals.«

»Und jetzt lässt dich schon wieder einer allein. Diese Nacht werd ich nie vergessen.«

»Quatsch keine Opern, schau, dass du loskommst.«

Die beiden sahen sich in die Augen, eine Ewigkeit lang.

»Wenn ich fertig bin da unten, komm ich zurück und helf dir. Rosen anpflanzen, das ist nicht so einfach.«

»Vergiss es. Das passt nicht mit uns beiden.«

»Deine Augen … da könnt ich stundenlang reinschaun …«

»Mach's nicht schlimmer, als es schon ist. Sentimentaler Mist. Wir haben uns getroffen, für ein paar Tage und eine Nacht. Und wir haben was voneinander gelernt. Das muss reichen. Hast du mal ins Wetter geschaut?«

»Das passt schon.«

»Da sind Gewitter angesagt in den Mittelgebirgen. Mach bloß keinen Scheiß.«

»Wo man durchschaun kann, kann man auch durchfliegen.«

»Und wenn du nichts mehr siehst, dann geh irgendwo runter, zur Not auf einen Acker. Versprochen?«

»Versprochen. Komm, ein letzter Kuss zum Abschied.«

Hannah wollte ihn nicht.

Zehn Minuten später saß sie oben im Tower, das Funkgerät in der Hand. Unten auf der Bahn stand Schorsch, abflugbereit.

»Papa-Whiskey-Golf, Start frei zwo sieben. Wind aus zwo drei null, acht Knoten. Guten Flug.«

Dann kamen ihr die Tränen.

Schorsch flog in großer Höhe, da machte er mehr Geschwindigkeit als in Bodennähe. Unter ihm lag Potsdam mit seinen Seen und Schlössern, die Sicht war nicht schlecht, auch wenn ihn ab und zu ein paar Böen durchschüttelten. Er sah kurz in die Karte, die Hannah ihm noch mitgegeben hatte: Von Potsdam würde er östlich an Leipzig vorbeifliegen, dann über Chemnitz und Nürnberg direkt hinunter ins Allgäu. Und immer schön einen Bogen um die Kontrollzonen großer Flugplätze machen: Auf Funk-Gequatsche hatte er keine Lust. Den Gashebel hatte er ganz nach vorne geschoben, aber mehr als 68 Knoten machte die alte Papa-Whiskey-Golf beim besten Willen nicht, da konnte er so hoch fliegen, wie er wollte. Immer wieder kämpften sich ein paar Tränchen vor in seine Augen: Er wollte einfach seinen Vater noch mal sehen, lebendig. Und davon, dass er an Hannah dachte, wurde es auch nicht besser mit den Heulattacken. Jetzt bekam er hier oben eben die volle Breitseite Leben ab, die er sich jahrelang verkniffen hatte.

Nach einer kurzen Zwischenlandung in Zwickau flog er mit vollen Tanks weiter in Richtung Nürnberg.

Über dem Böhmerwald bemerkte er vor sich die ersten

hoch aufgetürmten Cumulonimbus-Wolken, und die sahen nicht gerade nett aus.

»Ihr könnt so blöd schaun, wie ihr wollt, ich muss da jetzt durch«, sagte er laut und zog den Gurt so fest, bis es fast wehtat.

Kurz hinter Hof ging es dann los: Der Böhmerwald war sowieso so ein hauptberufliches Schlechtwetterloch. Zuerst wurde es ein bissel bockiger, dann erwischten die ersten richtigen Böen die kleine Piper. Schorsch versuchte so gut es ging um die Cumulonimbus-Wolken, in denen sich Gewitterzellen versteckten, herumzufliegen. Immer wieder kurvte er um die hoch aufgequollenen Türme mit ihren Ambossköpfen herum, bis dann das Vorspiel vorbei war und es richtig zur Sache ging. Blitze zuckten auf, der Donner klang immer näher. Wenn er einem Regenschauer auswich, war er gleich im nächsten drin, die Sicht wurde von Minute zu Minute miserabler, die Böen immer heftiger. Er sah zu, dass er grob die Richtung hielt, und hoffte, dass er bald wieder durchschauen konnte durch den Dreck. Auch ein Gewitter war nicht unendlich.

Gut zwei Stunden lang kämpfte Schorsch am Knüppel wie ein Löwe. Immer weiter musste er nach unten, um wenigstens ansatzweise noch etwas zu sehen. Er hängte sich an die A9, die von Hof nach Nürnberg führte, und war bald fast so niedrig, dass er die Gesichter der Kinder auf den Rücksitzen erkannte, die fassungslos auf das im Sturmwind wackelnde kleine Flugzeug über der Autobahn guckten. Einige winkten sogar, aber Schorsch winkte nicht zurück: Er hielt den Knüppel mit beiden Händen und hoffte inständig, dass kein Steuerseil riss und die Ruderflächen dem Druck standhielten.

»Du holst mich da nicht runter, du Hennenschiss von einem Dreckswetter! Du kriegst mich nicht, da muss schon ein anderes Trumm Sauwetter daherkommen!«

Er dachte an Hannahs Worte, und für ein paar Sekunden schoss ihm doch so etwas wie Angst durch die Adern. Aber auf einer Wiese runtergehen wollte er nicht, dafür war die Zeit zu knapp.

Dann fing er an zu singen, falsch, aber laut, aus voller Kehle, als könnte er die Gewitterzellen damit beruhigen oder sie zumindest aus dem Konzept bringen. Die Rose des kleinen Kompasses tanzte wie besoffen in der Flüssigkeit herum, und er hielt den Kurs mehr mit dem Hintern als mit den Augen. Nur noch schemenhaft konnte er die Lichter der Autos unter sich erkennen, es war schlagartig dunkel geworden um ihn herum. Mittlerweile war an eine Notlandung nicht mehr zu denken, dafür war das Gebiet unter ihm zu waldig und zu hügelig. Er musste einfach durch, bis er wieder draußen war aus dieser Hölle. Wenn er da heil herauskam, schwor er sich, würde er jedes Jahr an diesem Julitag ein zweites Mal Geburtstag feiern. Und zwar oben bei Hannah, in ihrer Russen-Baracke.

Schorsch war klatschnass, vom eigenen Schweiß und vom Regen, der hereinprasselte, nachdem eine Böe bei Hilpoltstein die linke Scheibe der Papa-Whiskey-Golf eingedrückt hatte. Wenigstens hatte die Frontscheibe gehalten. Er hatte gehofft, dass es südlich von Augsburg besser werden würde, aber auch hier war die Sicht einfach nur noch beschissen. Zwar waren die Böen nicht mehr so ruppig, aber die Bewölkung war dicht wie Erbsensuppe. Mit Mühe und Not fand er schließlich die Grasbahn beim Fliegenden Bauern, aber bei diesem Wetter war kein Mensch auf dem Flugplatz, nicht einmal der Fimpel. Mit dem letzten Tropfen Sprit setzte er die Piper bei scheußlich böigem Seitenwind auf die Piste. Er hatte schon bessere Landungen hingelegt, aber das war jetzt egal. Auf das blöde Geschwätz vom Fimpel wegen einer Landung bei dieser Witterung jenseits jeden legalen Flugwetters freute er sich jetzt schon. Er rollte vor die Halle und schob die Papa-Whiskey-Golf mit letzter Kraft hinein. Dann sah er hinter die Halle, der Toyota war weg. Und weil auch kein Mensch am Flugplatz war, musste er zu Fuß ins Krankenhaus.

Er rannte die Landstraße entlang und winkte vorbeifahrenden Autos, aber niemand hielt: Er musste aussehen wie ein Irrer, der durch den Regen rannte. Zweimal rutschte er aus und schlug der Länge nach hin, zweimal rappelte er sich wieder auf und rannte weiter, bis er vor dem Krankenhaus stand. Seine Nase blutete.

An der Rezeption wollte ihn die Schwester gleich in die Notaufnahme verfrachten, weil sie ihn für das Opfer einer Schlägerei oder einen abgestürzten Säufer hielt.

Als er sich endlich bis zur Intensivstation durchgekämpft hatte, herrschte dort hektische Betriebsamkeit. Am Bett stand Dr. Wölfle und regulierte das Gerät, das die Herzfrequenz anzeigte. Die Pieptöne waren unregelmäßig. Sobald Schorsch den Blick von Roland Wölfle sah, wusste er, dass er gerade noch rechtzeitig gekommen war.

Er trat an das Bett und nahm die Hand seines Vaters.

»Merkt er das, wenn ich neben ihm steh?«

Roland Wölfle nickte.

»Das merkt er schon. Er spürt alles, auch wenn er die Augen nicht aufhat.«

»Wie schlimm ist es?«

»Schorsch, ich will dir nichts vormachen.«

»Schon klar.«

Schorsch streichelte seinem Vater mit der Hand über den verschwitzten Kopf.

»Vater, es wird alles gut. Ich bin wieder da.«

Die Herztöne kamen sporadischer, setzten hin und wieder sogar kurz aus. Dr. Wölfle unternahm ein paar verzweifelte Versuche, aber der Herzschlag besserte sich nicht. Dann hörte der Ton auf, kurz danach war nur noch ein langes hohes Pfeifen zu hören.

Roland Wölfle sah Schorsch an und schüttelte den Kopf.

»Tut mir leid, Schorsch. Ich konnte nichts mehr machen.«

»Ich weiß. Schon gut.«

Schorsch stand neben dem Bett, hielt die Hand seines Vaters und weinte stumm. Es war eben nicht gut. Wenn der Vater stirbt, dachte Schorsch, zerreißt es einem die Seele.

Schorsch lief durch den Regen nach Hause, mittlerweile war es stockfinstere Nacht. Er setzte sich in sein Rosenhaus, fand eine alte Schachtel Reval und eine halb volle Obstler-Flasche. Er hockte sich vor seine Rosen, von denen die meisten seine Abwesenheit nicht überlebt hatten, trank Obstler und heulte leise, bis er einschlief.

7

Als Schorsch morgens um acht in die Küche kam, saßen Monika und Miriam am Frühstückstisch. In ihren Gesichtern stand Trauer.

Schorsch setzte sich, Monika legte ihre Hand vorsichtig auf seinen Arm.

»Schorsch …«

»Monika …«

»Das Krankenhaus hat angerufen …«

»Ich weiß. Ich war bei ihm, als es passiert ist. Ich hab seine Hand gehalten, als er …«

Monika nickte.

»Miriam hat mir erzählt, dass du angerufen hast.«

Schorsch nickte nur, und nun nahm Miriam seine Hand.

»Tut mir leid für dich, Papa.«

»Schon gut, Miriam. Man hat nichts mehr tun können.«

Miriam kamen die Tränen in die Augen. Sie ging nach oben in ihr Zimmer und ließ ihre Eltern allein. Sie weinte ebenfalls, denn sie hatte den Opa trotz seines blöden Geredes doch gern gehabt.

Schorsch und Monika saßen schweigend in der Küche, niemand könnte mehr sagen, wie lange.

Bis Schorsch sie fest in den Arm nahm und sagte:

»Moni, wir müssen reden.«

»Ach Schorsch, das hätten wir schon lang mal müssen.«

»Ich weiß. Seit neunzehn Jahren.«

Dann redeten sie drei Tage lang. Und weil in dem Haus in der Gärtnerei der ganze Mief des jahrelangen Schweigens und Schuftens hing wie ein fauler Modergeruch, ging Schorsch mit Monika nach Oberstaufen in ein kleines Hotel mit Bergblick, von dem Geld, das er sich im Schlossgarten im Taunus verdient hatte. Morgens frühstückten sie, dann gingen sie spazieren oder saßen im Zimmer oder auf dem Balkon, und abends ließen sie sich bewirten. Und es kam alles auf den Tisch, was in den ganzen Jahren unter den Teppich gekehrt worden war. Schorsch erzählte ihr, was ihm in dem Segelfliegerlager in der Rhön passiert war, als sie mit Miriam schwanger gewesen war. Natürlich hatte Monika mitbekommen, dass da etwas gewesen sein musste, aber Schorsch hatte nur verbockt geschwiegen, so viele Brücken sie ihm auch zu bauen versucht hatte.

»Warum hast du mir das nicht erzählt, Schorsch? Ich hätte dir doch geholfen.«

»Ich konnt nicht, Monika. Ich hab's einfach nicht fertiggebracht. Ich hab mich so schuldig gefühlt und mich nur noch in meine Rosen verkrochen. Ich versteh es selber nicht, wie ich jahrelang so ein sturer Hund sein konnte. Und dann ist halt die Miriam gekommen … und die Gärtnerei und ständig das Gemecker vom Franz …«

»Und das Alltagsgeschäft hat die Wahrheit aufgefressen wie ein alter Ziegenbock das Heu.«

Schorsch nickte. Dann erzählte er von seiner Reise. Wie er aufgebrochen war, wie das blöde Funkgeschwätz vom Fimpel ihm die Gashand quasi nach vorne geschoben hatte, wie er mit dem Bauern Hans Weltrettungspläne geschmiedet hatte und schließlich bei der Familie Zeydlitz im Taunus gelandet war. Er berichtete von der kranken Philo und davon, wie er oben auf Wangerooge sein idiotisches Schweigen das erste Mal gebrochen hatte.

»Einer wildfremden alten Frau hast du das auf die Nase gebunden? Wie oft hab ich dich gebeten und gebettelt, damit rauszurücken, weil ich doch gemerkt hab, dass da was ist. Du warst so ein lustiger Kerl gewesen, früher.«

»Ich hab halt gedacht, ich werd selber fertig damit.«

»Mit einer Schuld, die gar keine war?«

»Schon saudumm, oder?«

»Das kannst du laut sagen. Nicht nur für die Miriam und mich, auch für dich selber.«

Schorsch sah betreten zu Boden.

Am Abend aßen sie schweigend auf dem Balkon und sahen die Sonne in glühendem Rot über den Bergen untergehen. Schorsch rauchte noch eine Reval und dachte an seinen Vater. Er hatte sich nie von ihm gelöst und war immer dessen kleiner Bub geblieben, den er bis zum Schluss zusammengestaucht hatte wie einen Lausejungen. Jetzt erst ahnte er, wie ihm das Geschrei vom alten Franz zwischen den Gewächshäusern fehlen würde. Aber vielleicht gab es ja im Himmel oder in der Hölle, je nachdem, wo sie den Franz abgeliefert hatten, auch so eine Gärtnerei, in der der Alte das Kommando führen und auf die vereinigten Engel oder die Höllenheerscharen schimpfen konnte. Schorsch musste kurz lachen, dann drückte es ihm wieder die Tränen aus den Augen. In solchen Augenblicken lagen das Lachen und das Weinen eben ganz dicht beisammen. Und er hätte sich gewünscht, dass der Vater noch mal die Augen aufgemacht hätte und auch den Mund und ihn noch ein letztes Mal zusammengeschissen hätte, von seinem Sterbebett aus.

Er legte sich neben Monika ins Bett, die beiden schliefen ein, jeder brav auf seiner Seite.

Als sie am Morgen aufwachten, stellte Monika lächelnd fest, dass Schorsch bei seinem Flug offenbar auch die lästige Schnarcherei vergangen war. Nach dem Frühstück machten sie sich bei schönstem Wetter auf den Weg und stiegen hoch auf den Luftigen Grat. Von hier aus hatten sie zumindest auf die Allgäuer Berge eine wunderbare Aussicht, die Aussicht auf ihr weiteres Leben lag eher noch im Nebel.

Sie setzten sich auf einen Felsvorsprung, Schorsch zündete sich eine Zigarette an, die ihm nach dem Aufstieg dreimal so gut schmeckte.

»Die Miriam hat abgenommen, oder?«

»Kein Wunder bei dem Stress, den wir hatten.«

»Die macht das schon.«

»Was?«

»Das mit dieser Akademie.«

Monika glaubte ihren Ohren nicht zu trauen. Und sie schimpfte Schorsch ordentlich dafür aus, dass ihm erst ein krankes fremdes Mädchen die Augen dafür öffnen musste, was für eine wunderbare Tochter sie hatten. Schorsch ließ es widerspruchslos über sich ergehen, weil es die Wahrheit war. Und er dachte insgeheim, dass die Akademie für Miriam ein Klacks sein würde, nachdem sie den Hades der heimischen Gewächshäuser überstanden hatte, ohne den Glauben an sich zu verlieren.

»Hat sie das fertig, was sie da braucht für die Aufnahmeprüfung?«

Monika lachte.

»Ich glaube, sie würde am liebsten die Badewanne da einreichen.«

»Gut, dann fahr ich sie nächste Woche da rauf, mit dem Toyota-Glump. Und die Badewanne packen wir hinten drauf.«

Nachdem sie beim Abstieg vom Luftigen Grat die schwierigen Passagen hinter sich gelassen hatten, gingen sie den Weg bis zum Hotel Hand in Hand.

Am nächsten Tag erzählte Schorsch seiner Frau, dass er im Austragshäuserl ein handgeschriebenes Testament gefunden hatte, in dem sein Vater ihm die Gärtnerei vererbt hatte und der Miriam ein Sparbuch, auf dem sich im Laufe der Jahre 35 000 Euro angesammelt hatten.

Als die beiden ihre Taschen wieder packten, fragte Schorsch seine Frau, was jetzt aus ihnen beiden werden würde. Monika schwieg, und Schorsch verspürte für einen Moment einen winzigen Hauch davon, wie es für Monika gewesen sein musste, dass er jahrelang sein Maul nicht aufgebracht hatte.

Als sie wieder zu Hause waren, erfuhren sie, dass der Fimpel im Krankenhaus lag. Ein alter Ultraleicht-Pilot hatte einen Segelflieger nicht bemerkt, der gerade im Landeanflug war, und ums Haar hätte es einen Zusammenstoß gegeben. Fimpel hatte sich dabei am Funk so aufgeregt, dass ihm der Blutdruck bis auf Flugfläche 230 hinaufgeschossen war und er direkt neben der Startbahn einen Schlaganfall erlitten hatte, der ihm aufs Sprachzentrum geschlagen und ihn, zumindest für die nächste Zeit, seiner verbalen Artikulationsfähigkeit beraubt hatte. Schorsch verkniff sich den Gedanken, dass es manchmal im Leben auch so etwas wie Gerechtigkeit gab.

Zwei Tage später brachten sie den alten Franz bei strömendem Regen zu Grab, am nächsten Tag fuhr Schorsch mit Miriam im Toyota nach München. Hinten auf der Ladefläche stand, sorgsam mit Planen abgedeckt und verzurrt, die Badewannen-Installation »Glückliche Familie«.

»Vielleicht wär's besser gewesen, du und die Mama hätten sich getrennt.«

»Ja, vielleicht. Aber jetzt ist es halt anders gekommen. Und man muss versuchen, das Beste aus dem zu machen, wie es ist.«

»Das hättest du all die Jahre mal machen sollen, Papa.«

»Ich weiß.«

»Du hast dich benommen wie ein Arschloch.«

Darauf wusste Schorsch nichts zu sagen. Das Schweigen dauerte, bis sie am Ammersee vorbeifuhren.

»Vielleicht hätte ich gar nicht zu malen angefangen, wenn nicht alles so schrecklich gewesen wär daheim«, sagte Miriam.

»Zumindest kein Kunstwerk mit einer Badewanne und einem Deppen drin«, erwiderte Schorsch, »aber das macht meine Fehler auch nicht besser.«

»Wenigstens hast du's eingesehen.«

»Ich hoff bloß, dass es nicht zu spät war.«

»Das hoffe ich auch, Papa.«

Die Badewanne in der Akademie in der Münchner Amalienstraße abzuliefern machte den beiden Spaß, nicht zuletzt wegen der fassungslosen Blicke der Angestellten, die die eingereichten Arbeiten annehmen mussten.

Als Schorsch und Miriam wieder zurück waren aus München, hielt Schorsch es nicht mehr aus und gestand Monika, dass es am Ende seiner Reise einen Ausrutscher gegeben hatte, den ersten und den einzigen in all den Jahren. Und Monika beichtete ihm, dass auch sie ausgerutscht war, auf einem Stück Seife namens Dr. Starcke.

Schorsch lachte.

»Dann sind wir ja quitt.«

»Sozusagen.«

»Aber mit dem Dr. Starcke bin ich noch nicht quitt. Hat der die offene Rechnung schon bezahlt?«

»Nicht dass ich wüsste.«

»Dann fahren wir da jetzt hin.«

Der Toyota stand vor dem Vereinsheim, auf dem Golfplatz war kaum etwas los. Drei Rentner fuhren mit einem Wägelchen über den Rasen, zwei andere bewegten sich zu Fuß.

Als er Schorsch und Monika auf seiner Terrasse stehen sah, kam Dr. Starcke nach draußen.

Schorsch zeigte auf das Areal.

»Da ist ja mächtig was los auf Ihrem Shädow-Creek, Herr Doktor Starcke. Trotz meinem Scheiß-Grün, haha ...«

Dr. Starcke witterte Unheil, als Volljurist hatte er ein ausgeprägtes Gespür für Konflikte, auch für außergerichtliche Auseinandersetzungen. Und so etwas wie Anflüge von Ironie hatte er bei diesem merkwürdigen Gärtnerzausel zuallerletzt erwartet.

»Herr Kempter, welch eine Überraschung. Es hieß ja, Sie seien verreist. Was führt Sie zu mir?«

»Herr Dr. Starcke, wir sollten noch mal kurz reden. Wie haben Sie gesagt, damals: Ich hätte das im Vorfeld nicht richtig ...«

Dr. Rüdiger Starcke schluckte, er witterte nichts allzu Gutes.

»Kommuniziert war das Wort, Herr Kempter.«

»Gut. Dann kommunizieren wir das jetzt im Nachfeld. Ich gebe Ihnen genau eine halbe Stunde Zeit, um die offenen 87 000 Euro zu bezahlen. Die Säumniszinsen schenke ich Ihnen. Entweder ich habe in einer halben Stunde einen Scheck in der Hand oder …«

Dr. Starcke rang sich ein abfälliges Lächeln ab.

»Oder was, Herr Kempter?«

»Schaun Sie, mein Freund Karl Zwerger aus Ratzisried, der hat in seiner Kiesgrube eine schöne große Caterpillar-Planierraupe. In einer Stunde bin ich mit der Cat hier, in zwei Stunden haben Sie keinen Golfplatz mehr, sondern einen Komposthaufen. Und da sehen Sie dann gar kein Grün mehr.«

»Da wäre Sachbeschädigung in Tateinheit mit Hausfriedensbruch, Herr Kempter!«

»Ach, ich wollt eben nur was korrigieren. Nacharbeiten. Die Polizei können Sie gern rufen, die kommt eh erst, wenn ich durch bin damit. Bis die mich verhaften, ist alles Matsch. Dann klagen Sie gegen mich und ich gegen Sie, und wir klagen uns durch die Gegend bis zum Sankt Nimmerleinstag.«

»Sie erstaunen mich, Herr Kempter.«

»Ich mich auch, Herr Dr. Starcke. Jetzt holen Sie den Scheck, bitte.«

Dr. Starcke versuchte einen heimlichen Blickkontakt zu Monika herzustellen, aber die guckte nur betreten zu Boden. Dann ging er kopfschüttelnd in sein Büro und kam drei Minuten später mit einem Scheck zurück.

Schorsch inspizierte ihn.

»Der Betrag stimmt. Monika, fahr bitte geschwind zur Bank und schau, ob er gedeckt ist. Zwanzig Minuten haben wir noch.«

Monika nahm wortlos den Scheck an sich und fuhr mit dem Toyota los.

Schorsch und Dr. Starcke standen voreinander, hinter ihnen wurde lustlos gegolft, auf einem falsch-grünen Rasen, der jetzt bezahlt sein würde, wenn der Scheck gedeckt war. Dr. Starcke lockerte seine Krawatte.

»Kompliment, Herr Kempter. Es sieht so aus, als hätten Sie gewonnen.«

»Ich habe mir nur geholt, was mir zusteht.«

»Das ist nicht selbstverständlich in unserer Zeit. Gerechtigkeit ist ein höchst dehnbarer Begriff geworden.«

»Da ist überhaupt nichts dehnbar dran, wenn man Leute um den Lohn für ihre Arbeit bescheißt.«

Dr. Starcke rang sich ein gequältes Lächeln ab.

»Sie verwundern mich, Herr Kempter. In Ihnen scheint in den letzten Tagen eine Veränderung vorgegangen zu sein. Haben Sie sich in Behandlung begeben?«

»Ich war Fliegen, aber das geht Sie einen feuchten Dreck an. Also: Wenn der Scheck gedeckt ist …«

»Der ist gedeckt, Herr Kempter. Werden Sie jetzt bitte nicht beleidigend.«

»Gut, dann sind wir quitt. Bis auf das Stück Seife.«

»Welches Stück Seife?«

»Das Stück Seife, auf dem meine Frau ausgerutscht ist.«

Und bevor sich Dr. Starcke nur im Entferntesten versehen hatte, hatte er sich eine Ohrfeige eingefangen.

»Das wird Ihnen noch leidtun.«

»Mir tut hier gar nichts mehr leid.«

Monika kam mit dem Toyota zurück.

»Das Geld ist schon auf unserem Konto, Schorsch.«

»Gut, dann hätten wir's. Schönes Golfspiel noch allerseits.«

Als Schorsch und Monika zum Wagen gingen, hörten sie ein Grummeln aus der Ferne. Ein Brummen eher, das schnell näher kam. Schorsch hatte als Erster realisiert, was da im Schwange war.

Als das Geräusch immer lauter wurde, blieben die wenigen Menschen auf dem Golfplatz stehen und sahen nach oben: Drei Flugzeuge näherten sich. In einer perfekt gestaffelten Formation drehten die drei M-18-Dromader-Agrarflugzeuge von Süden auf den Golfplatz ein, in einer Höhe von knapp fünf Metern. Sie donnerten, in einem seitlichen Abstand von etwa fünfzehn Metern, über die Allgäuer Wiesen auf den Golfplatz zu. Die betagten Golfsportler stolperten, so schnell sie denn konnten, auf Dr. Starckes Bungalow zu und suchten in seinem Büro Schutz. Genau über dem Golfplatz öffneten sich die Sprühklappen der Flugzeuge, und ein roter Farbschleier regnete auf das Gelände herunter.

Panische Schreie klangen über das Areal, allein Dr. Starcke stand mit offenem Mund da, zu keiner Regung fähig. Sein eben noch falsch-grüner Golfplatz erstrahlte nunmehr in einem leuchtenden Karmesinrot.

Schorsch erkannte Hannah im ersten Flugzeug, dahinter kam Kalle und dann Ekki. Sie machten ihre Arbeit perfekt, ein einziger Überflug reichte, dem Golfplatz das falsche Grün auszutreiben. Gelernt war eben gelernt.

Monika sah Schorsch fassungslos an.

»Was war das?«

»Ein Abschiedsgruß sozusagen, vom Ausrutscher am Ende meiner Reise.«

In den nächsten Tagen beschlossen Schorsch und Monika, es noch einmal zu versuchen. Miteinander. Aber ohne die Gärtnerei. Schorsch rief den Bauunternehmer Vochezer an und bestellte ihn ein in die Gärtnerei.

In der Küche setzten Schorsch und Vochezer einen Kaufvertrag auf für das ganze Areal, samt dem Wohnhaus. Der Preis, den Schorsch erzielte, war hoch. So hoch, dass Schorsch lächelnd darüber hinwegsehen konnte, dass auf seiner Gärtnerei in einem halben Jahr fünfzig bunt angestrichene Fertighäuser stehen würden, dicht an dicht. Das war eben der Lauf der Zeit. Die Grundstückspreise waren in den letzten Jahren rasant gestiegen, und Schorsch machte es Spaß, den dicken Vochezer möglichst nah an den Punkt zu bringen, an dem er gerade noch, wenn auch mit Bauchschmerzen, unterschreiben konnte. Monika und Schorsch konnten sich ein kleines Haus am Waldrand kaufen und brauchten sich die nächsten Jahre nicht mit finanziellen Sorgen herumzuschlagen.

Miriam wurde an der Akademie angenommen und bereitete sich darauf vor, im Herbst nach München zu gehen. Monika mietete sich einen Laden in der Stadt, um sich dort einen Shop für gehobene Floristik einzurichten. Und die Planung von Gartenanlagen anzubieten: Davon verstand sie etwas, und es gab genügend Leute in der Gegend, die Geld hatten, aber keine Fantasie.

Der alte Emil Höscheler fragte Schorsch, ob er auf dem Flugplatz arbeiten wollte: sich um die Pflanzen kümmern und in der Flugleiterbaracke den Funk machen, weil der Fimpel ja erst mal keine Stimme mehr hatte. Schorsch sagte auf der Stelle zu.

Monikas Laden lief fast vom ersten Tag an gut, beim Fliegenden Bauern freute man sich über die Stimme von Schorsch im Funk. Er laberte keinen endlosen Flugsicherheitsmist daher wie der Fimpel, dafür ließ er lieber ab und zu mal einen lustigen Spruch ab. Wenn kein Flugbetrieb war, kümmerte er sich um die Außenanlagen. Und pflanzte zum Spaß hier und da ein paar Rosensträucher ein, auch wenn er der fanatischen Rosenzucht abgeschworen hatte. Jetzt war er einfach lieber wieder unter Menschen und sprach mit ihnen, statt mit seinen Fingern in einem muffigen Rosenhäuschen irgendwelche Zwitterblütler zu bestäuben.

Als der Sommer langsam zu Ende ging, bekam Schorsch unerwarteten Besuch auf dem Flugplatz.

»Na, Gärtnerschorsch, wieder zurück aus der Ukraine?«

Schorsch drehte sich um: Philo und ihr Vater Richard standen vor ihm.

»Philo, ja ich werd verrückt! Herr Zeydlitz …«

Philo und ihr Vater Richard standen vor ihm, neben einem Kleinwagen mit Frankfurter Kennzeichen.

Schorsch freute sich wie ein Schneekönig, die beiden zu sehen, und reservierte für den Abend einen Tisch im Landgasthaus Köberle, wo Philo und ihr Vater auch übernachten konnten. Kurzerhand hatte er Monika und Miriam überredet mitzukommen ins Köberle, wo es die besten Maultaschen gab, die sogar bis nach Berlin exportiert wurden.

Es gab viel zu erzählen. Philo hatte nach ihrer Rückkehr ins Schloss ihren Krimi in drei Wochen fertig geschrieben und das Manuskript ihrem Vater gezeigt.

»Zunächst war ich doch ein wenig fassungslos gewesen«, sagte Richard Zeydlitz, »zumal ich Philomena für ihr Märchen-Projekt auch finanziell subventioniert hatte.«

»Mach's nicht wieder komplizierter als nötig, Papa.«

Richard Zeydlitz nickte ertappt.

»Als ich dann das *Leistungskurs Mord*-Manuskript einem befreundeten Verleger zeigte, war er, gelinde gesagt, begeistert. Es scheint durchaus ein Bedarf an deftiger Kriminalliteratur für junge Menschen zu bestehen.«

Philo berichtete freudestrahlend, dass das Buch kurz vor Weihnachten erscheinen würde und auch schon über die Filmrechte gesprochen wurde.

Es gab aber noch andere Neuigkeiten: Richard hatte sich von Evelyn getrennt, hatte sich in der Redaktion für ein Jahr beurlauben lassen, um mit seiner Tochter die versprochene Weltreise zu machen, deren erste Etappe sie zum Fliegenden Bauern geführt hatte.

»Ja, und das Schloss?«, fragte Schorsch. »Da müsst ich irgendwann noch einmal den Garten fertigmachen.«

»Vergessen Sie das Schloss, Schorsch.«

Richard Zeydlitz hatte das Anwesen verkauft, an einen russischen Geschäftsmann. Woytek und Ragna hatte er entlassen.

»Es gibt Situationen im Leben, in denen man sich von lieb gewonnenen Dingen trennen muss, wenn sie einem den Atem rauben.«

Für den Hauch eines Moments musste Schorsch an Hannah denken und daran, wie schön es gewesen war, als sie ihm in Röddelin den Atem geraubt hatte.

»Ich war auch nicht der Ukraine«, gab Schorsch zu, »und die Rosen lass ich Rosen sein. Es gibt halt Wichtigeres auf der Welt als eine schwarze Rose.«

Philo und Miriam verstanden sich blendend und beschlossen, in Kontakt zu bleiben: Miriam hatte auch vor, nach der Reise mit ihrem Vater nach München zu ziehen.

Und Schorsch dachte insgeheim, dass sein Flug nicht nur Menschen zusammengebracht hatte, die zusammengehörten, sondern ganz nebenbei auch eine Belebung des Immobilienmarkts bewirkt hatte.

Philo und Schorsch blieben noch lange sitzen, als die anderen schon längst gegangen waren. Schorsch berichtete von seinem Abschied von Hannah, ihrem letzten Abschiedsgruß, vom Tod seines Vaters und dem Verkauf der Gärtnerei. Und davon, wie er und Monika ganz langsam wieder zueinander fanden. Und dass er stolz auf seine Tochter Miriam war.

Das waren natürlich alles relativ harmlose Angelegenheiten im Vergleich zu dem, was sich nach Philos Rückkehr im Schloss der Zeydlitzens abgespielt haben musste. Evelyn war außer sich gewesen, als Richard ihr eröffnet hatte, dass er einen Makler mit dem Verkauf des Schlosses beauftragt hatte. Philo bewunderte den Mut ihres Vaters, die Sache durchzuziehen und durchzustehen. Zum ersten Mal in seinem Leben zeigte Richard Zeydlitz wirklich Mut und Tapferkeit, statt sich über das kulturelle Fehlverhalten fremder Leute zu ereifern. Und als er Philo dann feierlich eröffnete, mit ihr die versprochene Reise anzutreten, wusste Philo, dass sie einen Vater hatte, der sein Wort hielt.

»Dass ich meine Mutter eine Weile lang nicht sehen werde, kann ich verkraften«, sagte Philo, und Schorsch nickte nur.

»Und dein Krimi, wie geht der jetzt aus?«

»Ganz einfach: Felicitas hat zusammen mit Olli ihrer Mutter so lange zugesetzt, bis sie nicht mehr konnte.«

»Wie zugesetzt?«

»Psychoterror. Erst haben sie heimlich ein Kapitel im letzten, unvollendeten Manuskript ihres Vaters dazuerfunden, in dem er seine Ermordung durch seine Frau bis ins Detail genau voraussieht. Und dann hat Felicitas einfach nur den Mund gehalten, gar nichts mehr gesagt. Drei Wochen Stummheit ihrer Tochter hatten gereicht, dass die Mutter freiwillig zur Kripo gegangen ist und ein Geständnis abgelegt hat.«

Schorsch nickte und lächelte, so gut es ging. Er war heilfroh, dass er sein Leben als schweigender Holzbock hinter sich hatte und dass alles gerade noch einmal glimpflich ausgegangen war. Monika hätte Grund genug gehabt, ihm den Krempel vor die Füße zu schmeißen, und dann hätte er sich sein Wortspar-Konto sonst wohin schmieren können, samt der aufgelaufenen Zinsen.

»Und, gibt's den auch in echt, diesen Olli?«

»Sei nicht so neugierig«, sagte Philo und grinste über beide Backen.

An einem wunderschönen Mittwoch im September, Miriam war gerade nach München gezogen, saß Schorsch am frühen Abend vor der Luftaufsichtsbaracke und rauchte dort verbotenerweise eine Reval: Es war ja kein Fimpel da, der das zeternd verbieten konnte. Monika kam vorbei, setzte sich neben ihn und berichtete ihm freudig, dass der Vochezer sie beauftragt hatte, sich ein Konzept für die Vorgärten von zweiundfünfzig Einfamilien-Fertighäusern auszudenken. Und dass Dr. Starcke mit seiner Golfplatz GmbH & Co. KG Insolvenz angemeldet hatte. Offenbar wollte niemand auf einem Golfplatz spielen, der zur Lachnummer im ganzen Allgäu geworden war und bei dem unter dem falschen Grün immer wieder rote Farbreste durchschimmerten. Schließlich gab es genügend andere Golfplätze in der Gegend, und wenn man in Berlin zu blöd war, einen Flugplatz trotz immenser Investitionen fertig zu bauen, konnte man im Allgäu einen halb fertigen Golfplatz allemal verkraften.

Schorsch drückte dem alten Emil das Funkgerät in die Hand und nahm Monika bei der Hand. Er ging mit ihr zur Halle, vor der die Papa-Whiskey-Golf stand, half ihr auf den hinteren Sitz und warf den Motor an.

Die Sonne leuchtete über die herbstlichen Wiesen, die Bäume fingen schon ganz vorsichtig an, sich zu verfärben. Es war ihr erster gemeinsamer Flug seit neunzehn Jahren; in niedriger Höhe ließ Schorsch die Piper durch den jungen Altweibersommer über das Allgäuer Voralpenland gleiten. Monika hatte sich auf dem hinteren Sitz zurückgelehnt, in ihrem Kopf und ihrem Körper breitete sich nach und nach ein angenehmes Gefühl der Leichtigkeit aus. Es dauerte eine Weile, bis sie merkte, dass Schorsch einen Vollkreis drehte und nach unten zeigte.

»Da, schau die Wiese da unten … Kennst du die noch?«

Monika lächelte.

»Das war doch da, wo wir damals …«

»Genau.«

»Ist schon ein tolles Kind, unser Frollein Tochter.«

Schorsch drehte sich nach hinten um.

»Frollein sagt man nicht mehr, Monika.«

»Stimmt.«

Beide lachten, Schorschs Augen strahlten wie die eines kleinen Jungen. Dann nahm er das Gas heraus, drehte eine steile Sinkflugkurve nach rechts und setzte die Piper so sanft es ging auf den holprigen Boden. Er stellte die Maschine ab und half Monika beim Aussteigen. Sie setzten sich nebeneinander ins Gras und sahen einfach hinaus auf die Landschaft. Schorsch steckte sich eine weitere Reval an. Das Grün der Wiesen leuchtete nicht mehr so wie im Frühling, aber das war egal: Es gab kein falsches Grün, in diesem Moment schon gar nicht.

»Hast du noch eine?«, fragte Monika und zeigte auf die Zigarette. Schorsch nahm die letzte Reval aus der Packung, zündete sie an und reichte sie Monika.

Danksagung

Wieder gab es Menschen, die mir bei der Arbeit an diesem Buch das eine oder andere Händchen gehalten haben:

Allen voran meine wunderbare Lektorin Claudia Negele, die schon vor mir wusste, dass aus Schorsch's Abflug etwas werden könnte, auch an ihre liebe Kollegin Regina Carstensen, die mir später klarmachte, wo es noch holperte wie eine Anfängerlandung auf einer grünen Wiese.

Gar nicht in die Luft gegangen wäre der Gärtner ohne Lianne Kolff, meine Literaturagentin, und die Damen ihrer literarischen Flugwerft, den Herren Thomas Schüttoff und Andreas Marko, die mir zeigten, wie man eine Spornrad-Piper in die Luft und bei Seitenwind auch wieder am Stück auf den Boden bringt, und Dank auch an meinen Fliegerfreund Helmut Klatt, der mich, auf die Streben seiner Piper L4 gestützt, reden ließ.

Nicht zu vergessen meine Frau Iris, die zu Knappheit in Wort und Witzchen geraten und mir für die Verführungsszene im Golfclub ein wenig Nachhilfe in weiblichem Denken verpasst hat.

Autor

Jockel Tschiersch wurde 1957 in Weiler im Allgäu geboren und begann seine Karriere vor über 25 Jahren auf Münchner Kabarett-Bühnen. Er arbeitet als Schauspieler bei Film und Fernsehen sowie in Gastrollen auch im Theater. Jockel Tschiersch lebt heute in Berlin.

Jockel Tschiersch im Goldmann Verlag:

Rita und die Zärtlichkeit der Planierraupe. Roman
Grüner wird's nicht, sagte der Gärtner und flog davon. Roman

Alle auch als E-Book erhältlich.

Gespräch mit Jockel Tschiersch, Hauptdarsteller Elmar Wepper und Regisseur Florian Gallenberger

Herr Tschiersch, wie sind Sie denn auf die Idee zu dem Roman gekommen?

Jockel Tschiersch: Die Idee, eine Art Roadmovie mit einem Flugzeug zu schreiben, war bei mir als Flieger eigentlich nur eine Frage der Zeit. Wenn man im Flugzeug sitzt und nicht gerade um schlechtes Wetter herumnavigiert, dann fallen einem oft Geschichten ein.

Und warum ausgerechnet ein fliegender Gärtner, haben Sie selbst einen grünen Daumen?

Jockel Tschiersch: Ich habe sogar zwei grüne Daumen, aber zwei linke … Ich hab einfach eine Figur gesucht, die verschlossen ist und der es schwer fällt, sich gegenüber der Welt zu äußern. Im Roman züchtet Schorsch Rosen, er spricht mit keinem. Für die Recherche habe ich einen alten Schulfreund besucht, der sein ganzes Leben lang als Gärtner gearbeitet hat. Ich habe ihm einfach intensiv beim Arbeiten zugeguckt.

Herr Wepper, wie ist Ihr Blick auf Schorsch?

Elmar Wepper: Er ist eigenbrötlerisch, wortkarg, maulfaul. Er hat sich in ein Schneckenhaus zurückgezogen und sich alle Träume abgeschminkt.

Jockel Tschiersch: Der Schorsch hat Schwierigkeiten, sich gegenüber anderen Menschen zu öffnen. Er frisst eher die Probleme in sich hinein. Und arbeitet lieber, als dass er redet. Die Pflanzen wachsen ja auch nicht vom Daherreden, da muss man was tun. Und so ist er eben auch.

Elmar Wepper: Er hat aber einen sehr menschlichen Kern, und das kommt im Laufe der Geschichte vor allem durch die Begegnung mit Philomena heraus, die selber große Schwierigkeiten hat. Er spürt, dass sie sehr einsam ist. Er ist auch sehr einsam, hat mit vielen Dingen im Leben schon abgeschlossen, und so entsteht eine Nähe zwischen den beiden. Die Reise ist auch eine Reise in sein Inneres. Das, was er erlebt, verändert ihn. Plötzlich sieht er eine Chance, wieder glücklich zu sein und ins Leben zurückzukehren.

Herr Gallenberger, was war die Herausforderung in der Adaption des Romans?

Florian Gallenberger: Ein Film hat natürlich einen anderen dramaturgischen Bogen als ein Roman, und so war die erste wichtige Aufgabe, die Geschichte dementsprechend zu strukturieren. Im Film hat man am Anfang einer Geschichte nur relativ wenig Zeit, die Hauptfigur so einzuführen, dass der Zuschauer sich mit ihr identifiziert. Das ist vor allem bei einer mürrischen Hauptfigur wie dem Schorsch nicht ganz einfach. Aber da kommt dann eben auch Elmar ins Spiel, denn man weiß, dass bei ihm selbst unter der griesgrämigsten Fassade ein liebenswerter Kern steckt.

Könnten Sie sich vorstellen, von eben auf jetzt abzuhauen und alles hinter sich zu lassen?

Elmar Wepper: Wenn ich mir die Situation anschaue, in der Schorsch steckt – er lebt mit seiner Frau aneinander vorbei, hat weder Kraft noch Mut, daran etwas zu ändern, dazu die Geldsorgen mit dem Geschäft – dann kann ich das schon nachvollziehen.

Jockel Tschiersch: Wenn ich abhaute, dann würde ich meiner Frau schon einen Zettel hinlegen und schreiben: »Bin noch mal weg.« … Aber im Ernst, ich denke, dass mir das Schreiben hilft, immer mal wieder meinem Alltag zu entfliehen. Aber der Schorsch würde keinen Roman schreiben und auch nicht schauspielern. Der ist gefangen in seinem Hier und Jetzt. Deswegen muss er ja immer mal wieder raus mit seinem Doppeldecker. Ohne Abwechslung hält man ein Leben nicht aus.

Florian Gallenberger: Ich glaube, die Fantasie, mit einem Schlag alles hinter sich zu lassen und abzuhauen, kennt wohl jeder. Ich persönlich fühle mich aber zu vielen Menschen und Dingen zu sehr verbunden, um einfach so zu verschwinden. Da verabschiede ich mich lieber immer mal wieder in die Geschichte des einen oder anderen Films und komme dann nach einiger Zeit glücklich wieder in mein normales Leben zurück.

Haben Sie noch einen großen Lebenstraum, den Sie sich erfüllen möchten? Was wäre Ihre Reise?

Florian Gallenberger: Ich habe keinen vorformulierten Lebenstraum, den ich erreichen oder mir erfüllen möchte. Ich glaube, die entscheidende Reise, auf der wir uns alle –

jeder auf seine Art – befinden, ist die Reise zu uns selbst, wirklich derjenige zu werden, der wir sind. Diese innere Reise hört vermutlich niemals auf, doch äußere Reisen und Begegnungen mit anderen Menschen und Kulturen können dabei eine wichtige Inspiration und Hilfestellung sein. Ich hoffe einfach, dass ich diesen Weg weiter gehe, mich nicht zur Ruhe setze, weiter empfänglich bleibe für das, was kommt und so dem Leben die Türe offen halte, damit es mich innerlich wie äußerlich immer wieder fortträgt.

Jockel Tschiersch: Ich habe in meinem Leben das Glück gehabt, dass ich schon ganz schön viele Träume verwirklicht habe. Und damit meine ich jetzt nicht Geld oder Autos, Wohnungen oder Häuser, sondern Dinge, die ich erlebt habe. Es gibt aber schon noch einen Traum: Ich würde gerne mit meiner ganzen Familie einmal quer durch die Vereinigten Staaten fliegen, mit meinem Flieger, und dann von Amerika wieder zurück nach Berlin über Grönland, Island, Schottland, England, Frankreich und direkt landen auf dem Flughafen Tegel! Der neue Berliner Flughafen wird bis dahin bestimmt noch immer nicht offen sein …

Elmar Wepper: Bei mir ist es weniger ein Traum, als ein Prozess: Ich versuche, mit dem Älterwerden sorgsamer mit meiner Zeit zu sein und sehr achtsam mit den Menschen umzugehen, die mir am Herzen liegen und die gemeinsame Zeit mit ihnen bewusst aufzunehmen. Das können auch kleine Dinge sein. Wenn ich zum Beispiel mit meiner Frau und unserem Hund spazieren gehe und wir über die unterschiedlichsten Dinge reden. Freiheit ist für mich, wenn ich über meine Zeit frei verfügen kann.

D-MMWW

D-MMWW

D-MMWW

MMWW